KB220575

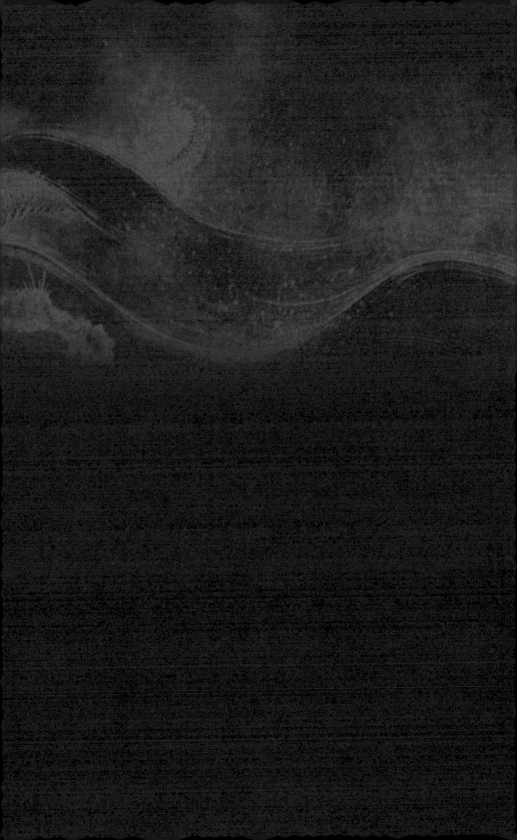

三國志

演義

삼국지연의

4

◉ ─ 일러두기

1. 이 책은 박문서관博文書館 판 『현토삼국지懸吐三國誌』(모본)를 저본으로 한 정본 완
   역이다.
2. 본문 삽화는 명대 말엽 금릉金陵 주왈교周日校본 『삼국지통손연의三國志通俗演義』에
   서 발췌하였다.
3. 주요 등장 인물도는 청대 모종강毛宗崗본의 일종인 『회도삼국연의繪圖三國演義』에
   서 발췌하였다.
4. 본문 중의 역자 주는 모두 세 종류로 나뉜다. 문장 중간의 단어를 설명하는 주는 괄
   호 안에 넣었고, 문장 전체에 대한 주는 문장 뒤에 밑줄을 그어 구별하였으며, 시문
   에 대한 주는 시 원문 밑에 번호나 *표를 매겨 설명하였다.

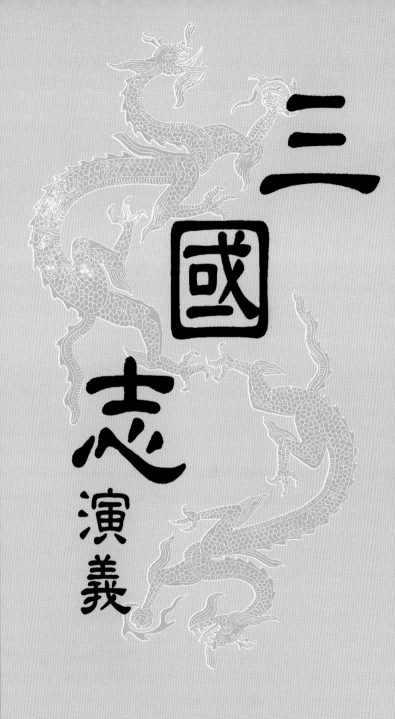

김구용 옮김 나관중 지음

완역 결정본 〖삼국지 연의〗

④

三國志演義

솔

三國志 演義

④

차
례

제35회 │ 유현덕은 남장 땅에서 은사를 만나고 ··· 17
유현덕은 신야 땅에서 영특한 인물을 만나다

제36회 │ 유현덕은 계책을 써서 번성을 엄습하고 ··· 35
서서는 말을 타고 떠나면서 제갈양을 천거하다

제37회 │ 사마휘는 다시 명사를 천거하고 ··· 53
유현덕은 초려를 세 번 찾아가다

제38회 │ 천하 삼분을 말하며 융중에서 계책을 정하는데 ··· 80
한편 손권은 장작에서 싸워 원수를 갚다

제39회 │ 형주성의 공자公子는 세 번이나 계책을 묻고 ··· 104
공명은 박망파에서 처음으로 군사를 쓰다

제40회 │ 채부인은 의논하여 형주를 바치고 ··· 125
제갈양은 불을 질러 신야를 태우다

제41회 │ 유현덕은 백성들을 거느리고 강물을 건너고   ⋯ 145
          조자룡은 혼자서 아두阿斗 아기를 구출하다

제42회 │ 장비는 장판교에서 한바탕 설치고   ⋯ 171
          유현덕은 패하여 한진 어귀로 달아나다

제43회 │ 제갈양은 선비들과 토론을 벌이고   ⋯ 188
          노숙은 모든 의견을 힘써 물리치다

제44회 │ 공명은 지혜를 써서 주유를 격동시키고   ⋯ 210
          손권은 조조와 싸우기로 계책을 정하다

제45회 │ 조조의 군사는 삼강구에서 꺾이고   ⋯ 232
          장간은 군영회에서 계략에 빠지다

제46회 │ 공명은 기이한 꾀를 써서 많은 화살을 얻고   ⋯ 257
          황개는 은밀히 계책을 말하고 형벌을 받다

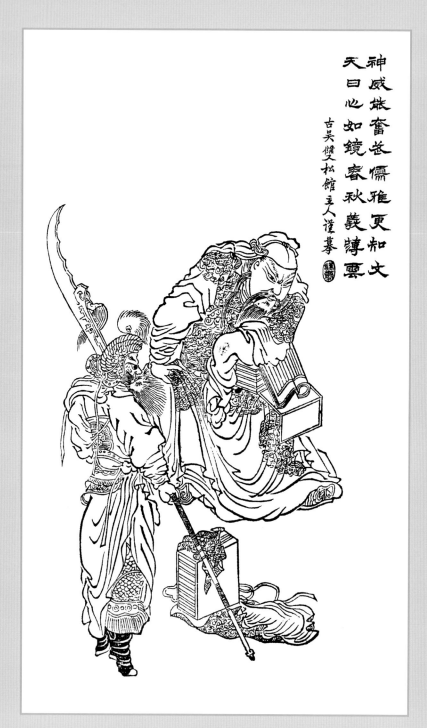

神威雄奮益儒雅更知文
天日心如鏡春秋義薄雲
古吳雙松館主人謹摹

관우關羽

南漳逢隱者琴韻最清
幽屢薦真名士先生
丘外猙

鏡湖

사마휘司馬徽

痛恨高賢不再逢臨歧
泣別兩情濃片言
郤似春雷震能使南陽
起臥龍

　寧雨 🔲

서서徐庶

순욱荀彧

유비劉備

智義長兎
敗釋坂中
張嚴橋關
郃顔邊上
定安水戲
中蜀逆先
州境泝震

閬渠 [印]

장비張飛

撥亂扶危主　慇懃受託孤英
才過管樂妙策勝孫吳
表堂二八陳圖如
二出師
慷慨應古今無
公全盛德

涪溪釣徒　繪黔

제갈양諸葛亮

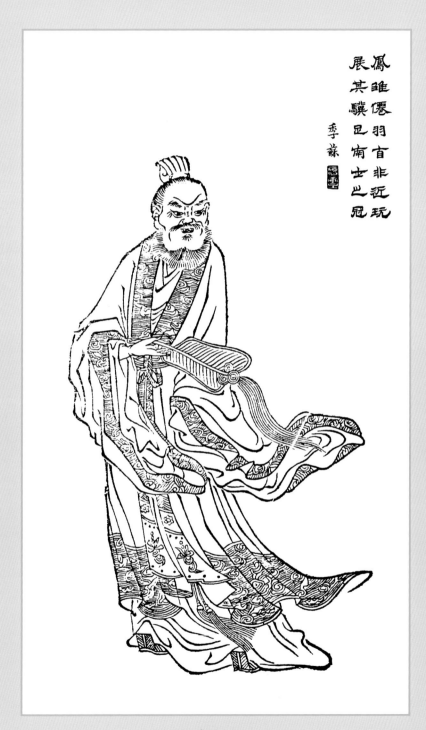

鳳雛偃羽首非近玩
展其驥足廟士山冠

李蘇

방통龐統

【 삼국시대 지도 】

烏丸

魏

高句麗

渤海

馬韓

弁韓

吳

東中國海

南中國海

昌黎
瀋陽
玄
遼東
丸都
平壤
樂浪

幽州
燕國
北京
遼西
碣石山
代郡
范陽
天津
雁門
中山國
渤海
石家莊
冀州
太原
鉅鹿
平原
青州
東萊
鄴
魏郡
濟南國
北海國
齊國
東郡
城陽
兗州
琅邪國
河內
白馬
濟陰
沛國
洛陽
鄭州
官渡
陳留國
下邳
徐州
許
潁川
譙
陳郡
淮水
新野
豫州
揚州
襄陽
汝南
壽春
廬江
南京
江夏
建業
吳郡
上海
荊州
武昌
長江
杭州
南郡
武漢
廬江
江夏
會稽
赤壁
臨海
長沙
豫章
鄱陽
衡陽
廬陵
建安
湘東
臨川
桂陽
福州
交州
廣州
香港

	국도
	부도
	주도
	군도
	현재 도시
	산
	전투 지역
( )	기타
●●●●●	국경
	만리장성

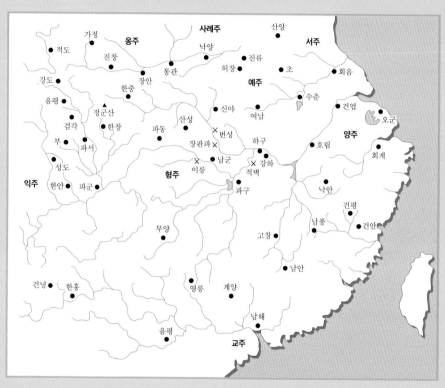

203~223년　형주를 중심으로 조조, 유비, 손권의 세력 다툼이 치열했던 시기의 지도

제35회

유현덕은 남장 땅에서 은사를 만나고
단복은 신야 땅에서 영특한 인물을 만나다

채모가 양양성으로 돌아가는데, 앞에서 조자룡이 군사를 거느리고 달려온다.

원래 조자룡은 다른 자리에서 술을 마시다가 출동하는 군사들을 보고, 급히 안으로 뛰어들어갔다. 잔치 자리에 유현덕이 보이지 않자 조자룡은 크게 놀라 관사로 달려갔다.

사람들이 말한다.

"채모가 군사를 거느리고 서쪽으로 달려갔습니다."

조자룡은 황급히 창을 들고 말에 올라타자, 데려온 군사 3백 명을 거느리고 서쪽 성문을 벗어나 달려가다가, 바로 돌아오는 채모를 만난 것이다.

조자룡은 급히 묻는다.

"나의 주인은 어디 계시느냐?"

"그분은 잔치 자리를 피해 달아났는데, 어디로 갔는지 나도 모르오."

본시 조자룡은 매사에 신중을 기하는 성격인지라, 당장에 판단을 내리지 않고 곧장 말을 달려 가보았다. 큰 계곡이 바라보일 뿐, 다른 길이라고는 없었다. 조자룡은 다시 돌아와서 채모에게 따진다.

"너는 나의 주인을 잔치에 청해 모신 터에, 어찌하여 군사를 거느리고 뒤를 추격했느냐?"

채모가 대답한다.

"9군 42주 관원들이 다 여기에 와 있는데, 상장上將인 내가 그분을 보호하지 않으면 누가 돌봐드리겠소. 그분을 찾으러 갔다가 우리도 허탕치고 돌아오는 길이오."

"네가 우리 주인을 어디로 몰아넣은 것이 아니냐?"

"그분이 혼자서 서쪽 성문으로 달려나가셨다기에, 뒤쫓아갔으나 결국 보지 못한 것뿐이오."

조자룡은 놀람과 의혹을 금치 못하다가, 다시 단계檀溪로 달려가서 두루 살펴본다. 저편 언덕 모래에 아직 덜 마른 물 자국이 바라보인다.

"아무도 말을 타고 이 물을 건널 수는 없을 것이다."

군사 3백 명이 사방으로 흩어져 살폈으나, 결국 유현덕의 종적은 찾을 수가 없었다.

조자룡이 돌아갔을 때는 채모도 이미 양양성으로 들어가버린 뒤였다. 조자룡은 서쪽 성문 문지기를 움켜잡고 캐물었다. 문지기는 유현덕이 말을 달려 서쪽으로 가는 것만 봤다고 한다. 조자룡은 다시 성안으로 들어가보고 싶었으나 혹시 복병이 있을까 염려되어, 3백 명 군사를 거느리고 신야로 돌아갔다.

한편, 유현덕은 말을 날려 단계를 건너기는 했으나, 마치 꿈을 꾼 듯 취한 듯해서 혼자 중얼거린다.

"저 넓은 냇물을 단번에 뛰어넘었으니, 이 어찌 하늘의 도우심이 아니리요."

길을 따라 꼬불꼬불 남장 땅을 향해 가는데 해가 저문다. 저편에서 한 목동이 소를 타고 피리를 불면서 길을 가로질러간다.

"내 신세가 저 목동만도 못하구나."

유현덕이 탄식하며 말을 세우고 물끄러미 바라보는데, 그 목동도 소를 세우고 유현덕을 빤히 본다.

"장군은 옛날에 황건적黃巾賊을 격파한 유현덕 어른이 아니십니까?"

유현덕은 놀라 묻는다.

"너는 궁벽한 촌 아이인데 어찌 나를 아느냐?"

목동은 대답한다.

"저는 본시 아는 것이 없지만, 스승님을 모시고 있습니다. 손님이 오시기만 하면 스승께서 곧잘 말씀하시기를 '유현덕은 키가 7척 5촌이요 팔이 길어서 무릎 밑까지 내려오고, 눈으로 능히 자기 귀를 보니 당대의 영웅이라'고 하시더이다. 이제 장군을 보니 들었던 말과 같아 짐작만으로 여쭤봤습니다."

"너의 스승님은 누구시냐?"

"우리 스승님의 성명은 사마휘司馬徽이고 자는 덕조德操로, 영주穎州 땅 출신으로서 도호道號를 수경선생水鏡先生(저서로『수경상서水鏡相書』가 전한다)이라 하나이다."

유현덕은 묻는다.

"너의 스승님은 어떤 사람과 사귀느냐?"

동자가 대답한다.

"양양에 사는 방덕공龐德公, 방통龐統과는 각별히 친한 사이십니다."

유현덕은 계속 묻는다.

"방덕공과 방통은 어떤 분들이냐?"

"그 두 분은 숙질간이온데, 방덕공의 자는 산민山民으로 우리 스승님
보다 연장이시며, 방통의 자는 사원士元으로 우리 스승님보다 다섯 살
아래십니다. 어느 날 스승님께서 뽕나무에 올라가 뽕잎을 따시는데, 마
침 방통께서 찾아오신 일이 있었습니다. 두 분은 나무 밑에 앉아 종일
담론을 하시는데, 조금도 피로한 기색이 없었습니다. 그런 뒤로 스승님
은 방통을 매우 사랑하여 아우님이라고 부르신답니다."

유현덕은 또 묻는다.

"너의 스승님은 지금 어디에 계시느냐?"

동자는 손을 들어 먼 곳을 가리킨다.

"저 숲 속에 스승이 계시는 장원이 있습니다."

"내가 바로 유현덕이다. 너는 나를 그곳으로 안내해서 선생을 뵙게
해다오."

유현덕은 동자를 따라 한두 마장쯤 가서 장원 앞에 이르렀다. 말에서
내려 중문中門으로 들어가니 아름다운 거문고 소리가 들린다. 유현덕은

"들어가 아뢰지 마라. 여기서 좀 쉬자."

하고 귀를 기울여 듣는다.

그런데 거문고 소리가 갑자기 그치더니, 한 사람이 나오면서 웃으며
말한다.

"거문고의 맑고 그윽한 가락에서 갑자기 살벌한 기상이 일어나니, 아
마도 영웅이 숨어서 엿듣는 모양이로다."

동자는 손을 들어 가리키며 유현덕에게 말한다.

"저 어른이 바로 저의 스승님인 수경선생이십니다."

유현덕이 그 사람을 보니, 모양은 소나무 같고 등은 학鶴 같은데, 그
기상이 비범하다. 유현덕은 황망히 앞으로 가서 인사를 드리는데, 젖은
옷이 후줄근하다.

남장에서 사마휘(왼쪽)를 만나는 유비

수경선생이 말한다.

"귀공은 오늘 다행히 큰 액을 면했소이다."

유현덕은 아연히 놀란다. 동자는 스승에게 소개한다.

"이 어른은 유현덕이십니다."

수경선생은 유현덕을 청하여 초당으로 들어가서, 주인과 손님의 자리를 정하고 앉는다.

방안을 둘러보니 서가에 책이 쌓여 있다. 창 밖에는 소나무와 대나무가 울울창창한데, 거문고는 돌상 위에 비껴 있어 맑고도 표연한 기운이 가득하다.

수경이 묻는다.

"귀공은 어디서 오시는 길이시오?"

유현덕은 대답한다.

"우연히 이 근방을 지나다가 동자를 만나서 선생을 뵙게 되었으니 참으로 만행萬幸입니다."

수경은 웃는다.

"굳이 숨길 필요는 없습니다. 귀공은 위험한 곳에서 도망쳐 여기로 오셨을 것이오."

그제야 유현덕은 양양에서 당한 자초지종을 고했다.

"나는 귀공의 기색을 보고 이미 짐작했소."

이어서 수경이 묻는다.

"귀공의 높은 이름을 익히 들어서 아는데, 어찌 이토록 초라하시오?"

유현덕이 대답한다.

"팔자가 박복하여 그런가 봅니다."

"그럴 리가 있겠소. 장군이 좌우에 훌륭한 인물을 두지 못한 때문이지요."

"나는 비록 변변치 못하나 그래도 문사文士로는 손건孫乾·미축糜竺·간옹簡雍 등이 있으며, 무사武士로는 관운장·장비·조자룡 등이 있어, 그들이 충심으로 도와주기 때문에 많은 힘을 입고 있소이다."

"관운장·장비·조자룡은 천병만마도 무찌를 수 있는 장수지만, 그런 장수들을 잘 쓸 줄 아는 인물이 없으니 애석한 일이오. 그 밖의 손건·미축·간옹 따위는 한낱 백면서생이라, 경세 제민經世濟民할 만한 인물이 못 되오."

"나는 늘 산간에 있는 뛰어난 인물들을 구하려 했으나, 아직 어진 인재를 만나지 못했소이다."

수경이 말한다.

"공자가 말씀하기를 '열 집 정도의 조그만 마을에도, 반드시 충성하는 사람과 신의 있는 사람이 있다+室之邑 必有忠信'고 하셨는데, 어찌 인물이 없다 하시오?"

유현덕은 청한다.

"나는 천성이 우매해서 아는 것이 없으니, 선생이 가르쳐주소서."

수경은 설명한다.

"귀공은 형주, 양주의 고을 아이들이 부르는 동요를 들은 적이 있으신지요? 그 동요에,

> 8, 9년 사이에 비로소 쇠약해져
> 13년에 이르면 남는 자가 없으리.
> 마침내 천명은 누구에게로 돌아가나
> 진흙 속에 서린 용이 하늘로 날아오른다.
> 八九年間始欲衰
> 至十三年無子遺
> 到頭天命有所歸
> 泥中蟠龍向天飛

고 했으니, 이 동요가 유행하기 시작한 것은 건안建安 초였지요. 그러다가 건안 8년(203)에 이르러 형주의 유표가 첫 번째 상처喪妻를 하고 집안이 어지러워지면서부터 동요의 내용대로 쇠약해지기 시작한 것이오. 동요에 남는 자가 없다고 한 것은 머지않아 유표가 세상을 떠나고 문관과 무장이 다 몰락해서 남는 자가 없다는 뜻이며, 천명을 받아 용이 하늘로 오른다는 것은 바로 장군을 두고 한 말이지요."

유현덕은 놀라며 겸사한다.

"나 같은 사람이 어찌 그럴 수 있겠습니까?"

"오늘날 천하의 기이한 인재가 다 이 지방에 있으니, 귀공은 속히 찾도록 하시오."

유현덕은 급히 묻는다.

"기이한 인재가 어디 계시며, 과연 어떤 분이신지요?"

수경은 대답한다.

"복룡伏龍과 봉추鳳雛 두 사람 중에서 한 사람만 얻어도 천하를 정할 수 있을 것이오."

"복룡과 봉추는 어떤 사람입니까?"

수경은 손뼉을 치며 크게 웃는다.

"좋구나. 좋도다!"

유현덕이 다시 물어보려는데, 수경이 말한다.

"날이 저물었으니 장군은 이곳에서 하룻밤 주무시오. 내일 다시 이야기합시다."

동자에게 저녁 식사 준비를 시키고, 수경선생은 말을 후원으로 끌어들여 말먹이를 먹인다.

유현덕은 저녁 식사를 마치고 초당 옆방에서 머무는데, 수경선생의 말을 생각하느라 잠이 오지 않는다.

한밤중이었다. 바깥에서 문을 두드리는 소리가 나더니, 어떤 사람이 들어오는 모양이었다. 수경의 말소리가 들린다.

"원직元直은 이 밤중에 어찌 왔는가?"

유현덕은 잠자리에서 벌떡 일어나 귀를 기울인다.

그 사람이 대답하는 소리다.

"유표가 착한 일을 좋아하고 악한 짓을 미워한다는 소문을 내 오래 전부터 들었기에, 한번 가서 만나봤더니 공연한 소문이데그려. 착한 일을 좋아는 하되 착한 것을 쓸 줄 모르고, 악한 짓을 미워는 하되 악한 것

을 없애버리지 못하니 무슨 소용이 있으리요. 그래서 글을 써두고 양양 성을 떠나, 이제 여기에 이르렀네.'

다음은 수경의 말소리다.

"그대가 왕을 도울 만한 재주를 지녔으면서도, 훌륭한 인물을 골라 섬길 생각은 않고 경솔히 유표 따위를 만나보러 갔던가. 영웅이 눈앞에 있건만 그대가 모를 따름이로다."

대답하는 소리가 들린다.

"선생의 말이 옳거니."

유현덕은 크게 기뻐서,

"필시 저 사람은 복룡이 아니면 봉추일 것이다."

하고 곧 나가보고 싶은 마음이 간절하였으나 겨우 참았다.

이튿날 첫새벽에 유현덕은 수경에게 문안하고 묻는다.

"지난 밤중에 온 분은 누구십니까?"

"나의 친구요."

유현덕이 인사를 시켜달라고 청하니, 수경이 대답한다.

"그 사람은 영특한 인물을 찾아간다며, 이미 떠나고 없소."

유현덕은 황급히 묻는다.

"그분의 이름이 무엇입니까?"

수경은 껄껄 웃는다.

"좋구나. 좋도다!"

유현덕은 엎드려 묻는다.

"복룡과 봉추는 과연 어떤 인물이옵니까?"

수경은 웃는다.

"좋구나. 좋도다!"

유현덕은 거듭 절하고 청한다.

"선생은 나와 함께 이 산속을 떠나 한나라 황실을 도와주소서."

수경이 대답한다.

"나는 산야의 한가한 사람이라 아무 쓸모가 없소. 나보다 재주가 열 배나 뛰어난 사람이 귀공에게 와서 도울 테니, 귀공도 그 사람을 찾도록 하시오."

이렇게 말하는데 바깥에서 갑자기 많은 사람들과 말 우는 소리가 난다.

동자는 들어와서 고한다.

"한 장군이 수백 명의 군사를 거느리고 장원 바깥에 들이닥쳤습니다."

유현덕이 크게 놀라 급히 나가보니, 조자룡이 와 있지 않은가! 유현덕은 매우 기뻤다.

조자룡은 말에서 내려 유현덕에게 말한다.

"저는 밤에 신야로 돌아갔으나, 주공이 와 계시지 않아서 밤새 찾아 헤매다가 겨우 이곳에 이르렀습니다. 주공은 속히 돌아가십시오. 신야 고을이 습격을 받을까 염려됩니다."

이에 유현덕은 수경에게 하직하고 말에 올라타, 조자룡과 함께 신야를 향하여 몇 리쯤 갔을 때였다. 저편에서 한 떼의 기병들이 달려온다. 보니 관운장과 장비가 군사를 거느리고 온다. 그들은 서로 만나 기뻐한다. 유현덕이 단계를 뛰어넘었던 일을 말하니, 모두들 크게 감탄한다.

유현덕은 신야 고을에 돌아와서 손건 등과 상의한다.

손건이 말한다.

"우선 유표에게 서신을 보내어, 이번 일을 호소하십시오."

이리하여 손건은 유현덕의 서신을 받아 형주로 갔다. 유표는 손건을 불러들여 묻는다.

"내가 유현덕에게 청하여, 나 대신 양양성 대회를 보살펴달라고 했는데, 어째서 유현덕은 잔치 자리에서 달아났는가?"

손건은 유비의 서신을 바치며,

"채모가 미리 계책을 세워 죽이려고 하였으나, 우리 주인은 좋은 말에 힘입어 단계를 무사히 뛰어넘었기 때문에 겨우 죽음을 벗어나신 것입니다."

하고 자초지종을 소상히 말했다.

유표는 벌컥 화를 내며 급히 채모를 불러들여,

"네가 어찌 감히 내 동생을 죽이려 했느냐?"

하고 몹시 꾸짖은 다음에,

"어서 끌어내어 참하라."

하고 호령한다.

채부인이 나와서 살려달라며 통곡하나, 유표는 그래도 분이 풀리지 않는다. 손건이 고한다.

"채모를 죽이신다면, 우리 유황숙께서는 미안하여 이 지방에 더 계실 수 없을 것입니다."

그제야 유표는 채모를 엄히 꾸짖어 내보낸 다음에 큰아들 유기에게,

"너는 나 대신 손건을 따라가서 유현덕에게 사죄하여라."

하고 보냈다.

유기가 부친의 분부를 받들어 손건과 함께 신야 고을에 당도하니, 유현덕이 나와서 영접하고 잔치를 베풀어 대접한다. 술이 몇 순배 돌았을 때였다. 갑자기 유기는 눈물을 뚝뚝 떨어뜨린다. 유현덕이 그 까닭을 물으니, 유기가 대답한다.

"계모 채씨가 늘 저를 죽일 생각을 품고 있으니, 저는 그들의 계책에서 벗어날 길이 없습니다. 바라건대 숙부께서는 이 조카에게 살길을 알려주소서."

"항상 조심하되 힘써 효성을 다하면, 자연 불행이 없어지리라."

유현덕은 좋은 말로 타일렀다.

이튿날 유기가 울면서 떠나는데, 유현덕은 말을 타고 신야성 바깥까지 전송한다. 유현덕은 자기가 탄 말을 가리키며 말한다.

"이 말이 아니었던들, 나는 벌써 죽었을 것이다."

유기가 대답한다.

"그것은 말의 힘이 아니며, 숙부의 크나큰 복이십니다."

서로 인사를 마치고 작별하니, 유기는 울면서 떠나간다. 유현덕은 말고삐를 돌려 신야성 안으로 들어간다. 유현덕이 거리를 지나가는데, 한 사람이 갈건葛巾과 삼베 도포와 검은 도포 띠 차림으로 검은 신을 신고 노래를 부르면서 온다.

하늘과 땅이 뒤집어짐이여
불[漢]은 꺼지려 하는도다.
큰 집이 무너지려 함이여
한 나무로 버틸 수가 없도다.
산속에 어진 인물이 있음이여
영특한 주인을 섬기려 하는도다.
영특한 주인이 어진 인물을 찾음이여
그러나 나를 알아보지 못하는도다.

天地反覆兮　火欲鈸
大廈將崩兮　一木難扶
山谷有賢兮　欲投明主
明主求賢兮　泇不知吾

유현덕은 노래를 듣자,

신야에서 단복(오른쪽 끝)을 만나는 유비

‘이 사람이야말로 수경이 말하던 복룡이 아니면 봉추일 것이다.’

생각하고 마침내 말에서 내려 그 사람과 인사한 다음에, 관아로 데려 왔다. 유현덕이 성명을 묻는다.

그 사람은 대답한다.

"나는 영상潁上 땅 출신으로서 성명을 단복單福이라고 합니다. 사또께 서 어진 선비를 널리 구한다는 소문을 오래 전부터 들었기에 휘하에 오 려 했지만, 늦어져서 이제야 왔습니다. 시정市井에 이르렀으나, 아는 사 람이 없어 노래를 불러 사또의 귀에 들리게 한 것입니다."

유현덕은 매우 놀라면서, 그를 귀빈으로 맞았다. 단복이 청한다.

"아까 사또께서 타신 말을 다시 한 번 보여주십시오."

유현덕이 수하 사람을 시켜 안장은 내리고 말만 당 아래로 끌어오게 했다. 단복이 말한다.

"이건 적로가 아닙니까. 비록 천리마이긴 하지만 주인에게 해를 끼치는 말이니, 다시는 타지 마십시오."

"이미 시험해봤는데 그렇지도 않습니다."

유현덕은 지난번에 단계를 뛰어넘던 일을 자세히 말했다.

단복이 말한다.

"그건 주인을 구출한 것이지 주인을 해친 것은 아닙니다. 언젠가는 한 주인의 신세를 망치고야 말 테니 살풀이하는 법을 가르쳐드리지요."

"그 살풀이하는 법을 일러주오."

"귀공이 혹 원수를 갚아야 할 사람이 있거든, 그 사람에게 이 말을 선사하십시오. 그 사람이 이 말 때문에 해를 당한 뒤에 다시 귀공께서 타시면 아무 탈이 없습니다."

유현덕은 얼굴빛이 변한다.

"선생은 오늘 처음 오자마자 내게 바른길은 가르쳐주지 않고, 도리어 자기 이익을 위해 남을 망칠 일을 가르치니 예의가 아니오. 나는 결코 그런 가르침을 들을 수 없소."

단복은 껄껄 웃으며 사과한다.

"일찍이 유황숙의 어진 덕은 들었으나, 그냥 믿을 수도 없어서 한번 시험해본 것입니다."

유현덕은 표정을 고치며 일어나 사과한다.

"나 같은 사람에게 무슨 어진 덕이 있어 남에게까지 미치겠습니까. 선생은 오로지 나를 지도해주십시오."

단복이 대답한다.

"나는 영상 땅에서 이곳에 이르러 신야 사람들의 노래를 들었습니다. 그들이 노래하기를,

신야 땅 사또님

우리 유황숙

이곳에 오신 뒤로

백성은 태평을 누리네.

新野牧

劉皇叔

自到此

民豊足

라고 하니, 이만하면 유황숙께서 남에게 미친 어진 덕을 알 수 있습니다."

유현덕은 단복을 군사軍師로 삼고 그때부터 군사들을 조련케 했다.

한편, 조조는 기주冀州에서 허도許都로 돌아온 뒤로, 늘 형주를 칠 생각을 하고 있었다. 그리하여 조조는 조인, 이전과 예전에 원袁씨의 휘하에서 항복해온 여광, 여상 등에게 군사 3만을 내주고 번성樊城 땅으로 보내, 양양 땅을 엿보아 상대의 실정을 내탐하도록 지시했다.

그들이 번성에 온 지도 여러 달이 지났다.

여광과 여상은 조인에게 아뢴다.

"요즈음 유비가 신야에 주둔한 후로 새로이 군사를 모집하고 군마를 사들이고 마초를 쌓고 곡식을 저장한다니, 예삿일이 아닙니다. 그들의 세력이 더 커지기 전에 무찔러버려야 할 때가 왔습니다. 우리가 승상께 항복해온 뒤로 아직 아무 공로도 세우지 못했으니, 바라건대 용맹한 군사 5천만 주시면, 유비의 목을 베어서 승상께 바치겠습니다."

조인은 크게 기뻐하며 여광과 여상에게 군사 5천을 주고 신야를 치게 했다. 그들의 군사가 이르자, 경계를 지키던 파발꾼은 말을 달려 유현덕에게 급보를 전한다.

　유현덕은 단복과 함께 상의한다. 단복은 말한다.

　"적군을 경계 안으로 못 들어오게 해야 합니다. 관운장은 일지군을 거느리고 왼쪽으로 나가서 적군이 쳐들어오는 중간 지점을 치고, 장비는 일지군을 거느리고 오른쪽으로 나가서 적군의 뒷길을 끊고, 주공은 조자룡을 거느리고 가서 적군과 정면으로 대결하면 가히 격파하리다."

　유현덕은 그 말대로 장비를 떠나 보내고, 단복·조자룡과 함께 군사 2천을 거느리고 관문을 나가 몇 리쯤 갔을 때였다. 산 너머에서 먼지가 크게 일어나며 여광과 여상이 군사를 거느리고 내달아온다.

　이에 양군은 각기 진영을 벌이고 사격수를 늘어세운다.

　유현덕은 문기門旗 아래로 말을 달려 나가 크게 외친다.

　"너희들은 누구이기에 감히 나의 경계를 침범하느냐?"

　여광은 말을 달려 나와 대답한다.

　"나는 대장 여광이다. 승상의 명령을 받아 특히 너를 잡으러 왔노라."

　유현덕은 분노하여 조자룡을 내보낸다. 조자룡은 달려나가 여광을 맞이하여 싸운 지 불과 수합에 여광을 창으로 찔러 말 아래로 거꾸러뜨리니, 유현덕은 즉시 군사를 휘몰아 적군을 엄습한다. 여상은 대적하지 못하고 군사를 돌려 한참 달아나는데, 길가에서 일지군이 내달아 나온다. 선두의 대장은 바로 관운장이었다. 관운장은 적군을 한바탕 무찌른다. 여상은 군사의 태반을 잃고 겨우 길을 빼앗아 달아나는데, 10리도 못 가서 또 난데없는 일지군이 내달아와 길을 가로막는다. 선두에 선 대장이 장팔사모를 번쩍 쳐들며,

　"장익덕張翼德이 예 있으니 꼼짝 마라."

하고 달려든다.

　여상이 미처 손 한 번 쓰지 못한 채, 장비의 창에 찔려 몸을 뒤집으며

말 아래로 떨어져 죽으니, 나머지 적군은 사방으로 흩어져 달아난다. 뒤쫓아온 유현덕과 장비의 군사는 합세하여 달아나는 적군을 거의 다 사로잡았다.

싸움에 이긴 유현덕은 신야로 돌아와 단복을 극진히 대우하고, 수고한 삼군을 위로하여 잔치를 베풀며 상을 주었다.

한편, 싸움에 패한 군사들은 돌아가 조인에게 보고한다.

"여광과 여상 두 장수 모두 전사했고, 많은 군사들이 사로잡혔습니다."

조인은 크게 놀라 이전과 상의한다. 이전은 대책을 말한다.

"여광과 여상이 죽었다니 당분간 군사를 움직이지 마시오. 곧 사람을 허도로 보내어 승상께 보고하되, 대군을 거느리고 오셔서 적을 치라 하시오."

조인은 반대한다.

"그렇지 않소. 이번에 두 장수가 전사한데다가 허다한 군사와 말을 빼앗겼으니, 이 원수는 하루 속히 갚아야 하오. 조그만 신야 고을을 치는데, 승상이 대군을 거느리고 오셔서 수고하실 것까지는 없소."

"유현덕은 영특한 사람이오. 결코 얕잡아봐서는 안 되오."

"귀공은 어째서 그리 겁이 많소?"

이전은 굽히지 않는다.

"병법에 가로되 '적을 알고 나를 알아야 백 번 싸워 백 번 이긴다' 했소. 나는 싸움을 겁내는 것이 아니오. 싸워서 이기지 못할까 걱정하는 것이오."

조인은 발끈 화를 낸다.

"알고 보니 귀공은 두 마음을 품은 모양이구려. 내 반드시 유비를 사로잡을 테니 두고 보시오."

"장군이 싸우러 가겠다면, 나는 남아서 이곳 번성을 지키겠소."

조인은 눈을 부라리며 화를 낸다.

"네가 나와 함께 안 가겠다는 걸 보니, 반역할 생각이구나!"

이전은 하는 수 없이 조인과 함께 군사 2만 5천을 일으켜 하수河水를 건너 신야로 쳐들어가니,

비장들이 전사했다는 보고에 분을 못 참아

주장이 복수하러 거듭 군사를 일으킨다.

偏裨旣有興戶辱

主將重興雪恥兵

승부가 과연 어떻게 날지.

제36회

유현덕은 계책을 써서 번성을 엄습하고
서서는 말을 타고 떠나면서 제갈양을 천거하다

조인은 분을 참지 못하고 드디어 본부 군사를 크게 일으켜 그날 밤으로 하수를 건너 신야로 나아간다.

한편, 단복은 승리를 거두고 신야로 돌아와 유현덕에게 말한다.

"번성에 주둔한 조인이 두 장수가 죽은 걸 알면, 반드시 군사를 크게 일으켜 이리로 쳐들어올 것입니다."

"그럼 어떻게 하면 좋겠소?"

"조인이 군사를 모두 일으켜서 오면 번성이 자연 빌 테니, 그 기회에 번성을 빼앗도록 합시다."

"어떤 계책을 써야 할까요?"

단복은 유현덕의 귀에 대고 이러이러히 하도록 말한다. 유현덕은 단복의 계책에 동감하며 만반의 준비를 마쳤는데, 파발꾼이 달려와서,

"조인이 많은 군사를 거느리고 하수를 건너옵니다."

하고 보고한다. 단복이 말한다.

"과연 내가 생각한 것에서 벗어나지 않나 봅니다."

드디어 단복은 유현덕에게 청하여 함께 군사를 거느리고 적군을 맞이하니, 양편이 서로 둥그렇게 진영을 벌였다. 조자룡이 먼저 말을 달려 나가 외친다.

"할말이 있으니 적장은 나오라."

이에 조인은 이전에게 출전하도록 명령한다. 이전이 나와서 싸운 지 수십 합에 대적하지 못하고 말을 돌려 달아나자 조자룡은 그 뒤를 쫓는데, 적의 화살이 빗발치듯 날아오는지라, 하는 수 없이 돌아온다. 마침내 양편은 모두 군사를 거두어 각기 영채로 돌아왔다. 이전은 돌아와서 조인에게 말한다.

"적군이 용맹해서 경솔히 대적할 수 없으니, 번성으로 돌아가는 것이 좋겠소."

조인은 성내어 꾸짖기를,

"네가 떠나기 전부터 재수 없는 말만 하더니, 일부러 지고 와서 무슨 소릴 하느냐. 네 죄는 죽어 마땅하다."

하고 이전을 끌어내어 참하도록 도부수刀斧手들에게 호령한다. 그러나 모든 장수들이 힘써 말린 덕에 이전은 겨우 죽음을 면했다.

이튿날, 조인은 이전을 후군後軍으로 돌린 다음에 친히 전부前部 선봉이 되어 북을 울리며 나아가서, 한 진영을 벌이고 사람을 시켜 외친다.

"유현덕은 보아라. 내가 벌인 이 진영을 알겠느냐!"

이에 단복은 높은 곳에 올라가 굽어보며 유현덕에게 말한다.

"저 진영은 팔문금쇄진八門金鎖陣이니, 팔문이란 휴문休門 · 생문生門 · 상문傷門 · 두문杜門 · 경문景門 · 사문死門 · 경문驚門 · 개문開門입니다. 생문을 좇아 경문 · 개문으로 들어가면 길吉하고, 상문 · 경문 · 휴문으로 들어가면 죽으며, 두문 · 사문으로 들어가면 망합니다. 조인이 비록 팔문을 벌였으나 중간에 중요한 흠이 없지 않으니, 동남쪽 생문으로 쳐들어

번성 탈취의 계략을 고하는 단복(왼쪽)

가서 서쪽 경문景門으로 무찔러 나가면, 적진敵陣이 반드시 무너지리다."

유현덕은 군사들에게 진영을 굳게 지키도록 하고 조자룡에게 명령한다.

"군사 5백 명을 거느리고 동남쪽으로 쳐들어가서, 서쪽으로 무찔러 나오라."

조자룡은 즉시 창을 들고 말을 달려 군사들을 거느리고 적진 동남쪽으로 쳐들어가서, 함성을 지르며 서쪽을 향하여 한복판을 들이치니, 조인이 북쪽으로 달아난다.

조자룡은 조인을 뒤쫓지 않고 서문 쪽으로 빠져 나와 군사를 거느리고 다시 동남쪽으로 무찔러 들어가니, 조인의 군사는 크게 혼란하여 갈팡질팡한다.

이에 유현덕이 총공격을 하니, 조인의 군사는 크게 패하여 사방으로 흩어져 달아난다. 단복은 적군을 추격하지 말라 하고, 모든 군사를 거두어 돌아왔다.

한편, 조인은 싸움에 지고 나서야 비로소 이전이 하던 말을 믿게 되었다. 그는 이전에게 도움을 청하며 상의한다.

"유비의 군중軍中에 필시 놀라운 자가 있어, 나의 팔문금쇄진을 격파한 것이오."

이전이 대답한다.

"나는 여기 있지만, 두고 온 번성이 궁금하오."

"오늘 밤에 적의 영채를 쳐서 이기거든 그때 다시 상의하기로 합시다. 만일 지거든 그때는 번성으로 물러갑시다."

"쳐본댔자 가망이 없소. 유비가 만반의 준비를 해놓았을 것이오."

"그렇게 의심이 많아서야 무슨 일을 하리요?"

조인은 이전의 말을 듣지 않았다. 그는 친히 군사를 거느리고 전부前部 선봉이 되고, 이전에게는 후군을 거느리고 뒤따르게 하여, 그날 밤 2경에 유현덕의 영채를 치기로 했다.

한편, 단복은 유현덕과 함께 영채에서 앞일을 상의하는데, 문득 한바탕 광풍이 일어난다. 단복은 바람이 부는 변화를 보더니 예언한다.

"오늘 밤에 조인이 반드시 우리 영채를 치러 올 것입니다."

유현덕은 묻는다.

"그럼 어찌하면 좋겠습니까?"

단복은 웃으며,

"내 그럴 줄 알고서 이미 계책을 다 세워두었습니다."

하고 모든 장수들에게 비밀리에 지시를 내렸다.

한밤중 2경이었다. 조인의 군사가 유현덕의 영채에 가까이 이르렀을 때였다. 유현덕의 영채 안에서 문득 불이 일어나며 영채의 울타리를 태운다. 조인은 적군에게 이미 준비가 되어 있음을 알자 급히 후퇴하라고 명령을 내린다.

군사들이 물러나려는데, 난데없이 조자룡이 달려와서 마구 무찌른다. 조인은 군사를 거둘 여가도 없이 하수 북쪽으로 급히 달아난다. 조인이 북쪽 하수 언덕에 이르러 허둥지둥 배를 찾아 타고 강을 건너려 하는데, 언덕 위에서 한 떼의 군사가 내달아오니, 선두를 달려오는 장수는 바로 장비였다.

조인은 장비의 군사를 맞아 죽을힘을 다해 싸우는데, 마침 이전이 와서 조인을 도와주니 겨우 배를 저어 강을 건너간다. 그러나 조인의 군사들은 거의 반이나 물에 빠져 죽었다.

조인은 강을 건너 살아 남은 군사를 거느리고 허둥지둥 번성으로 돌아가, 속히 성문을 열라고 외친다. 그런데 성 위에서 갑자기 요란한 북소리가 일어나며, 한 장수가 군사를 거느리고 나오더니 크게 꾸짖는다.

"내가 번성을 차지한 지 오래로다."

조인과 이전, 그리고 모든 군사들이 깜짝 놀라 쳐다보니, 그 장수는 바로 관운장이었다.

조인은 대경 실색하고 말을 돌려 달아나니, 관운장은 즉시 그 뒤를 쫓아가서 무찌른다. 조인은 다시 허다한 군사를 잃고 밤길을 달려 허도로 도망치다가, 도중에서 알아본 결과 그제야 단복이란 사람이 유현덕의 군중에 군사로 있으면서 갖은 계책을 꾸민다는 사실을 알았다. 조인이 패하여 허도로 돌아간 것은 더 말할 나위도 없다.

한편, 유현덕은 크게 승리하자 군사를 거느리고 번성으로 들어가니, 번성현령 유필劉泌이 나와서 영접한다. 유현덕은 성안의 백성들을 위로하고 안정시켰다.

유필은 원래 장사長沙 출신으로, 역시 한 황실의 종친이었다. 그는 유현덕을 자기 집으로 초청하고 후히 대접한다.

유현덕이 보니 한 사람이 양손을 앞에 모으고 서 있는데, 인품이 헌칠하다. 유현덕이 유필에게 묻는다.

"저 젊은 사람은 누구요?"

유필은 대답한다.

"그는 나의 조카뻘 되는 구봉寇封입니다. 원래는 나후구羅侯寇의 아들인데, 일찍이 부모를 여의었기 때문에 내게 와서 의탁하고 있습니다."

유현덕은 구봉의 인품을 사랑하고 양자로 삼겠노라 청한다. 유필은 흔쾌히 응낙했다. 마침내 유현덕은 구봉의 절을 받고 아들로 삼았다. 이에 유현덕은 새로 얻은 아들에게 유봉劉封이라는 성명을 주었다.

유현덕이 유봉을 데리고 돌아와서 말한다.

"이 두 분은 너의 숙부뻘이 되니 절하여 뵈어라."

유봉은 관운장과 장비에게 절한다.

관운장은 유현덕에게 말한다.

"형님은 이미 친아들을 두셨는데, 무엇 하러 양자까지 두십니까? 뒤에 반드시 시끄러운 일이 생길 것입니다."

유현덕은 대답한다.

"내가 그를 친자식처럼 대하면, 그도 나를 친아버지처럼 생각할 텐데, 무슨 시끄러운 일이 있으리요."

그러나 관운장은 끝내 기뻐하지 않았다.

유현덕은 단복과 의논한 뒤 조자룡에게 군사 천 명을 주어 번성을 지키도록 남겨두고, 친히 나머지 군사를 거느리고 신야로 돌아갔다.

한편, 조인과 이전은 허도로 돌아가 조조에게 절하고 울며 청한다.

"여광, 여상과 많은 군사를 잃었으니, 저희들을 처벌하소서."

조조는 태연히 묻는다.

"이기고 지는 것은 병가兵家에 늘 있는 일이다. 그런데 유현덕을 돕는 자가 누구라더냐?"

조인은 대답한다.

"단복이란 자가 계책을 세워 돕는다고 하더이다."

"단복은 어떤 인물이냐?"

정욱程昱은 웃으며 대답한다.

"그는 단복이란 사람이 아닙니다. 그는 어려서부터 학문과 칼 쓰기를 좋아하더니, 중평中平 말년에 남의 원수를 갚아주기 위해 사람을 죽인 다음에 머리를 풀고 얼굴에 환칠을 하고 도망쳐 다녔습니다. 그 뒤 관리가 그를 잡아 성명을 물었으나 대답하지 않는지라, 그를 수레에 결박하고 북을 치며 거리로 끌고 돌아다니면서, 이 사람을 아는 자가 있느냐고 물었는데, 비록 아는 자가 있어도 감히 말을 못하더랍니다. 수일 뒤 그의 동지들이 그를 몰래 빼내어 달아났습니다. 그때부터 그는 학문을 위해 유명한 스승을 두루 찾아다니다가, 일찍이 사마휘와 친해졌습니다. 그는 본래 영주 땅 출신으로 본명은 서서요, 자는 원직元直입니다. 단복은 그의 가명입니다."

조조는 묻는다.

"서서의 재주는 그대와 비교해서 어떠하오?"

정욱은 대답한다.

"나보다는 열 배나 뛰어난 인물입니다."

"아깝구나! 뛰어난 인물이 유비에게로 갔으니, 이는 날개를 달아준 거나 다름없다. 장차 이 일을 어쩐담!"

정욱은 고한다.

"서서가 비록 유비에게 있지만, 승상께서 쓰실 생각이 있다면 그를 이리로 불러오는 것은 어렵지 않습니다."

"어떻게 불러온단 말이오?"

"서서는 지극한 효자인데, 어려서 부친을 잃어 늙은 어머니만 생존해 있습니다. 이제 그의 아우 서강徐康마저 세상을 떠났으니, 늙은 어머니를 모실 사람이 없습니다. 승상은 사람을 보내어 그 늙은 어머니를 속여 허도로 데려오게 하십시오. 그런 뒤에 늙은 어머니가 속히 오라는 서신을 써서 아들에게 보내기만 하면, 서서는 반드시 올 것입니다."

조조는 크게 기대하며 사자를 보냈다. 사자는 밤낮을 달려가서 서서의 어머니를 속여서 데려왔다. 조조는 극진히 대접하며 청한다.

"듣건대 서서는 천하에 뛰어난 인재라 합니다. 그런 아들이 지금 신야 고을에서 역적 유비를 돕고 조정을 배반하니, 이는 아름다운 옥이 진흙 속에 빠진 것과 같습니다. 참으로 애석한 일입니다. 수고롭지만 서신을 한 장 써서 아들을 이곳으로 불러 올리기만 하면, 내가 천자께 잘 아뢰어 큰 벼슬을 하게 하리다."

좌우 사람들은 지필묵을 내놓으며 서신을 쓰도록 권한다.

서서의 어머니가 묻는다.

"유비는 어떤 사람이오?"

조조는 대답한다.

"탁군涿郡 땅 출신의 미천한 자로서, 망령되이 황숙皇叔(황제의 서숙뻘)이라 자칭하며 전혀 신의가 없으니, 말하자면 겉으론 군자인 체하나 속은 소인이지요."

서서의 어머니는 대뜸 큰소리로,

"너는 거짓말이 어찌 이다지도 심하냐. 내가 오래 전부터 듣기로는 유현덕은 중산정왕中山靖王의 후손이요 효경황제孝景皇帝의 현손玄孫으로, 훌륭한 선비에겐 몸을 굽히고 자기 자신은 공손한 태도로써 사람을 대우하기 때문에, 그 어진 명성이 일찍부터 자자한 어른이다. 세상의 아이들과 노인들, 목동과 초동樵童들도 다 그 어른의 이름을 아니, 그 어른이야말로 당대의 영웅이라. 내 아들이 그런 어른을 돕는다면 이는 주인을 바로 만난 것이다. 그러나 너는 겉으론 한나라 승상이라는 거죽을 썼으되, 속마음은 한나라의 역적이거늘 도리어 유현덕을 역적으로 몰며, 내 아들에게 밝은 주인을 버리고 음흉한 자를 섬기러 오라 하니, 그러고도 어찌 부끄럽지 않느냐."

꾸짖고 벼루를 들어 조조에게 던졌다. 조조는 눈을 부릅뜨고 서서의 어머니를 끌어내어 참하도록 무사들에게 호령한다.

정욱은 급히 조조를 말리며 간한다.

"이제 서서의 모친이 승상을 모욕한 뜻은 스스로 죽기 위해서입니다. 승상이 서서의 모친을 죽이면 옳지 못한 짓을 했다는 누명만 쓰게 되고, 서서의 모친은 소원대로 죽어서 훌륭한 부인이라는 칭송을 받게 됩니다. 뿐만 아니라 서서의 모친이 죽으면, 서서는 결사적으로 유비를 도와 승상에게 원수를 갚으려 들 것이니, 우선 참고 그대로 살려두십시오. 그러면 서서도 마음과 몸이 두 갈래로 나뉘어, 유비를 힘껏 돕지 못할 것입니다. 또한 서서의 모친을 살려두면, 제가 속임수를 써서 반드시 서서가 제 발로 걸어와, 승상을 돕도록 하겠습니다."

조조는 그 말을 옳게 여겨 마침내 서서의 늙은 어머니를 죽이지 않고, 별실別室로 보내어 감금했다.

정욱은 날마다 서서의 늙은 어머니께 문안을 드리며 서서와 자기는 일찍이 의형제를 맺은 사이라고 거짓말을 했다. 그는 친어머니 섬기듯 하면서 좋은 물건을 보낼 때마다 반드시 친히 몇 자씩 적은 쪽지를 함께 보냈다.

서서의 모친은 사실인 줄로 믿고 물건을 받을 때마다 잘 받았다는 쪽지를 써서 답장했다.

마침내 정욱은 서서 모친의 필적을 모아 그 글씨체를 본떠서 한 통의 편지를 작성하여 심복 부하에게 주어 곧장 신야로 보냈다.

그 심복 부하가 신야 땅 군영에 이르러 단복을 뵈러 왔노라고 하니, 군사는 서서에게로 데려갔다. 서서는 어머니의 편지를 가져온 사람인 줄로 믿고 급히 불러들인다.

그는 절하며 고한다.

"소인은 본댁에서 심부름하는 머슴이온데, 노마님의 분부로 서신을 받아왔습니다."

서서가 받아 급히 떼어보니,

전번에 너의 아우 강康이 죽은 뒤로 주위를 둘러봐도 친척 하나 없어 슬퍼하던 중, 뜻밖에 조승상이 사람을 보내 속임수를 써서 나를 허도로 불러 올려, 네가 조정을 배반했다면서 나를 결박하려 하는데, 정욱 등이 힘써 말린 덕분에 봉변을 면했다마는, 네가 항복해 와야만 죽음을 면하겠다. 이 편지를 보거든 지난날 너를 키워준 어미의 은혜를 잊지 말고 밤낮없이 급히 와서 효도를 다하여라. 그런 뒤에 우리 모자는 고향으로 돌아가서 농사나 지으며 편안히 살기로 하자. 내 목숨이 지금 끊어지기 직전의 실낱 같으니 속히 와서 도와달라. 다른 부탁은 없노라.

서서는 서신을 읽고 나자 눈물이 비 오듯 한다. 그는 곧 서신을 가지고 유현덕에게로 갔다.

"나는 원래가 영주 출신으로서 성명은 서서요 자는 원직입니다. 부득이한 사정이 있어서 고향을 도망쳐 나와 단복이라 이름을 바꾸고 행

세했습니다. 전에 형주 유표劉表가 어진 선비를 공경한다는 소문이 있기에 가서 만나보았더니 실로 쓸모없는 인물이더이다. 그래서 글만 써놓고 형주를 떠나 그날 밤으로 수경의 장원에 이르러 겪어온 일을 말했던 것입니다. 그랬더니 수경이 나를 책망하며 '그대는 사람을 못 알아본다'면서 '여기 유황숙이 와 있는데, 어째서 섬기지 않느냐' 하기에 마침내 이곳 시정에 이르러, 미친 사람처럼 노래를 불러 유황숙의 귀에까지 들리게 했던 것입니다. 다행히 유황숙께서 나를 버리지 않고 큰 책임을 맡기셨으나 어찌하리까. 이제 늙으신 어머님께서 조조의 간특한 계책에 걸려 허도에 감금당하여, 장차 목숨을 잃게 되셨습니다. 연로하신 어머님께서 친서를 보내시어 자식을 부르니 서서는 그리로 가지 않을 수가 없습니다. 유황숙께 견마지로犬馬之勞(충성)를 다하고 싶으나, 모친이 붙들려 계시니 힘을 쓸 수가 없어 작별 인사를 드립니다. 언젠가는 다시 뵐 날이 있으리라 생각합니다."

이 말을 듣자 유현덕은 방성통곡한다.

"어머니와 아들은 지극한 천륜이니, 그대는 내 염려 말고 어서 가서 노부인을 뵌 뒤에 다시 돌아와 나를 지도해주면 천만다행이겠소."

서서는 절하고 곧 떠나려 한다. 유현덕은 간절히 청한다.

"바라건대 하룻밤만 더 주무시고 떠나시오. 내일 전송해드리리다."

이날 손건은 유현덕에게 비밀히 말한다.

"서서는 천하의 기이한 재주를 지닌 사람입니다. 그 동안 신야에 있었기 때문에 우리 군사의 내막을 모조리 알고 있습니다. 그러한 그를 조조에게로 보내면, 장차 우리가 위태로워집니다. 주공은 붙들어두고 보내지 마십시오. 서서가 가지 않으면 조조는 반드시 그 어머니를 죽일 것이며 서서는 어머니 원수를 갚기 위해서라도 전력을 기울여 조조를 칠 것입니다."

유현덕은 대답한다.

"옳지 못한 일이다. 남의 손을 빌려 그 어머니를 죽이게 하고, 내가 그 아들을 쓴다면 이는 어질지 못한 짓이며, 아들을 붙들어두고 그 어머니와의 사이를 끊게 한다면, 이는 의리가 아니다. 내 차라리 죽을지언정 어질지 못하거나 의롭지 못한 일은 할 수 없다."

모든 사람들이 이 말을 듣고 감탄했다. 유현덕은 서서를 청하여 술을 대접한다.

서서는 사양한다.

"어머니가 지금 감금당하여 계시니, 비록 금옥金玉 같은 술이라 할지라도 목에 넘어가지가 않습니다."

유현덕도 추연히 말한다.

"선생이 떠나게 되었으니 나는 두 팔을 잃었소이다. 비록 용의 간肝과 봉鳳의 살로 장만한 안주가 있대도 맛이 쓸 것만 같소."

유현덕과 서서는 술상을 가운데 놓고 서로 울며 밤을 꼬박 새웠다.

날이 밝자 모든 장수들이 성 바깥에 술자리를 마련하고, 서서를 전송할 준비를 한다. 유현덕은 서서와 함께 나란히 말을 타고 성을 나와, 십리 장정十里長亭(나그네를 위해 10리마다 설치한 휴식소)에 이르러 작별한다.

유현덕은 술잔을 들며 말한다.

"나는 복이 없고 연분이 없어 선생과 함께 길이 있지 못하게 됐지만, 바라건대 선생은 앞으로 새 주인을 잘 섬겨 공명功名을 이루시오."

서서는 울며 대답한다.

"나는 재주가 없고 식견이 좁건만 높은 대우를 받다가, 이제 불행히 도중에서 작별하는 것은 실로 늙으신 어머님 때문이오. 비록 조조가 협박할지라도 계책을 세우지는 않겠소이다."

유현덕은 처량히 말한다.

"선생이 떠나시면 유비도 멀리 산속으로 가서 살 생각이오."

"내가 유황숙을 모시고 왕업王業을 도모하려 한 것은 내 마음을 믿었기 때문입니다. 이제 어머님 때문에 내 마음이 산란하니, 비록 이곳에 남아 있을지라도 쓸모없는 폐인입니다. 유황숙께서는 실로 뛰어난 인물을 구하셔서 도움을 받고 함께 큰일을 성취하셔야 하거늘 왜 허무한 생각만 하십니까?"

"천하에 뛰어난 인물이 있을지라도, 다 선생보다는 못할 것이오."

"나는 보잘것없는 존재인데, 어찌 그런 과도한 명예를 감당할 수 있으리까."

서서는 떠나면서 모든 장수들에게 부탁한다.

"모든 분은 유황숙을 잘 도와 이름을 천추千秋에 전하고 공명을 청사靑史에 남기시오. 결코 이 서서 같은 신세는 되지 마시오."

장수들도 모두 슬퍼했다.

유현덕은 차마 이별하기가 애석하여 한 마장을 따라가서 또 한 마장을 더 따라가니 서서가 하직한다.

"유황숙은 더 수고하지 마시고 돌아가십시오. 여기서 작별을 고하나이다."

유현덕은 말 위에서 서서의 손을 잡으며,

"이제 선생이 떠나면 이 넓은 하늘 아래 함께 살면서도 각기 떨어져 있어야 하니, 어느 날 어느 곳에서, 다시 만나뵐 수 있을지요?"
하고 눈물이 비 오듯한다. 서서는 흐느껴 울며 떠나간다.

유현덕은 숲 가에 말을 멈추고, 서서가 노비 한 명을 거느리고 총총히 사라져가는 뒷모습을 바라보다가,

"서서가 떠났으니, 나는 어찌하리요!"

하고 탄식하는데, 두 눈에서 눈물이 한없이 흘러내린다. 문득 저편 나무 숲이 서서의 뒷모습을 가린다.

유현덕은 말채찍을 들어 나무들을 가리키며 말한다.

"내, 저 나무들을 모조리 베어버리고 싶구나."

모든 사람들이 의아해서 묻는다.

"왜 그런 말씀을 하십니까?"

유현덕은 슬피 대답한다.

"나무들이 서서의 뒷모습을 가리니 말이다."

유현덕이 넋을 잃고 우두커니 서 있는데, 문득 서서가 말을 달려 돌아온다.

"서서가 돌아오니, 떠날 생각이 없는 것이로다!"

유현덕은 흔연히 말에 박차를 가하여 달려나가 영접하며 묻는다.

"선생이 이렇듯 돌아오니 반드시 결심한 바가 있으리라."

서서는 말을 멈추고 유현덕에게 말한다.

"떠날 때 마음이 산란해서 한마디 말씀 드릴 것을 깜빡 잊었소이다. 이 지방에 기이한 인재가 있으니, 그는 양양성에서 20리 떨어진 융중隆中 땅에 사는데, 유황숙은 어찌하여 그를 중용重用하려 하지 않습니까?"

유현덕은 청한다.

"대단히 수고롭지만 그대는 나를 위해 그분을 내게 데려다 주고 가시오."

서서는 대답한다.

"그는 불러올 인물이 아니니 황숙께서 친히 찾아가서 만나보십시오. 만일 그 사람만 얻게 된다면 주周 문왕文王이 강태공姜太公을 얻은 거나 한 고조가 장양張良을 얻은 것과 다름없으리다."

유현덕은 묻는다.

"그 사람은 선생과 비교해서 재주가 어떠한지요?"

哭別傷情爲恨高賢難再聚
徐庶走薦諸葛亮
臨岐特薦始教王佐得相從

제갈양을 천거하고 떠나는 서서(왼쪽)

서서는 대답한다.

"그 사람이 기린이라면 나는 노둔한 당나귀 정도며, 그가 봉鳳이라면 나는 까마귀 정도밖에 안 되지요. 그가 일찍이 자기 자신을 관중管仲과 악의樂毅에 비교해서 말한 적이 있지만, 내가 보기로는 관중이나 악의도 그를 따르지 못하리다. 그는 하늘과 땅을 움직이는 능력이 있으니, 바로 천하에 제일가는 인물입니다."

유현덕은 기뻐서 묻는다.

"그분의 성명이 무엇인지요?"

"원래는 낭야군琅邪郡 양도陽都 땅 사람으로서, 성은 제갈諸葛이요 이름은 양亮이며 자를 공명孔明이라 합니다. 바로 한나라 사례교위 제갈풍諸葛豊의 후손으로, 그 부친의 성명은 제갈규諸葛珪요 자는 자공子貢이며, 전에 태산군泰山郡의 승丞으로 있다가 일찍이 세상을 떠났기 때문에, 제갈양은 그 숙부 제갈현諸葛玄의 집에서 자랐습니다. 원래 제갈현은 유표와 각별한 사이여서 양양으로 이사했는데, 그때 제갈양도 숙부를 따라 고향을 떠나 이 지방으로 왔던 것입니다. 그 뒤 제갈현이 죽자 제갈양은 동생 제갈균諸葛均과 함께 남양南陽 땅에서 몸소 밭 갈며 일찍이 「양보음梁父吟」이라는 노래를 지어 즐겼습니다. 그가 사는 곳에 한 언덕이 있는데, 그 이름이 와룡강臥龍岡이기 때문에 스스로 호를 와룡선생臥龍先生이라고 하니, 그는 절세의 큰 인재입니다. 황숙은 친히 찾아가서 만나보십시오. 만일 그가 황숙을 돕기만 한다면 천하를 얻는 데 무엇을 걱정할 것 있겠습니까."

유현덕은 묻는다.

"전날 수경선생이 나에게 말하기를 복룡과 봉추 두 분 중에서 한 분만 얻어도 천하를 편안히 할 수 있다 했는데, 지금 말한 그분이 바로 복룡·봉추가 아닌지요?"

서서는 대답한다.

"봉추는 바로 양양 땅에 사는 방통龐統이며, 복룡이 바로 제갈공명입니다."

유현덕은 기쁨을 참을 수 없어,

"오늘에야 비로소 복룡과 봉추라는 분을 알았소이다. 큰 인재가 이 지방 눈앞에 계신 줄이야 어찌 생각인들 했으리요. 선생이 말씀하시지 않았다면, 유비는 눈이 있어도 소경이나 다름없었을 것입니다."

하고 감사했다.

후세 사람이 이 일을 찬탄한 시가 있다.

높은 인재와 다시 만나지 못할 것을 아프게 한탄하여

이별하는 길에서 서로 우니 쌍방의 정이 각별하더라.

서서의 한마디 말은 봄날의 우렛소리 같아서

능히 남양 땅의 와룡선생을 일으켰도다.

痛恨高賢不再逢

臨岐泣別兩精濃

片言却似春雷震

能使南陽起臥龍

서서는 제갈공명을 천거하고 다시 유현덕과 작별하고 말에 채찍질하여 떠나갔다.

유현덕은 지난날 수경선생 사마휘가 하던 말을 비로소 깨달았다. 마치 취했다가 깨어난 듯, 깊은 꿈을 꾸다가 눈을 뜬 듯했다. 그는 곧 장수들을 모두 거느리고 신야로 돌아와 많은 예물을 장만한 뒤 관운장, 장비와 함께 와룡선생을 만나러 남양 땅으로 떠날 준비를 서둘렀다.

한편 서서는 유현덕이 자기를 보내며 안타까워하던 정에 감격하는 동시, 혹 제갈공명이 유현덕을 거절하고 산에서 아니 나올까 걱정이 되었다. 이에 서서는 말 머리를 돌려 곧장 와룡강으로 가서, 초려草廬(풀로 지은 집)로 들어가 제갈공명을 만났다.

제갈공명은 무슨 일로 왔는지를 묻는다.

서서는 대답한다.

"나는 유현덕 공을 끝까지 섬기려 했는데, 늙으신 어머님께서 조조에게 감금당하시어 서신을 보내어 부르니 어찌하리요. 내가 작별하고 떠나는 자리에서 그대를 유현덕에게 천거했노라. 머지않아 유현덕이 찾아올 것이니, 바라건대 그대는 거절하지 말고 평생에 큰 재주를 펴서 돕는다면, 이보다 큰 다행이 없으리라."

공명이 이 말을 듣자 안색이 변하며,

"그대가 나를 희생시켜 제물로 바칠 생각인가!"

책망하고 소매를 뿌리치더니 안으로 들어가버린다. 서서는 무안해서 얼굴을 붉히고 물러나와 말에 올라타자 어머님을 뵈러 허도로 달려가니,

> 벗을 찾아가서 미리 부탁한 것은 주인을 사랑하기 때문이요
> 말을 달려 천리를 가는 것은 어머님이 그리워서다.
> 囑友一言因愛主
> 赴家千里爲思親

뒷일이 어찌 될지.

제37회

사마휘는 다시 명사를 천거하고
유현덕은 초려를 세 번 찾아가다

한편, 서서는 허창許昌(허도)에 가까이 이르렀다.

조조는 서서가 온다는 보고를 받고 순욱과 정욱 등 모사들을 보내어 영접했다. 서서는 그들을 따라 승상부丞相府로 들어가서 조조에게 절한다.

조조가 묻는다.

"귀공은 높고 밝은 선비인데 어째서 유비에게 몸을 굽히었소?"

서서는 대답한다.

"나는 일찍이 사정이 있어 도망쳐 세상을 떠돌아다니다가 우연히 신야에 이르러 유현덕과 깊은 교분을 맺었습니다. 늙으신 어머님께서 이곳에서 보호를 받으신다니, 자식된 사람으로서 부끄럽소이다."

조조는 말한다.

"귀공이 왔으니 이제부터 아침저녁으로 모시고 효성을 다하시오. 나도 또한 여러 가지로 가르침을 받겠소."

서서는 절하고 물러나와 즉시 어머니에게 가서 뜰 아래 엎드려 흐느껴 운다. 어머니는 크게 놀란다.

"네가 어찌 여길 왔느냐!"

"소자는 요즈음 신야 땅에서 유현덕을 섬기다가 어머님 편지를 받고 밤낮없이 달려왔습니다."

서서의 어머니는 버럭 화를 내며 손으로 책상을 치며 꾸짖는다.

"불효한 자식이로다. 여러 해 동안 세상을 떠돌아다닌다기에 나는 네가 상당한 공부를 한 줄로 믿었는데 어찌 예전만도 못하느냐. 네가 이미 책을 읽었으니, 충성과 효도를 동시에 다할 수 없다는 것쯤은 알았을 것 아니냐. 조조는 천자를 속이는 역적이며, 유현덕은 인의를 천하에 펴는 한 황실의 종친이시다. 이미 그분을 섬겼으면 그분이 바로 너의 주인이거늘, 위조한 편지 한 장에 속아 옳은길을 버리고 어리석고 음흉한 자에게 와서 스스로 누명을 쓰니 참으로 어리석도다. 내 이제 무슨 면목으로 너를 보리요. 너는 조상을 욕되게 했으니, 이 하늘과 땅 사이에 공연히 태어난 자로다."

서서는 땅바닥에 꿇어 엎드린 채 감히 어머님을 우러러보지도 못한다. 어머니는 일어나더니 병풍 뒤로 들어가버렸다.

조금 지나자 시녀가 달려 나와서 고한다.

"노마님께서 대들보에 목을 매셨습니다."

서서가 황망히 뛰어들어가서 어머님을 모셔 내렸을 때는 이미 세상을 떠난 뒤였다.

후세 사람이 서서의 어머니를 찬탄한 시가 있다.

어질구나! 서서의 어머니여
꽃다운 향기를 천추에 남겼도다.
수절하며 시종일관하여

집안을 크게 도왔도다.

아들을 여러 가지로 가르치고

세상에 살되 스스로 고생했도다

그 기상은 산과 같으며

그 의리는 가슴속에서 우러났도다.

유현덕을 찬탄하되

조조를 비난했으니

이는 끓는 가마솥의 형벌도 두렵지 않았으며

칼이 목에 떨어질지라도 두렵지 않았기 때문이다.

다만 자기 소생인 아들이

조상을 더럽히거나 욕되게 할까 두려워했도다.

칼로 가슴을 찔러 자살한 옛 부인과 다를 바 없으며[1]

베를 끊고 베틀에서 내려온 옛 부인과 마찬가지로다.[2]

살아서는 그 이름을 높이고

죽어야 할 장소와 때를 알았도다.

어질구나, 서서의 어머니여!

꽃다운 향기를 천추에 남겼도다.

賢哉徐母

流芳千古

守節無虧

于家有補

敎子多方

處身自苦

---

1 왕능王陵의 어머니는 아들이 항우項羽에게 붙들리자, 자기 때문에 아들이 변절할까 염려하여 자결하였다.
2 맹자의 어머니가 아들에게 학문을 권하기 위해서 베를 끊었던 고사를 말한다.

氣若丘山

義出肺腑

讚美豫州

毀觸魏武

不畏鼎紀

不懼刀斧

唯恐後嗣

蜺辱先祖

伏劍同流

斷機昀伍

生得其名

死得其所

賢哉徐母

流芳千古

서서는 죽은 어머니를 보자 방성통곡하다가 기절한 지 한참 만에야 겨우 깨어났다.

조조는 사람을 보내어 조문弔問한 뒤 또 친히 가서 제사를 지냈다.

서서는 허창 남쪽 들에 어머니를 장사지낸 다음에 산소를 모시면서, 무릇 조조가 보내주는 물건이면 거절하고 받지 않았다.

이때 조조는 남쪽 지방을 치기로 상의하는데, 순욱이 간한다.

"겨울은 추워서 군사를 쓰기에 마땅치 않으니, 봄이 되기를 기다렸다가 일시에 치는 것이 좋습니다."

조조는 그 말을 옳게 여겼다. 이에 장하漳河 물을 끌어들여 현무지玄武池라는 큰 호수를 만들고 수군水軍을 조련하면서 남쪽을 칠 일을 준비했다.

한편, 유현덕은 예물을 갖추어 융중으로 떠날 채비를 하는데 문득 수하 사람이 들어와서 고한다.

"지금 문밖에 높은 관冠을 쓰고 넓은 띠를 두르고 도덕道德의 기상이 넘치는 비상한 분이 찾아오셨습니다."

유현덕은 반색을 하며,

"제갈공명이 찾아오신 것은 아닐까."

하고 옷을 바로 하고 나가 영접하니, 그는 바로 수경선생 사마휘였다.

유현덕은 기쁜 마음으로 후당後堂 높은 자리로 모셔서 절하고 묻는다.

"선풍도골仙風道骨을 하직한 뒤로 군사 일이 총망하여 그간 한 번 찾아가 뵙지도 못했는데 이렇듯 친히 왕림하셨으니, 늘 우러러 사모하던 마음이 위로되나이다."

사마휘는 대답한다.

"서서가 여기 있다기에 특별히 한번 만나보러 왔소이다."

유현덕은 그간 사정을 설명한다.

"조조가 그분 모친을 데려다가 감금했기 때문에, 서서는 어머님 편지를 받자마자 허도로 갔습니다."

사마휘는 탄식한다.

"허허, 조조의 꾀에 넘어갔구려. 내 일찍이 들으니 서서의 어머니는 가장 현명한 분이라, 그런 분이 서신을 보내어 아들을 부를 리가 없소. 이는 필시 위조 편지일 것이오. 서서가 가지 않았으면 그 어머니는 살 수 있어도, 갔으면 어머니는 반드시 죽소."

유비가 놀라 그 까닭을 물으니, 사마휘가 설명한다.

"서서의 어머니는 매우 의로운 어른이오. 아들을 보는 것을 큰 수치로 아실 것이오."

유비는 묻는다.

"서서는 떠날 때 남양의 제갈양을 천거했는데, 그분은 과연 어떤 분이옵니까?"

사마휘는 미소한다.

"서서가 가면 자기나 갔지 왜 다른 사람까지 끌어들여 공연한 고생을 시킬 건 뭔가!"

"선생은 무슨 그런 말씀을 하십니까."

"제갈공명은 원래 박릉博陵 땅 최주평崔州平, 영천潁川 땅 석광원石廣元, 여남汝南 땅 맹공위孟公威 그리고 서원직徐元直(원직은 서서의 자이다)과 친한 사이지요. 이상 네 사람은 공부를 하는 태도가 정말 순수했지만, 제갈공명은 홀로 큰 문제만을 직관했습니다. 그는 일찍이 무릎을 안고 시를 읊다가, 친구 네 사람을 가리키며 '그대들이 벼슬길에 나가면 자사刺史나 군수郡守 정도는 할 걸세' 하고 말한 일이 있었는데 그때 네 사람이 '공명이 뜻하는 바는 무엇인가' 하고 물으니, 공명은 그저 웃기만 하고 대답을 않더랍니다. 그는 늘 자기 자신을 옛 관중·악의와 비교했으니 그 재주를 측량할 수 없지요."

유현덕은 묻는다.

"영천 땅에 웬 인재가 이리도 많습니까?"

"옛날에 은규殷楏란 사람이 천문을 잘 봤는데 '모든 별이 영천 지방 위에 모였으니, 그 지방에 반드시 많은 인재가 날 것이다'라고 말한 적이 있었지요."

관운장이 곁에서 묻는다.

"내가 듣기에는 옛 관중과 악의는 춘추 전국 시대春秋戰國時代 때 유명한 인물로서 그들의 큰 공은 천하를 덮었는데, 공명이 자기 자신을 스스로 그들과 비교한다니 그건 지나친 과장이 아닐까요?"

사마휘는 빙그레 웃는다.

"내가 보기엔 공명을 그 두 사람과 비교하는 것은 옳지 못한 것 같소. 나는 공명을 다른 두 사람과 비교하고 싶소."

관운장이 묻는다.

"다른 두 사람이라니 그들은 누굽니까?"

"내가 본 바에 의하면 제갈공명은 주나라 8백 년을 일으킨 강태공姜太公과 한나라 4백 년을 일으킨 장자방張子房(장양)과 비교할 만한 인물이오."

이 말을 듣고 모든 사람들은 깜짝 놀란다.

사마휘는 댓돌을 내려와 하직하고 떠나려 한다. 유현덕은 간곡히 만류한다. 사마휘는 굳이 뿌리치고 문을 나서더니 하늘을 우러러 크게 웃다가,

"와룡(제갈공명)이 비록 그 주인은 만났으나, 때를 만나지 못했으니 아깝구나!"

하고 표연히 떠나간다.

유현덕은 탄식한다.

"참으로 숨어 사는 어진 선비로다."

이튿날 유현덕은 관운장, 장비와 함께 수행원들을 거느리고 융중으로 간다.

그들 일행이 그곳 가까이 이르러 저편 산기슭을 바라보니, 농부들은 호미로 밭을 매면서 노래한다.

　　　푸른 하늘은 수레의 둥근 일산日傘 같고
　　　대지는 하나의 바둑판 같도다.
　　　세상 사람은 흑과 백으로 나뉘어
　　　오며 가며 영화와 치욕으로 다투는도다.

번영하는 자는 스스로 편안하며

치욕을 당하는 자는 분명히 녹록한 것들이로다.

남양 땅에 숨어 사는 이가 있어

높이 잠들어 누웠으나 오히려 싫다고 하지 않더라.

蒼天如圓蓋

陸地如碁局

世人黑白分

往來爭榮辱

榮者自安安

辱者定碌碌

南陽有隱居

高眠臥不足

유현덕은 노래를 듣자 말을 멈추고 농부를 불러 묻는다.

"그 노래를 누가 지었소?"

농부는 대답한다.

"와룡선생이 지으신 것입니다."

"와룡선생은 어디에 사시오?"

"이 산 남쪽에 크고 높은 언덕이 있으니 거기가 바로 와룡강이요, 그 언덕 앞 성근 숲 속에 띠[茅]로 지은 초가집이 있으니, 거기가 바로 와룡 선생이 높이 누워 계시는 곳입니다."

유비는 감사의 말을 전하고 말에 채찍질하여 불과 몇 마장쯤 나아가니, 멀리 와룡강이 바라보이는데 과연 경치가 맑고 기이하였다.

후세 사람이 고풍조古風調로 지은 「와룡거처臥龍居處」라는 시가 있다.

양양성 서쪽 20리에

띠를 두른 듯한 높은 언덕이 물가에 누웠도다.

높은 언덕은 굴곡이 심해서 구름의 근원을 누르고

흐르는 물은 잔잔하여 돌 속까지 날아서 스며들더라.

그 형세는 곤한 용이 돌 위에 서리를 튼 듯

그 모양은 봉새가 혼자서 소나무 그늘에 있는 듯하도다.

사립문은 반쯤 닫혀 띳집을 가렸는데

그 안에 고결한 한 인재가 누워서 일어나지 않도다.

곧은 대나무는 서로 어우러져 푸른 병풍을 이루었으며

사시四時로 울타리에는 들꽃이 향기롭도다.

책상머리에 쌓인 것은 다 누른빛 서적이어서

방안으로 찾아오는 사람들은 천한 자가 없더라.

창을 두드리는 푸른 원숭이는 계절 따라 과일을 바치며

문을 지키는 늙은 학은 밤이면 경 읽는 소리를 듣는도다.

자루 속의 이름난 거문고는 옛 비단에 숨어 있고

벽에 걸린 보검에는 북두칠성이 감돌더라.

띳집 안의 선생은 홀로 그윽하고 고우니

한가한 때면 친히 나가서 밭을 갈며 농사를 짓는도다.

오로지 봄 우렛소리에 꿈이 깨기를 기다렸다가

한 소리 긴 휘파람으로 천하를 안정하도다.

襄陽城西二十里

一帶高岡枕流水

高岡屈曲壓雲根

流水潺湲飛石髓

勢若困龍石上蟠

形如單鳳松陰裏

柴門半掩閉茅廬

中有高人臥不起

修竹交加列翠屛

四時籬落野花馨

床頭堆積皆黃卷

座上往來無白丁

叩戶蒼猿時獻果

守門老鶴夜聽經

囊裏名琴藏古錦

壁間寶劍洛七星

廬中先生獨幽雅

閒來親自動耕稼

專待春雷驚夢回

一聲長嘯安天下

유현덕은 장원 앞에 이르러 말에서 내려 친히 사립문을 두드린다.

한 동자가 나오더니 묻는다.

"어디서 오셨습니까?"

유현덕은 대답한다.

"한나라 좌장군左將軍 의성후宜城侯 영예주목領豫州牧 황숙皇叔 유비가 선생을 뵈러 왔습니다, 하고 여쭈어라."

동자는 대답한다.

"저는 그렇게 긴 이름은 욀 수가 없나이다."

"그럼 유비가 뵈러 왔습니다고만 여쭈어라."

"선생님은 오늘 아침에 출타하셔서 안 계시나이다."

"어디에 가셨느냐?"

"종적이 일정하지 않으시니 가신 곳을 모르겠나이다."

"언제쯤 돌아오시느냐?"

"돌아오시는 때도 일정하지 않으시니 혹은 3, 5일도 걸리시고, 혹은 10여 일 만에 돌아오시기도 합니다."

유현덕은 못내 섭섭해 마지않는다.

장비가 불쑥 말한다.

"없다면 돌아갑시다."

유현덕은 말한다.

"잠시 기다리기로 하자."

관운장이 말한다.

"우선 돌아가기로 하지요. 다음엔 사람을 미리 보내어 알아보도록 하시지요."

유현덕은 하는 수 없이 그러기로 하고 동자에게 부탁한다.

"선생이 돌아오시거든 유비가 뵈러 왔다가 그냥 돌아갔다고 여쭈어라."

유현덕은 말에 올라타서 몇 마장쯤 가다가 말을 멈추고 융중 경치를 돌아본다.

과연 산은 높지 않되 수려했다. 물은 깊지 않되 맑았다. 땅은 넓지 않되 평탄했다. 숲은 크지 않되 무성했다. 원숭이와 학은 서로 친한데, 소나무와 대나무는 각기 푸른빛을 섞었음이라. 아무리 보아도 싫증이 나지 않는다.

이때 문득, 기상이 헌칠하며 자태가 준수한 사람이 소요건逍遙巾과 검은 베 도포 차림으로 청려장靑藜杖을 짚고 산골 작은 길로 내려온다.

유현덕이 말한다.

"저분이 필시 와룡선생이실 거다."

유현덕은 급히 말에서 내려 앞으로 나아가 절하고 묻는다.

"선생은 와룡선생이 아니시옵니까?"

그 사람은 묻는다.

"장군은 누구시오?"

"유비라는 사람입니다."

"나는 공명이 아니오. 공명의 친구인 박릉 땅 최주평이라 하오."

유비는 반가웠다.

"오래 전부터 존함은 들었으나 이제야 다행히 만나뵙습니다. 청컨대 자리는 마땅치 않으나 잠시 앉아, 한 말씀 지도해주십시오."

두 사람은 숲 사이 돌 위에 자리를 정한 후 서로 대하고 앉으니, 관운장과 장비가 그 곁에서 모신다.

최주평은 묻는다.

"장군은 무슨 일로 공명을 만나러 오셨소?"

유비는 대답한다.

"지금 천하가 크게 어지러워 사방이 소란하니 공명을 찾아뵙고 나라를 안정시킬 계책을 물으러 왔습니다."

최주평은 껄껄 웃는다.

"귀공이 천하의 어지러운 시국을 안정시키려는 것을 목적으로 삼으니 이는 어진 마음이지만, 그러나 예로부터 평화와 전란은 변화 무궁한 것이어서, 한 고조가 흰 뱀을 참하고 의로운 군사를 일으켜 무도無道한 진秦나라를 쳐 없앤 것은 전란을 평화로 옮긴 것이요, 그 후 평제平帝, 애제哀帝에 이르기까지 2백 년 동안 평화가 오래도록 지속했기 때문에 왕망王莽이 반역하였으니 이는 평화가 전란으로 옮긴 것이요, 광무제光武

帝가 중흥하여 다시 왕업을 튼튼히 세웠으니 이는 다시 전란을 평화로 옮긴 것이오. 그 뒤 오늘에 이르도록 2백 년 동안 백성이 오랫동안 평화를 누린지라. 그러므로 다시 사방에서 무기를 들고 일어나 싸우니, 이는 평화가 전란으로 옮긴 것이오. 그러므로 졸지에 안정시킬 수 없거늘, 장군이 제갈공명으로 하여금 하늘과 땅을 재조정하고 인간 세상을 바로잡으려 하니 이는 쉬운 일이 아니라. 공연히 마음과 몸만 소모할까 두렵소. 장군도 들어서 아시겠지만 '하늘에 순종하는 자는 편안하며, 하늘을 거역하는 자는 자기 자신만 괴롭힌다' 하였소. 또 말하기를 '하늘의 운수는 이치로써 막을 수 없으며, 천명이 정한 바는 사람의 힘으로도 어쩔 수 없다'고 하였소."

유비는 대답한다.

"선생의 말씀은 참으로 높은 견해이십니다. 그러나 이 유비는 한나라 종친으로서 기울어가는 한나라 황실을 부축해 일으켜야 할 의무가 있으니, 어찌 하늘의 정한 바와 하늘의 운수에만 만사를 맡길 수 있겠습니까."

"나는 산야山野의 사람이라 족히 천하의 일을 논하지 못하겠으나, 마침 높고 밝은 질문을 받았기에 그저 망령된 말을 하였소이다."

"선생의 가르침을 받았으나, 다만 공명선생이 어디로 가셨는지를 모르겠습니다."

"나도 그를 만나러 오는 중이니, 그의 간 곳을 모르겠습니다."

"청컨대 선생은 저와 함께 신야로 가시면 어떻겠습니까?"

"나는 원래 한가한 것을 좋아하여 공명功名에 뜻이 없으니, 언젠가는 다시 만날 때가 있겠지요."

최주평은 말을 마치자 길게 읍하더니 가버린다.

유현덕은 관운장, 장비와 함께 돌아오는데 장비가 투덜댄다.

"찾아간 공명은 만나지 못하고, 그까짓 썩은 선비를 만나 쓸데없는 말을 웬걸 그렇게 오래 하셨습니까?"

유현덕은 대답한다.

"그것 또한 세상을 등진 선비로서 할 만한 말이니라."

세 사람은 신야로 돌아온 지 며칠이 지나, 사람을 보내어 공명의 소식을 알아오도록 했다.

갔던 사람이 돌아와서 고한다.

"와룡선생이 이미 돌아와서 계신다고 하더이다."

유현덕은 곧 떠날 준비를 하도록 분부한다.

장비는 말한다.

"하필이면 형님이 또 한낱 촌사람을 찾아갈 것 없습니다. 사람을 보내어 불러오기로 합시다."

"너는 옛 말씀을 듣지도 못했느냐. 맹자孟子가 말씀하기를, '어진 어른을 찾아뵙되 도리를 다하지 않는다면, 이는 안으로 들어가려 하면서도 들어가야 할 문을 닫아버리는 거나 같다'고 하였다. 공명은 당대의 큰 어진 분이거늘 어찌 감히 부른단 말이냐."

유현덕은 장비를 꾸짖고 마침내 말을 타고 공명을 찾아가니, 관운장과 장비도 또한 그 뒤를 따른다.

이때가 한겨울이었다(건안 12년 12월 중순). 날씨는 몹시 추운데 회색 구름이 하늘에 가득 퍼졌다. 몇 리쯤 갔을 때였다. 갑자기 폭풍이 몰아치면서 흰 눈이 펄펄 날려서 산은 백옥으로 변하고 숲은 은빛으로 단장한다.

장비가 말한다.

"날은 춥고 땅은 얼어붙어서 군사도 쓸 수 없는 이런 때에, 아무 이익도 없는 사람을 찾아, 먼 길을 갈 것 있습니까. 차라리 신야로 돌아가서 바람과 눈이나 피합시다."

유현덕은 대답한다.

"이럴수록 공명에게 나의 은근한 성의를 보이고 싶다. 동생들은 추위가 무섭거든 먼저 돌아가거라."

장비는 멋쩍게 변명한다.

"죽는 것도 무섭지 않은데 이까짓 추위를 무서워하다니요. 그저 형님이 쓸데없이 고생만 하실 것 같아서 한 말입니다."

"그럼 여러 말 말고 따라오기만 하여라."

유현덕은 타일렀다.

그들이 띳집 가까이 이르렀을 때였다. 길가의 술집에서 노랫소리가 새나온다.

> 장사가 공명功名을 아직 이루지 못했으니
> 오호라! 오래도록 따뜻한 봄을 만나지 못했구나.
> 그대는 보지 못했는가.
> 옛날 동해 가의 늙은 강태공은 폭군 주왕을 피해 있다가
> 뒷수레를 타고 마침내 주 문왕과 함께 일했던 사실을.
> 그 당시의 제후 8백 명은 저절로 모여와서 대회를 열었으며
> 흰 고기가 배 속으로 들어와서 맹진을 건넜도다.[3]
> 목야의 한 싸움에서 칼은 피를 흘리어
> 놀랍고도 위대한 용맹이 무신들 중에 으뜸이었도다.
> 또 보지 못했는가.
> 고양 땅 주정뱅이 역이기는 시골에서 일어나

---

3 무왕武王이 주紂를 치려고 군사를 거느리고 맹진을 건너는데, 중류에 이르렀을 때 흰 물고기가 배[舟] 속으로 들어왔다는 고사. 『일주서逸周書』라는 책에 기록되어 있다.

망탕 땅에 있던 한 고조에게 가서 읍하고 절했던 사실을.[4]

그는 패업을 높이 논하여 듣는 사람들을 놀라게 하였으며

한 고조는 발을 씻다 말고 그를 자리로 모신 다음에 그 영특한

모습을 존경했도다.

뒷날 동쪽 제의 72성을 항복받았으니

천하에 그의 공적을 따를 사람이 없었도다.

그러나 강태공, 역이기가 성천자를 만나지 못했다면

오늘날 누가 그 두 사람이 영웅임을 알았으리요.

壯士功名尚未成

鳴呼久不遇陽春

君不見

東海老璟辭荊榛

後車遂與文王親

八白諸侯不期會

白魚入舟涉孟津

牧野一戰血流杵

鷹揚偉烈冠武臣

又不見

高陽酒徒起草中

長揖芒峴隆准公

高談王霸驚人耳

輟洗延坐欽英風

---

4 고양 땅 출신인 역이기酈食其가 한 고조를 찾아갔을 때, 한 고조는 두 여자에게 자기 발을 씻기게 하고 일어나서 예의로써 그를 대하지 않았다. 역이기가 무례함을 꾸짖자, 한 고조는 그를 상좌에 모시고 사과했다. 후에 그는 제왕 전광田廣을 설복하고 70여 성을 한 고조에게 바치게 한 큰 공을 세웠다.

東下齊城七十二
天下無人能繼踪
兩人非際聖天子
至今誰復識英雄

　노래가 끝나자, 다른 사람이 또 술상을 두드리며 노래하는 소리가 들
린다.

　우리 한 고조 황제는 칼을 뽑아 천하를 깨끗이 하고
　나라를 세워 기초를 드리운 지가 어언 4백 년이로다.
　환제, 영제 말기 때부터 나라 운수가 쇠퇴하니
　난신 적자들이 권세를 좌우했도다.
　푸른 뱀이 날아서 천자의 자리에 내려앉더니
　또 요망한 무지개가 옥당에 내려왔도다.
　이때부터 사방에서 뭇 도둑은 개미 떼처럼 모여들고
　음흉한 간웅들이 사나운 매처럼 무수히 날아올랐도다.
　그러나 우리는 길이 휘파람을 불며 공연히 손뼉만 치면서
　근심이 있으면 주막에 와 술을 마시는도다.
　나만 좋으면 하루 종일이 편안하니
　천고에 길이 이름은 남겨서 무엇 하리요.
　吾皇提劍淸豈海
　創業垂基四百載
　桓靈季業火德衰
　奸臣賊子調鼎俯
　靑蛇飛下御座旁

又見妖虹降玉堂

群盜四方如蟻聚

奸雄百輩皆鷹揚

吾用長嘯公拍手

悶來村店飮村酒

獨善其身盡日安

何須千古名不朽

노래가 끝나자, 두 사람이 손뼉을 치며 크게 웃는 소리가 들린다.

유현덕은,

"아마 와룡선생이 이 술집에 있지나 않을까?"

하고 드디어 말에서 내려 술집으로 들어간다. 방안에서는 두 사람이 술상을 의지하고 앉아 술을 마시고 있다.

윗자리에 앉은 사람은 얼굴이 희고 수염이 길다. 아랫자리에 앉은 사람은 맑고 기이한 괴상怪相이었다.

유현덕은 그들 앞에 허리를 굽혀 공손히 인사하며 묻는다.

"두 분 중에 누가 와룡선생이신가요?"

수염이 긴 사람이 되묻는다.

"귀공은 누구며, 무슨 일로 와룡을 찾소?"

"저는 유비라는 사람입니다. 선생을 찾아뵙고 세상을 구제하여 백성을 편안케 하려 합니다."

수염이 긴 사람이 말한다.

"우리는 와룡이 아니며 그의 친구요. 나는 영천 땅 석광원이며, 이분은 여남 땅 맹공위라 합니다."

유현덕은 기뻤다.

삼고초려하는 유비. 왼쪽부터 장비, 관우, 유비

"오래 전부터 두 분의 높은 명성을 들었는데, 다행히 만나뵙게 됐습니다. 말이 밖에 있으니 두 분은 저희와 함께 와룡선생에게 가서 이야기나 합시다."

석광원은 대답한다.

"우리는 다 산야의 게으른 무리라. 나라와 백성에 관한 일은 모르니, 더 물으실 것 없이 말을 타고 와룡을 찾아가보시오."

유현덕은 두 사람과 작별하고 와룡강으로 가서 띳집 앞에 이르러 사립문을 두드렸다.

동자가 나오자 유현덕은 묻는다.

"선생이 오늘은 계시느냐?"

동자는 대답한다.

"지금 당상堂上에서 책을 보시나이다."

유현덕은 매우 기뻐하고 동자를 따라 중문에 이르러 보니, 문 위에 큼직한 글씨가 붙어 있었다.

마음을 담담히 하여 뜻을 밝히고
조용한 속에서 먼 미래를 이룬다.

淡泊以明志

寧靜以致遠

유현덕이 한참 쳐다보는데, 시를 읊는 소리가 들린다. 유현덕은 문 곁에 비켜 서서 안을 엿본다.

초당 위에서 한 소년이 화로 앞에 앉아 무릎을 안고 시를 읊는다.

봉이 천 길 절벽을 날음이여
오동나무가 아니면 앉지 않는도다.
선비가 한곳에 숨어 있음이여
주인이 아니면 따르지 않는도다.
몸소 언덕에서 밭을 가는 즐거움이여
나의 멧집을 사랑하는도다.
애오라지 거문고와 독서로 기상을 폄이여
이로써 하늘의 때를 기다리는도다.

鳳暖翔於千洙兮

非梧不棲

士伏處於一方兮

非主不依

樂躬耕於畹畝兮

五愛五廬

聊寄傲於琴書兮

以待天時

유현덕은 읊는 것이 끝나기를 기다렸다가 초당으로 올라가서 절한다.

"유비는 오랫동안 선생을 사모했으나 만나뵐 인연이 없었는데, 전번에 서서가 추천하여 찾아뵈러 왔다가 헛걸음만 하고 돌아갔습니다. 이제 눈바람을 무릅쓰며 다시 와서 존안尊顏을 뵙게 되니, 실로 크나큰 행운입니다."

그 소년은 황망히 답례한다.

"장군은 저의 형님을 만나러 오신 유황숙 어른이 아니십니까?"

유현덕은 적잖이 놀라 묻는다.

"선생은 와룡이 아니십니까?"

소년은 대답한다.

"저는 와룡의 동생인 제갈균입니다. 저희들은 삼형제인데, 큰형님 제갈근諸葛瑾은 지금 강동江東의 손권孫權 밑에서 모사로 있으며, 공명은 바로 저의 둘째 형님입니다."

"와룡선생은 지금 집에 계시나요?"

"어제 최주평과 서로 약속이 있어서 놀러 떠났습니다."

"어디로 가셨는지요?"

"형님은 간혹 작은 배를 타고 강호江湖에서 노닐기도 하며 또는 산 위의 승려들을 찾아가기도 하며, 또는 촌 마을로 친구를 찾아가기도 하며, 또는 동굴에 가서 거문고와 바둑을 즐기기도 하니 왕래하는 곳이 일정하지 않아서 간 곳을 모르겠습니다."

유현덕은 탄식한다.

"나는 어찌 이다지도 연분이 없을까. 두 번 왔건만 높은 선생을 만나 뵙지 못하다니!"

제갈균은 말한다.

"잠깐 앉아 계십시오. 차라도 대접하겠습니다."

장비는 불쑥 말한다.

"그 선생인가 하는 자가 없다니, 형님, 돌아갑시다."

"내가 여기까지 왔다가 어찌 한마디 말도 없이 돌아가리요."

유현덕은 제갈균에게 묻는다.

"내 듣건대 와룡선생은 전법戰法에 능통하여 날마다 병서를 본다는데 과연 그러신지요?"

"그런 건 잘 모르겠습니다."

장비는 답답하다는 듯이 내뱉는다.

"그런 건 물어서 뭘 합니까. 눈바람이 심하니 어서 돌아갑시다."

유현덕이 장비를 꾸짖는데 제갈균이 말한다.

"형님이 계시지 않으니 오래 계시라고 할 수는 없으나, 형님이 오시면 직접 장군을 찾아가서 뵙도록 말씀 드리겠습니다."

"어찌 감히 와룡선생이 나를 찾아오신단 말이오? 며칠 뒤에 내가 다시 뵈러 오지요. 바라건대 종이와 붓을 빌려주시오. 나의 간절한 뜻을 몇 자 적어놓고 가겠으니 꼭 전해드리시오."

제갈균은 문방사보文房四寶(종이와 붓과 먹과 벼루)를 내놓는다. 유현덕이 얼어붙은 붓에 입김을 불어 녹인 다음에 구름처럼 흰 두루마리를 펴서 쓴다.

유비는 오래 전부터 선생의 높은 이름을 사모하여 두 번이나 찾아왔다가 뵙지 못하고 헛되이 돌아가니 그 슬픔을 무엇에 비하리까. 생각건대 이 유비는 한나라 종친으로서 외람스러이 작위爵位에 있으나, 엎드려 관망하니 조정은 위기에 놓여 모든 기강은 무너지고 군웅群雄은 각기 일어나서 천하를 어지럽히며 악당들은 임금을 속이니, 실로 몸이 찢어지는 듯하여 정신을 잃을 지경입니다. 비록 나라를 바로잡아 도탄에 빠진 만백성을 건지고자 하는 정성은 있지만, 실로 경륜과 지견智見이 모자라서 어쩔 줄을 모르니, 선생은 인자한 마음씨와 충의로운 기상으로써 분연히 일어나서, 강태공 같은 큰 능력을 발휘하고 장양 같은 큰 계책을 펴주시기 바랍니다. 그러면 천하를 위하여 이보다 더 큰 다행이 없겠습니다. 우선 이만 뜻을 말씀 드립니다. 다시 목욕 재계하고 와서 직접 존안을 뵌 뒤에 딱한 말씀을 드리겠나이다. 바라건대 널리 살피소서.

유현덕은 제갈균에게 글을 잘 전하도록 부탁한 뒤 절하고 문을 나왔다. 제갈균은 배웅한다.

유현덕은 거듭 간곡히 부탁하고 말에 올라타자 떠나려는데, 동자가 손을 들어 울타리 바깥 저편을 가리키더니 외친다.

"노선생老先生이 오시나이다."

유현덕이 보니 저편에서 눈 속에 털모자로 머리를 가리고 여우 껍질 갖옷[輪]을 입고 나귀를 탄 사람이 푸른 옷 입은 동자를 뒤에 거느리고 술을 넣은 호로병을 들고 조그만 다리를 건너오면서, 시 한 수를 읊는다.

하룻밤 북쪽 바람은 춥기도 하더니
만리에 구름이 두껍게 모였도다.

한없는 하늘에는 눈이 어지러이 흩날려

강산의 옛모습을 모조리 고쳐놓았도다.

우러러 크나큰 허공을 보니

아마도 옥룡이 서로 싸우는 듯하도다.

용의 흰 비늘은 분분히 날아

경각간에 우주에 가득하도다.

나귀를 타고 조그만 다리를 건너면서

홀로 매화꽃이 여윈 것을 탄식하노라.

一夜北風寒

萬里蔽雲厚

長空雪亂飄

改盡江山舊

仰面觀太虛

疑是玉龍鬪

紛紛鱗甲飛

頃刻遍宇宙

騎驢過小橋

獨嘆梅花瘦

　유현덕은 시를 듣자,

"저분이야말로 와룡선생이로다."

하고 말에서 황급히 내려 앞으로 나아가 절하며 묻는다.

　"선생은 이런 추위에 견디기가 어렵지나 않습니까. 유비가 기다린 지 오래입니다."

　그 사람도 나귀에서 황망히 내리더니 답례하는데, 유현덕의 등뒤에

漲漫風雪寒侵鞍馬路途賒

往復茅廬凍合溪橋山石滑
玄德風雪請孔明

눈바람을 무릅쓰고 제갈양을 찾는 유비(오른쪽)

서 제갈균이 말한다.

"그분은 저의 형님 와룡이 아닙니다. 바로 형님의 장인 되시는 황승언
黃承彦 어른이십니다."

유현덕은 말한다.

"방금 읊으신 시구詩句가 매우 고상하고 절묘합니다."

황승언은 대답한다.

"노부老夫가 사위 집에서 「양보음」(제갈양이 지은 시)을 본 적이 있
어, 그 중의 한 편을 외었던 것인데, 마침 작은 다리를 지나다가 울타리
에 떨어지는 매화꽃을 보고 감흥이 일어 이렇게 읊은 것이오. 그러나 귀
한 손님께서 들으셨을 줄은 몰랐소이다."

유현덕은 묻는다.

"그럼 사위 되는 분은 만나셨습니까?"

"실은 나도 사위를 보러 오는 길이외다."

유현덕은 황승언과 작별하고 말을 타고 돌아가는데 바람 따라 함박눈이 펑펑 쏟아진다. 유현덕은 말을 멈추고 와룡강을 돌아보는데 매우 섭섭한 표정이다.

후세 사람이 유현덕이 눈바람을 무릅쓰고 공명을 찾아갔던 일을 읊은 시가 있다.

> 온 하늘에 눈바람이 몰아칠 때 선생을 찾아갔다가
> 만나지 못하고 헛되이 돌아오니 구슬프도다.
> 시내의 다리는 얼어붙고 산과 들은 미끄러운데
> 추위는 말 안장에 스며들고 갈 길은 멀기만 하더라.
> 앞에는 편편이 배꽃 같은 눈이 떨어지는데
> 얼굴을 치면서 분분히 솜버들 같은 눈은 미쳐 날뛰도다.
> 말채찍을 멈추고 고개 돌려 아득히 바라보니
> 현란한 은 더미만 가득하구나, 와룡강이여.
> 一天風雪訪賢良
> 不遇空回意感傷
> 凍合溪橋山石滑
> 寒侵鞍馬路途長
> 當頭片片梨花落
> 撲面紛紛柳絮狂
> 回首停鞭遙望處
> 爛銀堆滿臥龍岡

유현덕이 신야로 돌아온 뒤로 시일은 흘러 어언 이른봄이 되었다. 점치는 자에게 명하여 길일을 골라 3일 동안 목욕 재계하고 새 옷으로 갈아입은 다음에 다시 와룡강으로 공명을 찾아뵈러 떠날 준비를 한다.

관운장과 장비는 참다못해 일제히 들어가서 유현덕에게 간하니,

높은 선생은 아직도 영웅의 뜻에 복종하지 않는데
주공이 지나치게 몸을 굽히니, 뛰어난 장수들은 마땅찮아 하더라.

高賢未服英雄志
屈折偏生傑士疑

관운장과 장비는 유비에게 무슨 말을 하려는지.

제38회

천하 삼분을 말하며 융중에서 계책을 정하는데
한편 손권은 장강에서 싸워 원수를 갚다

유현덕은 두 번이나 공명을 찾아갔으나 만나지 못했다. 이제 세 번째로 다시 찾아가려는 참이었다.

관운장이 말린다.

"형님이 두 번이나 그를 찾아갔으니, 그만하면 지나친 예의를 베푼 것입니다. 생각건대 제갈양은 공연히 이름만 높고 실은 배운 것이 없어서 일부러 우리를 만나주지 않는 것입니다. 그런데 형님은 어쩌려고 그런 자에게 혹하셨습니까?"

유현덕은 대답한다.

"그렇지 않다. 옛날에 제齊 환공桓公은 야인野人 동곽씨東郭氏를 만나러 다섯 번이나 가서 겨우 만났거늘, 더구나 나 같은 사람이 크게 어진 선생을 뵈려는데 그만한 정성으로 되겠느냐."

장비가 나선다.

"형님은 생각을 잘못하셨소. 그까짓 촌놈이 무슨 크게 어진 선생일 리 있습니까. 이제 형님은 가실 필요 없습니다. 그자가 만일 오지 않으면 내가 오랏줄로 결박지어 끌고 오겠습니다."

유현덕은 꾸짖는다.

"너는 어찌 그리도 견문見聞이 없느냐. 옛날에 주 문왕文王이 강태공을 뵙던 일을 듣지도 못했느냐. 주 문왕도 어진 분을 그렇듯 공경했는데, 너는 어찌 이리도 무례하냐. 너는 이번에 따라오지 마라. 나는 관운장과 함께 가겠다."

장비는 어리둥절해한다.

"두 형님이 다 가는데, 왜 나만 남아 있으라 하십니까?"

"네가 함께 가려거든 결코 실례하는 일이 없도록 해야 한다."

장비는 하는 수 없이 승낙했다.

마침내 세 사람은 시종들을 거느리고 융중으로 향한다. 그들 일행이 몃집에서 반 마장쯤 떨어진 곳에 이르렀을 때였다. 유현덕은 공경하는 뜻에서 말에서 내려 걸어가다가, 마침 이리로 오는 제갈균을 만났다. 유현덕은 황망히 절하고 묻는다.

"형님 되시는 어른이 집에 계시는지요?"

"엊저녁에 돌아왔으니 오늘은 만나볼 수 있으리다."

제갈균은 말을 마치자, 제 갈 길로 표연히 가버린다.

유현덕은 크게 기뻐한다.

"이번엔 다행히 선생을 뵙겠구나."

장비는 아니꼬웠다.

"저놈이야말로 참 무례하도다. 우리를 제 집으로 안내해야 할 것이거늘, 어째서 제멋대로 가버리는가!"

유현덕이 타이른다.

"사람이란 제각기 바쁜 일이 있느니라. 어찌 남에게 강요할 수 있겠느냐."

세 사람이 장원 앞에 이르러 문을 두드리니, 동자가 나와서 문을 열고 내다본다.

유현덕은 청한다.

"동자는 수고롭지만 유비가 선생을 뵈러 왔습니다, 하고 들어가서 여쭈어라."

동자는 대답한다.

"오늘은 선생이 집에 계시나 지금 초당에서 낮잠을 주무십니다."

"그렇다면 내가 왔다는 걸 여쭙지 말라."

유현덕은 관운장과 장비에게 분부한다.

"너희들은 이 문에서 기다려라."

유현덕은 동자를 따라 천천히 들어간다. 보니 선생은 초당 위 자리에서 자고 있다. 유현덕은 댓돌 아래에서 공손히 두 손을 마주잡고 서서 반 식경이나 기다렸다. 선생은 좀체 잠을 깨지 않는다.

한편, 문밖에서 기다리던 관운장과 장비는 아무런 동정이 없어서 기다리다 못해 안으로 들어왔다. 그런데 유현덕은 그때까지도 공손히 서 있지 않는가.

장비는 화가 치밀어 관운장에게 말한다.

"저 선생이란 것이 어찌 저리도 오만한가. 우리 형님이 댓돌 아래에 저렇듯 공손히 서 계시는데, 높이 자빠져서 자는 체하고 일어나지 않는구나. 둘째 형님은 구경이나 하십시오. 내 이 집 뒤에다 불을 지를 테니 그래도 저것이 일어나나 안 일어나나, 어디 두고 봅시다."

관운장은 거듭 장비를 말리는데, 유현덕이

"너희들은 문밖에 나가서 기다려라."

하고 내보냈다.

그제야 초당 위의 선생은 몸을 뒤집으며 일어날 듯하더니 갑자기 저

편 벽으로 돌아누워 다시 잔다. 동자가 말씀을 드리려 하는데, 유현덕이
말린다.

"주무시는데 놀라시게 하지 마라."

다시 한식경이나 지나서야, 공명은 겨우 잠에서 깨어나 시 한 수를 읊
는다.

> 큰 꿈을 누가 먼저 깨었는가
> 평생을 내가 스스로 아는도다.
> 초당에 봄 잠이 족한데
> 창 밖에 하루 해는 길기도 하여라.
> 大夢誰先覺
> 平生我自知
> 草堂春睡足
> 窓外日遲遲

공명은 시 읊기를 마치자, 동자를 향해 묻는다.

"세속 손님이라도 오지 않았느냐?"

"유황숙께서 저기 서서 기다리신 지 오래입니다."

공명은 일어서며,

"어째서 속히 알리지 않았느냐. 옷을 바꿔 입어야 하는데……"
하고 후당으로 들어가더니 또 반 식경이나 지난 뒤에야 의관을 정제하
고 나와서 영접한다.

유현덕이 보니 공명은 키가 8척이요 얼굴은 관옥冠玉처럼 희고 윤건
綸巾과 학창의鶴氅衣 차림이었는데, 표연한 풍신이 마치 신선 같았다.

유현덕은 절한다.

"나는 한나라 황실의 후손이요, 탁군 땅 출신인 미천한 몸으로서, 오래 전부터 선생의 높은 이름을 우렛소리처럼 들었습니다. 지난번에 두 번이나 뵈러 왔다가 뵙지 못했습니다. 이미 천한 이름으로 두어 자 적어 두고 갔었는데, 혹 읽어보셨습니까?"

공명은 대답한다.

"나는 남양 땅 야인으로 성글며 게으른 것이 천성이 되어, 장군을 여러 번 오시게 했으니 부끄럽소이다."

두 사람은 인사를 마치자, 주인과 손님의 자리를 정하고 앉았다. 동자가 들여온 차를 마시고 나서, 공명이 말한다.

"전번에 두고 가신 글을 보니 장군께서 백성과 나라를 근심하는 마음은 족히 알겠으나 다만 이 양(제갈양)이 아직 어리고 재주가 없어서, 물으시는 말씀을 감당할 수가 없는 것이 한입니다."

"수경선생 사마휘와 서서가 어찌 거짓말을 할 리 있습니까. 바라건대 선생은 나를 어리석고 보잘것없다 하여 버리지 마십시오. 간곡히 지도해주십시오."

"사마휘와 서서는 세상에서 이름 높은 선비며, 나는 한낱 밭 가는 사람이거늘, 어찌 천하의 일을 논할 수 있겠습니까. 사마휘와 서서가 사람을 잘못 천거한 것이니, 장군은 왜 아름다운 옥을 버리고 보잘것없는 돌을 구하려 하십니까?"

"대장부가 세상을 경영할 만한 기이한 재주를 품었으면서도, 어찌 숲속의 샘물 아래에서 헛되이 늙을 수 있습니까. 바라건대 선생은 천하 백성을 염려하사 이 어리석은 유비를 인도해주십시오."

공명은 웃고 묻는다.

"장군의 뜻을 듣고자 하오."

유현덕은 자리를 옮겨 가까이 앉으며 고한다.

"한 황실은 기울어서 간신들이 천명을 도둑질할새, 이 유비는 자기 힘을 돌보지 않고 천하에 대의명분을 펴려 하나, 그러나 지혜가 부족해서 어찌할 바를 모르겠습니다. 선생은 이 어리석은 저를 가르치고 액운厄運에 빠진 나라를 건져주십시오. 그러면 실로 천만다행이겠습니다."

공명은 대답한다.

"동탁이 반역을 꾸민 이래로, 천하의 영웅들이 다 들고일어나 조조는 그 형세가 원소만 못했건만, 마침내 원소를 쳐서 없앴으니 이는 하늘의 도움만이 아니라, 또한 사람의 힘에 의한 것입니다. 이제 조조가 백만 군사를 거느리고 천자를 방패 삼아 모든 제후들을 호령하니, 진실로 조조와 겨룰 수는 없습니다. 한편 손권으로 말할 것 같으면 강동 일대에 기반을 세운 지가 이미 3대째요, 국토는 천연 요새를 이루었고 백성들은 잘 따르니, 그들을 잘 이용해야지 갑자기 도모할 수는 없는 실정입니다. 그러나 형주荊州로 말할 것 같으면 북쪽으론 한수漢水와 면수沔水를 두어 남해南海에 이르기까지 다 이로운 땅이요, 동쪽으론 오회吳會 땅과 닿고 서쪽으론 파촉巴蜀 땅과 통하니, 이곳이야말로 군사를 거느리고 천하를 경영할 만한 곳입니다. 그러나 참다운 주인이 아니면 능히 지키지 못할 곳이라, 이는 하늘이 장군을 위해서 남겨둔 곳인데, 장군은 어째서 거들떠보지도 않습니까. 또 익주益州로 말할 것 같으면 험준한 요새를 이루어 비옥한 들이 천리에 뻗어 있는 좋은 나라입니다. 옛날에 한 고조도 그곳에서 기반을 마련했는데 오늘날 유장劉璋이 사리에 어둡고 나약해서, 나라가 풍성하고 백성이 번영하건만 사랑할 줄을 모르기 때문에, 그곳 뜻 있는 사람들은 새로이 어진 주인을 섬기고 싶어합니다. 장군은 이미 한 황실의 종친으로서 신의를 천하에 드날린데다가, 모든 영웅을 휘하에 거느렸으면서도 어진 인재를 목마르게 구하니, 형주와 익주 두 곳에 걸쳐 그 험한 곳을 요새로 삼아 서쪽 오랑캐들과 화친하

유비에게 천하삼분지계를 설명하는 공명. 왼쪽 위는 관우와 장비

고 남쪽 오랑캐들을 위로하고 밖으론 손권과 동맹하고, 안으론 실력을 쌓으십시오. 그러다가 천하에 변화가 생기거든 기회를 놓치지 마십시오. 즉시 한 장수에게 명하여 형주 군사를 거느리고 완성宛城을 경유해서 낙양洛陽으로 쳐들어가게 하고, 장군은 친히 익주 군사를 거느리고 진천秦川으로 나선다면, 모든 백성은 음식을 바치면서 도처마다 장군을 환영할 것입니다. 진실로 그렇게만 하면 대업大業을 성취할 것이요, 한나라 황실을 다시 일으킬 수 있을 것입니다. 이것이 내가 장군을 위해서 계책한 바이니, 장군은 힘써보십시오."

공명은 일단 말을 마치자, 동자에게 명하여 족자 하나를 내다가 중당中堂에 걸게 한다. 그 족자는 지도였다. 공명은 지도를 가리키며 유현덕에게 말한다.

"이것은 서천西川 54주를 그린 지도입니다. 장군이 패업覇業을 성취하시려거든 하늘의 때를 얻은 조조에게 북쪽 땅을 양보하고, 지리地理의 이점利點을 차지한 손권에게 남쪽 땅을 양보하고, 장군은 인심을 얻어 먼저 형주를 차지하여 집을 삼은 뒤에 서천 일대를 차지하고 기반을 삼아서, 마치 솥발[鼎足]처럼 대립한 이후에, 중원中原을 쳐야 할 것입니다."

유현덕은 일어나 두 손을 앞에 모으고 감사한다.

"선생의 말씀으로 닫혔던 것이 열린 듯하여 마치 구름과 안개를 헤치고 비로소 푸른 하늘을 본 듯합니다. 그러나 형주 유표와 익주 유장은 다 한 황실의 종친인 만큼 나와 친척뻘인데, 내가 어찌 차마 그들의 땅을 빼앗을 수 있겠습니까?"

공명은 대답한다.

"내가 밤에 천문을 보니 형주 유표는 머지않아 인간 세상을 떠날 사람이며, 익주 유장은 대업을 성취할 인물이 못 되니, 뒤에 그들의 땅이 다 장군에게로 돌아올 것입니다."

유현덕은 절하고 머리를 조아려 감사했다.

제갈공명이 한 말은 그가 띳집을 떠나기 전에 천하가 셋으로 나누어질 것을 미리 예언한 것이니, 참으로 만고萬古에 특출한 인물이었다.

후세 사람이 이 일을 찬탄한 시가 있다.

　　유현덕은 그 당시 곤궁하여 탄식만 하더니
　　남양 땅에 와룡이 있음은 참으로 다행한 일이었도다.
　　다음날, 솥발처럼 셋으로 나뉘는 세상을 알고 싶거든
　　선생이 웃으며 가리키는 지도를 보라.

　　豫州當日嘆孤窮

何幸南陽有臥龍

欲識他年分鼎處

先生笑指妓圖中

유현덕은 거듭 절하고 청한다.

"내 비록 신세는 보잘것없으며 덕이 없으나, 바라건대 선생은 나를 버리지 마시고 산을 떠나서 도와주십시오. 유비는 무엇이든 지시하는 대로 따르겠습니다."

공명은 대답한다.

"나는 오랫동안 밭 갈며 농사짓는 재미로 살아왔기 때문에 세상일에 둔한해서 분부대로 못하겠습니다."

유현덕은 울면서,

"선생이 세상에 나가시지 않으면 억조 창생億兆蒼生은 장차 어찌 되겠습니까."

하고 소매로 눈물을 씻는데 어언 옷깃을 다 적신다. 공명은 유현덕의 지극한 성의에 감동하지 않을 수 없었다.

"장군이 진정으로 나를 버리지 않는다면, 견마지로(충성)를 다하리다."

유현덕은 매우 기뻐하며 즉시 관운장과 장비를 불러들여 공명께 절을 시키고, 황금과 비단 등 예물을 바친다. 그러나 공명은 끝내 받지 않는다. 유현덕은 간곡히 청한다.

"이것은 어진 선생을 초빙하는 예의로, 유비의 성의에 불과합니다."

공명은 그제야 예물을 받았다. 이에 유현덕은 공명의 장원에서 하룻밤을 함께 잤다.

이튿날 제갈균이 돌아오자, 공명은

"나는 유황숙께서 세 번이나 찾아주신 은혜를 저버릴 수 없어 부득이 떠나니, 너는 집안을 잘 보살피되 논밭을 황폐하게 하지 말아라. 내 성공하는 날에는 곧 돌아와서 숨어 살리라."

하고 간곡히 부탁했다.

후세 사람이 이 일을 찬탄한 시가 있다.

몸이 높은 지위에 오르기도 전에 돌아올 일을 생각했으니
성공한 날에는 틀림없이 떠났던 때의 말을 잊지 않으리라.
유현덕이 지성으로 간청해서 데려갔기에
아아, 별은 가을 바람 스산한 오장원에 떨어졌구나!
身未升騰思退步
功成應憶去時言
只因先主丁寧後
星落秋風五丈原

또 후세 사람이 지어 읊은 고풍조 시가 있다.

한 고조는 손에 삼척검을 들어
망탕에서 밤에 흰 뱀을 베어 피를 보고 일어섰도다.
진나라를 평정하고 초를 없애고 함양성에 들어가 나라를 세운
뒤로
2백 년 만에 한나라는 망할 뻔했도다.
크도다, 광무제는 낙양에서 나라를 다시 일으켰으나
아아, 환제 · 영제 때에 이르러 다시 무너지기 시작했도다.
헌제가 도읍을 허창으로 옮긴 이후로
천하에 호걸들은 분분히 들고일어났도다.

조조는 오로지 권력과 하늘의 기회를 잡았으며

강동의 손씨는 큰 기반을 세웠도다.

자리를 못 잡은 유현덕만이 세상에 쫓겨다니며

홀로 신야에 있으면서 만백성을 걱정했도다.

이때 남양 땅의 와룡은 큰 뜻이 있었으며

가슴속에는 천병만마千兵萬馬를 지휘할 뛰어난 능력을 갖추었
도다.

다만 서서가 떠나면서 남긴 그 한마디 말에 의하여

유현덕은 세 번이나 띳집을 찾아가서 마침내 서로의 마음을
알았도다.

공명선생은 그때 나이 39세니[1]

거문고와 책을 수습하고, 정든 땅을 떠났도다.

먼저 형주 땅을 취한 뒤에 서천 땅을 취하여

크게 경륜을 펴서 하늘 같은 솜씨를 나타냈도다.

종횡 무진한 언변은 바람이 일며 천둥이 치는 듯

말하고 웃는 사이에도 가슴속에서는 모든 별의 위치를 바꾸어
놓는도다.

용이 달리며 범이 보듯이 천지를 안정시키려 하니

천추 만고에 그 이름 빛나네, 공명선생이여.

高皇手提三尺雪

芒峴白蛇夜流血

平秦滅楚入咸陽

二百年前幾斷絶

大哉光武興洛陽

---

1   이때 제갈양의 나이는 시에서 말한 39세가 아니라 29세였다.

傳至桓靈又崩裂

獻帝遷都幸許昌

紛紛四海生豪傑

曹操專權得天時

江東孫氏開鴻業

孤窮玄德走天下

獨居新野愁民危

南陽臥龍有大志

腹內雄兵分正奇

只因徐庶臨行語

茅廬三顧心相知

先生爾時年三九

收拾琴書離婉畝

先取荊州後取川

大展經綸補天手

縱橫舌上鼓風雷

談笑胸中換星斗

龍驤虎視安乾坤

萬古千秋名不朽

　유비 등 세 사람은 제갈균과 작별하고 공명과 함께 신야로 왔다. 유비는 공명을 스승처럼 대우하고 식사 때는 한 상에서 밥을 먹으며, 잘 때도 한 침상에서 함께 자는데, 날마다 천하 대사에 관해서 담론한다.

　공명은 말한다.

　"조조가 지금 기주에서 현무지玄武池라는 호수를 만들고 수군을 조련하는 것은 반드시 강남江南을 칠 생각에서입니다. 첩자를 보내어 강동의 형편을 알아오게 하십시오."

유현덕은 즉시 첩자를 강동으로 보냈다.

한편, 손권은 손책孫策이 죽은 뒤에 강동 땅을 기반으로 삼아서 아버지와 형님이 남긴 뜻을 이어, 널리 유능한 인재를 구하는 동시에 오회 땅에다 영빈관迎賓館을 설치하고, 고옹顧雍과 장굉張紘으로 하여금 사방에서 모여드는 인재를 영접하게 했다.

이리하여 너나없이 서로 천거하여 몇 해 동안에 인재들이 계속 모여들었다.

그들 중에 회계會稽 출신 감택闞澤의 자는 덕윤德潤이요, 팽성彭城 출신 엄준嚴畯의 자는 만재曼才요, 패현沛縣 출신 설종薛綜의 자는 경문敬文이요, 여남 출신 정병程秉의 자는 덕추德樞요, 오군吳郡 출신 주환朱桓의 자는 휴목休穆이요, 육적陸績의 자는 공기公紀요, 오吳 땅 사람 장은張溫의 자는 혜서惠恕요, 회계 출신 능통凌統의 자는 공속公續이요, 오정烏程 출신 오찬吳粲의 자는 공휴孔休니, 손권은 특히 이들을 매우 공경했다.

또 그 동안에 좋은 장수도 몇 사람 구했으니, 여남 출신 여몽呂蒙의 자는 자명子明이요, 오군 출신 육손陸孫의 자는 문향文嚮이요, 동군東郡 출신 반장潘璋의 자는 문규文珪요, 여강廬江 출신 정봉丁奉의 자는 승연承淵이었다.

이러한 유능한 문무 인재들이 서로 손권을 보좌하니, 이때부터 강동은 많은 인재를 두었다는 소문이 자자했다.

건안 7년(202) 조조는 원소를 격파하자, 사자를 강동으로 보내어 손권에게 강요한다.

"귀공의 아들을 허도로 보내어 조정에서 천자를 모시게 하라."

손권은 이 일을 어떻게 처리해야 좋을지 결단을 내리지 못했다. 이에 오태부인吳太夫人(손견의 아내며 손권의 어머니이다)은 주유周瑜와 장소張昭를 불러들여 상의한다.

장소는 말한다.

"조조가 주공의 아들을 조정으로 불러들이는 것은 자고로 볼모(인질)를 삼아 천하의 제후들을 견제하려는 수법입니다. 우리가 주공의 아들을 보내지 않으면, 조조는 반드시 군사를 일으켜 강동으로 쳐들어올 것이니, 그리 되면 사태가 위태로워집니다."

주유는 반대한다.

"우리 장군은 부친과 형님이 남기신 뜻을 이어받아 6군의 백성을 거느린 뒤로 이제 군사는 용맹하고 식량은 넉넉하오. 모든 장수는 싸울 준비를 마치고 명령이 내리기만 기다리는 참이오. 이런 때에 강요한대서 우리가 볼모를 보낼 수는 없습니다. 한번 장군의 아들을 볼모로 보내면 우리는 조조에게 늘 아첨을 해야 하며, 또 조조가 부르면 언제나 가야하니, 그처럼 늘 남의 압제만 받을 수는 없는 일이오. 일단 거절하고 상대방의 동태를 보면서, 적을 막을 계책이나 생각합시다."

오태부인도 찬동한다.

"주유의 말이 옳도다."

이에 손권은 조조의 사자에게 거절하고 아들을 보내지 않았다. 이러한 일이 있은 뒤로 조조는 강동을 칠 작정이었으나, 마침 북쪽이 소란해서 남쪽을 칠 여가가 없었다.

건안 8년 11월이었다. 손권은 군사를 거느리고 황조黃祖와 장강에서 싸웠다. 황조의 군사가 점점 패할 무렵이었다. 손권의 장수 능조凌操는 가볍고 날쌘 배를 몰아, 제일 먼저 하구夏口로 쳐들어간다.

황조의 장수 감영甘寧은 화살 한 대로 돌진해오는 능조를 쏘아 죽이니, 이때 능조의 아들 능통은 겨우 15세였다. 능통은 죽음을 무릅쓰고 쳐들어가서 힘을 분발하여, 아버지 시체를 빼앗아 돌아왔다.

결국 손권은 싸움이 이롭지 못한 것을 알고 군사를 거두어 오 땅으로 돌아갔다.

한편, 손권의 동생 손익孫翊은 단양丹陽 태수로 있었다. 손익은 원래 성미가 거친데다가 더욱이 술을 좋아해서, 취하면 매를 들고 군사를 마구 치는 버릇이 있었다.

그래서 단양의 장수 규남嬀覽과 군승郡丞직에 있는 대원戴員 두 사람은 전부터 손익을 죽일 생각이었다. 두 사람은 마침내 곁에서 손익을 모시는 변홍邊洪과 결탁하고 일을 꾸몄다.

이때 각 고을 현령으로 있는 장수들이 모두 단양에 와서 모였기 때문에, 손익은 잔치를 베풀고 그들을 대접하기로 했다.

손익의 아내 서徐씨는 자색이 아름다웠으며, 매우 총명할 뿐만 아니라, 점도 잘 쳤다.

이날 서씨가 점괘를 뽑아보니, 크게 흉했다. 서씨는 남편에게 잔치 자리에 나가지 말도록 권했다. 그러나 손익은 듣지 않고 드디어 대회大會에 참석했다.

그날 밤 늦게까지 술을 마시다가 잔치를 파한 손익이 문밖으로 나와, 비틀비틀 걸어오는 도중이었다. 모시고 뒤따르던 변홍이 순간 칼을 뽑아 단번에 손익의 등을 내리쳐서 거꾸러뜨렸다.

그러나 손익이 죽자 사태는 묘하게 돌아갔다. 함께 공모했던 규남과 대원은 변홍에게 모든 죄를 뒤집어씌우고 시정市井으로 끌어내어 목을 베었다.

이리하여 규남과 대원 두 사람은 권세를 모조리 잡고 손익의 재산을 몰수하더니, 손익의 시첩侍妾들까지 나누어 거느렸다.

　두 사람 중에서도 특히 규남은 과부가 된 서씨의 아름다운 얼굴에 홀려 육박지른다.

　"나는 네 남편의 원수를 갚아준 사람이다. 그러니 나를 섬겨라! 순종하지 않으면 죽이리라."

　그러나 서씨는 총명했다.

　"남편이 죽은 지 며칠 안 되는데, 어떻게 차마 딴사람을 섬길 수 있으리요. 그믐날까지 기다려주면 제사를 지내고 상복을 벗은 이후에 따르겠소."

　규남은 그렇게 하도록 허락했다.

　서씨는 남편의 심복 장수였던 손고孫高와 부영傅榮을 비밀리에 부중府中으로 불러들였다.

　서씨는 울면서,

　"남편이 생전에 늘 두 분의 충의忠義를 칭찬하셨지만, 이번에 규남과 대원 두 놈이 나의 남편을 죽인 뒤 그 죄를 변홍에게 뒤집어씌우고 나의 살림과 시비侍婢들까지 모조리 나누어 가졌음은, 두 분이 나보다도 더 잘 알 것이오. 더구나 규남은 첩의 몸까지 강제로 차지하려 하기에, 수단을 써서 일단 그놈을 안심시켜놓긴 했소. 두 장군은 속히 사람을 오후吳侯에게로 보내어 이 사실을 통지하고, 동시에 두 놈을 처치할 계책을 세워 이 원수를 갚아주면, 이승에서는 물론이거니와 저승에 가서라도 은혜를 잊지 않겠소."

하고 일어나 두 번 절한다.

　손고와 부영은 울면서,

　"우리는 평소 태수의 특별하신 은혜를 입었으며, 오늘날에 이르러 죽지 않고 있는 것은 바로 태수의 원수를 갚기 위해서니, 부인의 분부를 어찌 명심하지 않으리까."

손고와 부영은 비밀리에 심복 부하를 손권에게 보냈다. 그 심복 부하는 밤낮없이 말을 달려가서 손권에게 이 사실을 고했다.

그믐날이 되었다.

서씨는 손고와 부영 두 장수를 불러 밀실 방장 뒤에 매복시킨 다음에, 당상에 제상을 차려 제사를 지내고 상복을 벗고 향香을 달인 물로 목욕하였다. 그녀는 짙게 화장한 뒤에 천연스레 말하며 웃고는 했다.

규남은 부중에 앉아 서씨의 태도를 수소문해서 듣자 매우 기뻤다.

그날 밤에 서씨는 비첩을 부중으로 보내어 규남을 불러 대청에다 잔치를 벌이고 술을 권한다. 규남은 기분이 좋아서 넙죽넙죽 받아 마시는 동안에, 크게 취했다.

서씨는 취한 규남을 부축하고 밀실로 들어간다. 규남은 기뻐서 비틀거리며 들어선다.

서씨는 큰소리로 부른다.

"손고, 부영 두 장군은 어디 계시오!"

순간, 방장이 펄렁 젖혀지면서, 손고와 부영 두 장수가 칼을 들고 썩 나온다. 규남은 미처 손쓸 사이도 없이 부영의 칼에 맞아 쓰러졌다. 순간 손고가 칼을 들어 규남의 목을 찔러 죽였다.

서씨는 즉시 비첩을 보내어, 대원을 잔치 자리로 초청했다. 멋도 모르고 뜰 안으로 들어서는 대원을 손고와 부영이 동시에 칼로 내리쳐서 죽였다. 그날 밤으로 규남과 대원의 두 집안과 그 일당이 몰살당하고 결딴난 것은 두말할 것도 없다.

서씨는 다시 상복을 입고 손익의 영전에 규남과 대원 두 놈의 목을 바친 다음에 제사를 지냈다.

동생 손익이 비명에 죽었다는 소식을 듣고 손권이 군사를 거느리고 단양으로 달려왔을 때는, 서씨가 이미 규남과 대원 두 놈을 죽여, 원수를 갚은 뒤였다. 이에 손권은 손고와 부영을 아문장牙門將으로 삼아 단양 땅을 다스리도록 맡긴 다음에, 계수季嫂인 서씨를 데리고 돌아와서 편안히 여생을 보내게 했다.

강동 사람이면 서씨의 총명과 덕을 칭송하지 않는 자가 없었다.

후세 사람이 서씨를 찬탄한 시가 있다.

재주와 절개를 온전히 갖춘 여자는 세상에 없으니
간악한 놈들은 하루아침에 죽음을 당했도다.
못난 신하는 역적을 따르고 충신은 으레 죽게 마련이니
모두가 다 동오의 여장부 서씨만 못했더라.

才節雙全世所無
奸回一旦受逐鋤
庸臣從賊忠臣死
不及東吳女丈夫

손권은 또 각 곳의 산적 떼를 평정하고, 장강에는 전함 7천여 척을 두기에 이르렀다. 손권은 주유를 대도독大都督으로 삼아, 강동의 수륙 군마水陸軍馬를 총관할하게 했다.

건안 12년 겨울 12월이었다. 손권의 모친 오태부인은 병이 위독해서, 주유와 장소를 병상病床 곁으로 불러들여 부탁한다.

"나는 본시 오나라 사람으로 어렸을 때 부모를 여의고, 남동생 오경吳景과 함께 월越나라에 옮겨 살다가, 뒤에 손씨 집안으로 시집온 것이오. 내가 아들 넷을 낳았으니, 큰아들 책策을 낳을 때는 꿈에 달이 내 품에 들어왔소. 둘째 아들 권權을 낳을 때는 꿈에 해가 내 품에 들어왔는지

라. 점쟁이가 말하기를 꿈에 해와 달이 품속에 들어오면 크게 귀한 아들을 둔다는데, 어찌 된 셈인지 불행히도 큰아들 책은 일찍 죽었고, 강동의 기반을 다 권에게 맡겼으니, 그대들은 한마음 한뜻으로 권을 도와주기 바라오. 그러면 나는 죽어도 썩지 않을 것이오."

또 손권에게 유언한다.

"너는 장소와 주유를 스승처럼 섬기되 게으르지 말 것이며, 또 나의 친정 여동생은 나와 함께 시집와서 너의 부친을 섬겼으니, 역시 너의 어머니라. 내 죽은 뒤에 나의 여동생을 섬기되, 바로 나를 섬기듯이 하여라. 그리고 또 한 가지 부탁할 것은 너의 여동생을 잘 돌봐주고, 좋은 남편을 구해서 시집보내주어라."

말을 마치자, 오태부인은 자는 듯이 숨을 거두었다. 손권이 슬피 통곡한 것과 장례를 치르기까지의 이야기는 새삼 말할 것도 없다.

그 다음 해 봄이었다. 손권은 다시 황조를 칠 생각으로 상의한다.

장소는 말한다.

"모친상 중에는 군사를 일으키는 법이 아닙니다."

주유는 단호히 말한다.

"원수를 갚는 데 어느 여가에 3년상이 끝나기를 기다린단 말이오."

손권은 누구 말을 들어야 할지 결정을 짓지 못한다.

이때 마침 북평도위北平都尉 여몽이 임지任地에서 왔다. 여몽은 들어와서 손권에게 고한다.

"제가 용추수龍湫水 어귀를 지키는데, 강 건너 황조의 부장 감영이 항복해왔습니다. 제가 자세히 물어보니 감영의 자는 흥패興覇요 원래는 파군巴郡 임강臨江 땅 사람으로 힘이 센데다가 호협豪俠한 기상이 있어서, 일찍이 망명객들을 모아 거느리고 허리에 구리로 만든 큰 방울을 차고 세상을 종횡 무진으로 떠돌아다녔기 때문에, 그 당시 사람들은 방울 소리만 들으면 다 달아났다고 합니다. 또 그는 일찍이 서천 땅에서 생산되는 좋은 비단으로 돛대를 만들어 배를 타고 날뛰었기 때문에, 한때 세상 사람들은 그를 금범적錦帆賊이라고도 불렀다 합니다. 그러다가 그는 지난날의 자기 잘못을 뉘우치고 장차 좋은 일을 해보고자 부하들을 거느리고 형주 유표에게로 갔으나 결국 보잘것없는 인물임을 알게 되어 다시 우리 동오東吳로 오다가 하구에서 황조에게 만류당하여 있었다고 합니다. 작년에 우리가 황조를 쳤을 때, 황조는 감영의 힘 때문에 하구 땅을 잃지 않았건만 역시 대우를 할 줄 모르더랍니다. 도독都督 소비蘇飛가 황조에게 감영에 대한 대우 개선을 누차 권했지만, 그럴 때마다 황조는 말하기를 '감영은 산과 강으로 떠돌아다니던 도둑놈 출신이다. 그런 자에게 어찌 높은 지위를 줄 수 있느냐' 하고 거절했답니다. 그래서 감영은 더욱 불만을 품게 되었는데, 하루는 소비가 감영을 자기 집으로 초청하고 술대접을 하면서, '내가 누차 그대를 천거했건만 주공이 들어주지 않으니 어쩔 수 없소. 세월은 빠른 것이라, 사람이 한평생을 살면 얼마나 살겠소. 그러니 그대는 스스로 알아서 자기 앞길을 개척하시오. 내가 그대를 악현鄂縣 현장縣長으로 가게 해줄 테니, 달아나건 거기 머물러 있건 그건 알아서 하시오'라고 말하더랍니다. 이에 하구를 벗어난 감영은 우리 강동으로 오고 싶었으나, 지난해에 황조를 구출하기 위해서 우리의 장수 능조를 활로 쏘아 죽인 일이 있었기 때문에, 겁이 나서 오지 못한다는 비밀 연락을 제가 받고, 즉시 답장을 보내어 '우리 주공께서는 유능한 인재를 목말라 물 찾듯 구하시니 어찌 지난날의 원한을 버리지 않으시리요. 더구나 그때는 각기 주인을 위해서 서로 싸운 것이니, 더더구나 그대를 원망할 리 없으시다'고 했습니다. 그랬더니 감영이 흔연히 자기 부하를 거느리고 강을 건너, 주공을 뵈러 왔습니다. 주공께서는 처분을 내리십시오.”

손권은 크게 기뻐한다.

“감영이 내게로 왔으니, 이젠 황조를 격파한 거나 다름없다. 어서 이리로 데리고 들어오시오.”

이에 여몽은 감영을 데리고 들어와 손권에게 절을 시킨다.

손권은 말한다.

“감영이 나를 찾아왔으니 매우 반갑소. 내 어찌 지난 일을 원망하리요. 청컨대 의심을 풀고 나에게 황조를 격파하도록 계책을 일러주시오.”

감영은 고한다.

“오늘날 한나라는 날로 위태로우니 조조가 언젠가는 황제의 자리를 빼앗을 것입니다. 그러기 위해서, 조조는 남쪽 형주 일대를 차지하려고 반드시 손을 뻗칠 것입니다. 그러나 형주 유표는 앞날에 대한 지각이 없으며 그 아들이란 것도 어리석어서 조상이 남겨준 기반을 지킬 만한 위인이 못 되니, 장군은 먼저 형주를 차지하도록 힘쓰십시오. 만일 기회를 놓치면 조조가 먼저 형주 일대를 몽땅 차지할 것입니다. 그러기 위해서 장군은 우선 당장 황조부터 쳐야 합니다. 황조는 이제 늙은데다가 사리에 어두워서 물욕物慾에만 눈독이 올라, 백성과 심지어 관리까지도 못 살게 들볶으니 모든 인심은 그를 원망하고 무기는 녹이 슬고 군법엔 기율이 없습니다. 지금이라도 장군께서 쳐들어가면 반드시 하구는 함락될 것이며, 이렇게 해서 일단 황조를 격파하거든 군사를 서쪽으로 진출시켜, 초관楚關을 근거로 삼아 파촉巴蜀을 차지하십시오. 그러면 천하대세를 결정할 수 있습니다.”

손권은 거듭 머리를 끄덕이며,

“참으로 황금보다도 귀중한 말씀이오.”

하고 감탄했다.

披堅執銳軍庵望望海雲低

孫權跨江戰黃祖　耀武揚威戰艦遙遙江霧陣

장강에서 황조와 싸우는 손권

마침내 손권은 주유를 대도독으로 삼아 수륙 양군水陸兩軍을 통솔케
하고, 여몽을 전부前部 선봉으로, 동습董襲과 감녕을 부장副將으로 삼아
10만 대군을 거느리고 출발했다.

첩자는 이 사실을 탐지하자 즉시 하구로 가서 황조에게 보고했다. 황
조는 급히 막료를 모아 상의하고 소비를 대장으로, 진취陳就와 등용鄧龍
을 선봉으로 삼아 군사를 모조리 일으켰다.

진취와 등용은 각기 한 떼의 함대艦隊를 거느리고 면구沔口로 나아가
서 강 위에 진지를 세우고, 전함마다 각기 강궁强弓과 경노勁弩를 천여
대씩 배치한 뒤 한 줄로 전함을 서로 비끄러매어 연결시켰다.

손권의 군사는 하구로 진격하다가 적의 함대에서 북소리가 일어나
며 일제히 쏘는 활과 쇠노[弩] 때문에 더 나아가지를 못하고 강 아래로

몇 리를 후퇴한다.

감영은 동습에게 말한다.

"일이 이 지경에 이르렀으니 더 나아갈 수 없소. 우리도 다른 방법을 써서 적을 쳐야 하오."

이에 조그만 배 백여 척을 뽑아 배마다 날랜 군사 50명씩을 태우고 그 중 20명은 전속력으로 배를 젓는다. 나머지 30명은 갑옷으로 튼튼히 무장하고 강철로 만든 칼을 들고, 적군이 쏘는 화살과 돌을 무릅쓰며 바로 적의 함대 속으로 깊숙이 들어가서, 큰 줄을 닥치는 대로 마구 끊는다.

드디어 함대가 무너지면서 전함은 제각기 흩어진다. 감영은 몸을 날려 적의 전함으로 뛰어올라가, 적의 장수 등용을 한칼에 쳐죽이니, 진취는 전함을 버리고 달아난다. 이를 본 여몽이 조그만 배에 뛰어내려 스스로 노를 저어 바로 깊숙이 쳐들어가서, 불을 질러 적의 전함을 태우자, 진취는 다시 언덕을 향하여 달아난다.

여몽은 기회를 놓칠세라, 언덕으로 앞질러가서 진취를 한칼에 쳐죽였다. 적의 대장 소비가 군사를 거느리고 진취를 구출하러 달려왔을 때는 손권의 모든 장수가 일제히 상륙한 연후였다.

서로 싸운 결과 황조의 군사는 크게 패했다. 적장 소비는 정신없이 달아나다가 손권의 대장大將 반장과 만나 서로 말을 비비대며 싸운 지 불과 수합에 사로잡히고 말았다. 반장은 소비를 결박지어 전함으로 끌고 가서 손권에게 바쳤다.

손권은 좌우 사람에게,

"저놈을 함거檻車에 감금하여라. 황조를 사로잡아 함께 능지처참 하리라."

하고 삼군을 독촉하여 밤낮없이 하구를 맹공격하니,

황조는 금범적(감영)에게 높은 지위를 주지 않다가

마침내 함대가 여지없이 패했다.

只因不用錦帆賊

致令衝開大索船

황조와 손권의 싸움은 어찌 될 것인가.

제39회

형주성의 공자公子는 세 번이나 계책을 묻고
공명은 박망파에서 처음으로 군사를 쓰다

손권이 군사를 독촉하여 하구를 맹공격하니, 황조는 군사들이 패한
데다가 장수들이 망하여 더 버틸 수 없음을 알자, 드디어 하구 땅을 버
리고 형주로 달아난다.

그러나 감영은 황조가 형주로 달아날 것을 미리 짐작하고 동문東門
밖에 군사를 매복시킨 뒤 기다린다.

황조가 기병 수십 명을 거느리고 동쪽 문을 나와 한참 달아나는데, 갑
자기 함성이 크게 일어나더니 감영이 나타나 길을 가로막는다.

황조는 말 위에서 감영에게 수작을 건다.

"내가 지난날 너를 정중히 대우했는데, 이제 어찌 이렇듯 방해하느냐?"

감영은 소리를 높여 꾸짖는다.

"내 전에 하구에 있을 때 많은 공로를 세웠건만, 너는 나를 끝까지 도
둑놈으로 대접했다. 이제 와서 무슨 되지못한 소릴 하느냐?"

황조는 도저히 벗어나기 어렵다는 것을 알자 갑자기 말을 돌려 달아
나니, 감영은 부하 군사들을 제치고 그 뒤를 쫓는다.

얼마쯤 뒤쫓아가는데, 등뒤에서 홀연 함성이 일어나더니 뒤쫓아오는 말발굽 소리가 요란히 일어난다. 감영이 돌아보니 장수 정보가 기병을 거느리고 뒤쫓아온다.

감영은 정보에게 공로를 빼앗길까 봐 급히 화살을 뽑아, 달아나는 황조의 등을 쏘았다. 황조가 화살에 맞아 몸을 뒤집으며 말에서 떨어지니 감영은 즉시 달려가서 그 머리를 선뜻 베어 들었다.

감영은 뒤쫓아온 정보와 함께 군사를 합치고 손권에게 황조의 머리를 바쳤다.

손권은 분부한다.

"나무 상자에 황조의 머리를 넣어두어라. 내 강동에 돌아가 아버지(손견) 영전에 바치고 제사를 지내리라."

손권은 삼군에게 많은 상을 주고 감영을 도위로 삼아 하구에 군사 일부를 남겨두기로 하고 돌아갈 일을 상의한다.

장소는 고한다.

"외로이 동떨어져 있는 하구성을 무작정 지킬 수도 없는 노릇이니 다함께 강동으로 돌아가기로 하십시오. 장차 형주 유표가 황조가 패망한 사실을 알기만 하면 반드시 원수를 갚으려고 우리를 치러 올 것입니다. 그때 우리는 편안히 앉아 상대가 먼 길을 오느라고 피곤해지기를 기다려서 치면 반드시 유표도 격파할 수 있습니다. 유표가 패했을 때 우리가 이긴 김에 쳐들어가면 형주와 양양襄陽 모두를 차지할 수 있습니다."

손권이 그 말대로 드디어 하구를 버리고 강동으로 돌아가는 도중이었다.

함거에 감금당하여 가던 소비는 몰래 사람을 보내어 감영에게 자기를 살려달라고 간청했다.

감영은 대답했다.

"소비가 부탁하지 않을지라도, 내 어찌 지난날의 은혜를 잊으리요."

대군을 거느리고 오회로 돌아온 손권은 명령한다.

"소비의 머리를 베어 황조의 머리와 함께 제상에 바쳐라."

감영은 들어와 손권을 뵙더니 머리를 조아려 통곡하며 아뢴다.

"제가 지난날 소비의 도움을 받지 않았다면 벌써 어디서 죽었을지도 모르니, 어찌 오늘날에 장군을 섬길 수 있겠습니까. 소비의 죄는 죽어 마땅하나, 제가 지난날에 입은 은혜를 잊을 수 없습니다. 저의 벼슬을 다 반환하오니, 소비를 속죄해주십시오."

손권은 대답한다.

"그대가 은혜를 입었다면 그대를 위해서 소비를 용서하겠으나, 만일 그가 달아나면 어찌하리요."

"소비가 죽음을 면하면 큰 은혜에 다만 감격할 것이니, 어찌 달아날 리 있겠습니까. 만일 소비가 달아나면 저는 댓돌 아래에 제 목을 바치고 대신 죽겠습니다."

손권은 마침내 소비를 용서한 다음에 황조의 머리만 바치고 제사를 지냈다. 제사를 마치자 손권은 크게 잔치를 벌이고 모든 문무 관원들을 모아 이번 싸움에 이긴 일을 축하한다.

서로가 술을 마시며 한참 기뻐하는데, 문득 한 사람이 대성 통곡하며 벌떡 일어나 칼을 뽑더니, 즉시 감영에게로 달려든다. 감영은 황망히 칼을 피하며 엉겁결에 의자를 들어 막는다.

손권이 깜짝 놀라 보니, 칼을 든 사람은 바로 능통이었다.

좌중의 모든 사람은 곧 그 이유를 알았다. 지난해 하구를 쳤을 때, 당시 적의 장수였던 감영이 능통의 아버지 능조를 활로 쏘아 죽였던 것이다. 능통은 오늘 한자리에 모인 곳에서 아버지 원수를 갚으려는 참이다.

손권은 황망히 말리며 능통에게 말한다.

"그 당시 감영이 그대 부친을 죽인 것은 서로 싸우는 입장에서 각기 자기 주인을 위해 힘을 다하지 않을 수 없었기 때문이다. 그러나 이제 한집안 식구가 되었으니 어찌 지난날의 원수를 갚을 수 있으리요. 내 체면을 보아서라도 용서하라."

능통은 머리를 조아리며 방성통곡한다.

"한 하늘 아래서 함께 살 수 없는 원수를 어찌 용서하라 하십니까."

손권과 모든 사람들은 능통을 거듭 말린다. 그래도 능통은 분한 눈초리로 감영을 노려본다.

손권은 그날로 감영에게 군사 5천과 전함 백 척을 거느리고 가서 하구를 지키도록 명령했다. 감영이 능통을 피하도록 조처한 것이다. 감영은 절하고 군사와 전함을 거느리고 하구로 떠나갔다.

손권은 또 능통을 승렬도위丞烈都尉로 삼았다. 이에 능통은 원한을 머금고도 그만두는 수밖에 없었다.

강동에서는 이때부터 열심히 전함을 만들며 강 언덕의 요소마다 군사를 주둔하고, 손정孫靜에게 일지군을 주어 오회 땅을 수호하도록 맡겼다. 손권은 친히 대군을 거느리고 시상현柴桑縣에 나아가서 주둔하였다. 주유는 파양호禾陽湖에서 날마다 수군을 조련하며 앞날에 대비하였다.

한편, 유현덕은 첩자를 강동으로 보낸 뒤 소식을 기다렸다.

첩자는 돌아와서 보고한다.

"손권은 이미 하구를 쳐서 황조를 죽였으며, 현재는 시상현에 나아가서 군사를 주둔하고 있습니다."

유현덕은 곧 공명과 함께 앞일을 상의하는데, 홀연 형주에서 유표의 사자가 왔다. '의논할 일이 있으니 형주로 와달라'는 전갈이었다.

공명은 말한다.

"이는 필시 손권이 황조를 격파했기 때문에 유표가 주공을 청해다가 원수 갚을 일을 상의하려는 것입니다. 내가 주공과 함께 가서 형편 보아 대하면 좋은 도리가 있으리다."

유현덕은 관운장에게 신야를 맡긴 다음에 장비에게 군사 5백 명을 거느리고 뒤따르도록 분부하고 공명과 함께 형주로 떠나갔다.

가는 도중에 유현덕은 말 위에서 묻는다.

"유표와 만나서 뭐라 대답하리까?"

공명은 대답한다.

"먼저 지난날 양양襄陽 대회大會 때 달아난 일을 사과하십시오. 만일 유표가 강동을 쳐달라고 부탁하거든 결코 승낙하지 마십시오. 그저 일단 신야로 돌아가서 군사를 정돈해야겠다고만 하십시오."

유현덕은 관역館驛에 당도하자 잠시 쉬며 장비에게 성밖에서 군사를 거느리고 머물도록 이른 다음에, 공명과 함께 성으로 들어가 유표에게 절하고 다시 댓돌 밑으로 내려와 지난 일을 사죄한다.

유표는 말한다.

"나는 전번 양양 대회 때 아우님이 큰 피해를 입은 일을 잘 아오. 그 뒤에 나는 즉시 채모의 목을 베어 아우님에게 보내려 했는데, 좌우의 모든 사람들이 극력 말리기에 잠시 용서해주었으니, 아우님은 조금도 사죄할 것 없소."

유현덕은 머리를 조아린다.

"채모가 한 짓은 아닐 것이며, 아마 아랫것들의 소행인 줄로 압니다."

유표는 말한다.

"이번에 장강의 하구를 잃었소. 더구나 황조까지 죽었기에 아우님과 함께 보복할 일을 상의하려고 오라 한 것이오!"

"황조는 성미가 사나워서 능히 사람을 쓸 줄 몰라 그런 불행을 당했습니다. 이제 보복하려고 남쪽 강동을 치러 간 사이에, 만일 조조가 북쪽에서 쳐들어오면 어찌하렵니까?"

유표는 한숨을 몰아쉰다.

"내 이제 늙고 병이 많아서 능히 모든 일을 다스리지 못하오. 아우님은 이리로 와서 나를 도와주시오. 그러다가 내가 죽거든 아우님이 이 형주의 주인이 되어주면 좋겠소."

유현덕은 대답한다.

"형님은 무슨 그런 말씀을 하십니까. 저는 그런 무거운 책임을 맡을 만한 인물이 못 됩니다."

공명은 유현덕에게 계속 눈짓을 한다. 그래서 유현덕은 겨우 이렇게 말하고, 물러나왔다.

"좋은 계책이 없지 않을 테니 형님은 천천히 잘 생각해보십시오."

관역으로 돌아오자, 공명은 유현덕에게 묻는다.

"유표가 형주 땅을 주공에게 내주겠다는데, 왜 거절하셨습니까."

유현덕은 대답한다.

"유표는 나에게 은혜와 예의로써 대하는데 그의 불행을 기회로 삼아 어찌 형주를 가로챌 수야 있겠습니까."

공명은 찬탄한다.

"주공은 참으로 인자하신 분입니다."

두 사람은 다시 앞일을 상의하는데, 유표의 맏아들 유기劉琦가 찾아왔다.

유현덕이 영접해 들이니 유기는 울면서 절한다.

"계모繼母가 미워하니 저는 언제 죽을지 모르겠습니다. 바라건대 숙부는 저를 불쌍히 여기시어 살려주십시오."

"그건 착한 조카의 집안일이거늘 어째서 나에게 묻느냐."

유현덕이 대답하고 슬쩍 보니, 공명이 빙그레 웃는다. 유현덕은 공명에게 유기를 구해주도록 말을 걸었다.

공명은 대답한다.

"나는 그런 일에 관여하고 싶지 않습니다."

조금 지나 유현덕은 유기를 배웅하면서 귓속말로 일러준다.

"내일 나 대신에 공명을 답례 겸 그리로 보낼 테니 조카는 이러이러히 하라. 그러면 공명이 좋은 계책을 일러주리라."

유기는 거듭 감사하고 돌아갔다.

이튿날 유현덕은 배가 아프다 핑계대며,

"공명이 가서 답례하시오."

하고 공명을 대신 유기의 집으로 보냈다.

공명은 유기의 저택 앞에 이르자 말에서 내려 들어간다. 유기는 공명을 후당으로 안내하고 차를 대접하며 청한다.

"계모가 미워하니 선생은 나에게 살길을 지시하소서."

"나는 이곳에 손님으로 잠시 와 있는 처지요. 남의 집안일에 어찌 간섭하리까. 더구나 말이 누설되면 큰 해를 당하리다."

공명은 대답하고 일어나 하직하려 한다.

"이렇듯 왕림하셨다가 어찌 그냥 가실 수야 있습니까."

유기는 공명을 굳이 만류하고 밀실로 안내하여 술을 대접하며 함께 몇 잔 마시고서 다시 고한다.

"계모가 미워하니 바라건대 선생은 저를 살려주소서."

"이는 내가 감히 꾀할 바 아니오."

공명은 잘라 말하더니 또 일어서 나가려 한다. 유기는 만류한다.

"선생이 말씀을 안 하시면 그만인데 어찌 벌써 가려 하십니까?"

공명은 다시 자리에 앉는다. 유기는 화제를 바꾸어,

"저에게 옛 책이 하나 있으니, 청컨대 선생은 한번 보기나 하십시오."

하고 공명을 조그만 누각 위로 안내한다.

공명은 묻는다.

"그 옛 책이란 어디 있소?"

유기는 울면서 절한다.

"계모가 미워하니 이 유기는 언제 죽을지도 모르는데, 선생은 어찌 한 말씀도 아니하시고 이렇듯 죽으라 하십니까."

공명은 표정이 달라지며, 벌떡 일어나 누각을 내려가려는데, 어느새 치웠는지 사다리가 없다.

유기는 사정한다.

"제가 살길을 지시해줍소사고 청하건만 선생은 혹시 비밀이 누설될까 염려하시어 말씀을 않으시니, 이젠 하늘로 올라갈 수도 땅으로 들어갈 수도 없습니다. 선생의 말씀을 듣고야 말겠으니, 살길을 지시하소서."

공명은 대답한다.

"'바깥 사람은 남의 친한 사이를 이간하는 법이 아니라'고 하오. 그러하거늘 내가 어찌 공자公子를 위해서 계책을 말할 수 있으리요."

"선생은 끝내 말씀을 않으시렵니까. 그럼 나는 결국 죽는 몸이니 이왕이면 선생 앞에서 죽겠습니다."

유기는 칼을 뽑더니 자기 목을 찌르려 한다. 공명은 황급히 말린다.

"좋은 계책이 있소이다."

유기는 곧 일어나 절하고 간청한다.

"바라건대 가르쳐주소서."

"공자는 옛 신생申生과 중이重耳(진晉 문공文公)의 일을 들어서 아시겠지요? 신생은 국내에 있었기 때문에 억울한 죽음을 당했고, 중이는 국외

망루 위에서 유기에게 보신의 계책을 전하는 공명

에 있었기 때문에 무사했습니다. 이제 황조가 죽었으니 남쪽 강하江夏를
지킬 사람이 없습니다. 공자는 아버지께 아뢰어 군사를 거느리고 왜 강
하로 가지 않습니까? 그곳에 가서 지키면 명목도 서고 불행도 면할 수 있
소이다."

유기는 두 번 절하고 거듭 감사한 다음에 사람을 불러 사다리를 갖다
놓게 한 뒤, 공명을 모시고 누각 아래로 내려간다.

공명은 작별하고 관역으로 돌아와 유현덕에게 다녀온 경과를 말한
다. 유현덕은 또한 매우 기뻐했다.

이튿날 유기는 아버지에게 남쪽 강하를 지키러 가게 해줍소사고 글
을 올렸다. 유표는 선뜻 결정을 짓지 못해서 유현덕을 초청하여 이 일을
상의한다.

유현덕은 대답한다.

"남쪽 장강 일대는 중요한 땅입니다. 다른 사람에게 맡길 것이 아니라 공자(유기)가 직접 가서 지키는 것이 마땅합니다. 이리하여 동쪽과 남쪽은 부자분이 맡아서 대비하십시오. 저는 서쪽과 북쪽을 맡아서 경계하리다."

유표는 말한다.

"요즈음 보고에 의하면 조조가 업군에다 현무지란 호수를 만들고 수군을 조련한다 하니, 반드시 남쪽을 칠 작정인가 보오. 우리도 남쪽 강하에서 방비하기는 해야 할 것이오."

"이 아우도 짐작하고 있으니 형님은 근심 마십시오."

유현덕은 드디어 하직하고 신야로 돌아갔다.

유표는 아들 유기에게 군사 3천을 주고 남쪽 강하로 떠나 보냈다.

한편, 조조는 삼공의 직職을 폐지한 뒤 몸소 승상丞相이 되어 겸임한 다음에 모개毛玠를 동조東曹의 책임자로, 최염崔琰을 서조西曹의 책임자로, 사마의司馬懿를 문학文學의 책임자로 삼았다.

그럼 사마의는 어떤 사람인가.

사마의의 자는 중달仲達이니 원래 하내군河內郡 온현溫縣 땅 출신이었다. 그는 영천 태수 사마준司馬儁의 손자요, 경조윤京兆尹 사마방司馬防의 아들이며, 주부主簿 사마낭司馬朗의 동생이었다.

조조는 모든 문관文官들을 크게 갖추었는지라, 드디어 모든 장수들을 불러모아 남쪽을 칠 일을 상의한다.

하후돈은 앞으로 나서서 말한다.

"요즘 들리는 소문에 의하면 유비가 신야에서 매일 군사를 교련한다 하니, 그냥 내버려뒀다가는 뒷날에 반드시 우리의 우환 거리가 될 것입니다. 일찌감치 무찔러버리도록 하십시오."

조조는 머리를 끄덕이더니 즉시 하후돈을 도독으로, 우금于禁·이전李典·하후난夏侯蘭·한호韓浩를 부장部將으로 삼고, 명령한다.

"군사 10만 명을 거느리고 바로 박망성博望城까지 나아가서 신야를 엿보아라."

순욱荀彧은 간한다.

"유비는 원래가 영웅인데다가 이제 겸하여 제갈양을 군사로 삼았으니, 가벼이 보아선 안 됩니다."

하후돈은 말한다.

"유비는 쥐새끼 따위니, 내가 반드시 사로잡아 보이겠소."

서서는 말한다.

"장군은 깔보지 마시오. 유현덕이 제갈양을 얻었으니 이는 범이 날개를 단 거나 다름없지요."

조조는 묻는다.

"제갈양은 어떤 사람이오?"

서서는 대답한다.

"제갈양의 자는 공명이요 도호道號는 와룡선생으로, 하늘을 움직이며 땅을 주름잡는 신과 같은 재주가 있어 참으로 당대의 기이한 인재입니다. 그러니 결코 만만히 보아서 안 됩니다."

조조는 묻는다.

"그대와 비교해서 어떠하오?"

서서는 대답한다.

"어찌 나를 제갈양과 비할 수 있으리요. 내가 개똥벌레의 빛 정도라면 제갈양은 밝은 달과 같소이다."

하후돈은 말한다.

"나는 제갈양을 지푸라기 정도로 보오. 무엇을 두려워할 것 있으리요. 내 단번에 유비를 사로잡고 제갈양을 붙잡아 그 머리를 베어 승상께 바치리다."

조조는 분부한다.

"그대는 속히 승전勝戰을 알리도록 노력하여 내 마음을 위로하라."

하후돈은 분연히 조조를 하직하자 군사를 거느리고 떠나갔다.

한편, 유현덕은 제갈공명을 얻은 뒤로 스승을 대하는 예의로써 대우했다. 관운장과 장비는 그러는 것이 늘 마땅치 않았다.

"공명은 젊은 주제에 무슨 놀라운 재주와 학문이 있으리요. 형님은 공연히 지나친 대우를 하지만, 공명은 아무런 솜씨도 못 보여주지 않습니까?"

유현덕은 타이른다.

"내가 공명을 얻은 것은 고기가 물을 만난 거나 같다. 두 아우는 여러 말 말라."

관운장과 장비는 말없이 마땅찮다는 표정으로 물러갔다.

어느 날 어떤 사람이 소 꼬리를 보내왔다. 유현덕은 심심해서 친히 그 소 꼬리 털로 모자를 짠다. 공명이 들어와서 보더니 엄숙히 말한다.

"주공은 큰 뜻을 품지 않고 어찌 이런 짓을 하십니까?"

유현덕은 짜던 모자를 던져버리며 사과한다.

"내 잠시 근심을 잊고자 한 짓입니다."

공명은 묻는다.

"주공은 조조와 비교할 때 자신을 어떻게 생각하십니까?"

"나는 조조만 못하오."

"주공의 군사는 수천 명에 불과합니다. 만일 조조의 군사가 들이닥치면 어찌하시렵니까?"

"내가 근심하는 것이 바로 그것이나, 아직 좋은 계책이 생각나지 않소이다."

"속히 민병民兵을 모집하십시오. 제가 그들을 조련하면 적을 대적할 수 있으리다."

유현덕은 신야의 백성을 모집하여 군사 3천을 새로 얻었다. 공명은 몸소 아침저녁으로 그들에게 진법陣法을 가르쳤다.

어느 날, 파발꾼이 달려와서 고한다.

"조조의 분부를 받은 하후돈이 군사 10만을 거느리고 우리 신야로 쳐들어오는 중입니다."

장비는 관운장에게,

"흥! 이제 제갈공명보고 싸우라면 되겠구먼!"

하고 비아냥거리는데, 사람이 관운장과 장비를 데리러 왔다. 관운장과 장비가 부름을 받고 가니 유현덕은 묻는다.

"지금 하후돈이 군사를 거느리고 온다니 어떻게 막아야 할까?"

장비는 비꼰다.

"형님, 고기가 물을 만났다니 그 물인가 뭔가를 쓰면 될 것 아닙니까."

유현덕은 타이른다.

"작전은 공명이 세우지만, 싸움은 두 아우가 맡아줘야 하는데 어째서 남에게 미루느냐?"

관운장과 장비가 나간 뒤에 유현덕은 공명을 초청하고 상의한다.

공명은 말한다.

"관운장과 장비가 내 명령에 복종하지 않을까 염려됩니다. 저에게 군사를 지휘하도록 하시려거든 주공의 칼과 인印을 빌려주십시오."

유현덕은 곧 칼과 인을 공명에게 내준다. 공명은 드디어 모든 장수들을 불러들이도록 명령했다.

장비는 관운장에게 말한다.

"오라고 하니, 가서 그가 하는 꼴이나 봅시다."

공명은 명령을 내린다.

"박망 왼쪽에 산이 있으니 이름은 예산豫山이요, 오른쪽에 숲이 있으니 이름은 안림安林이라. 그곳에 군사를 매복할 만하니 관운장은 군사 천 명만 거느리고 예산에 매복했다가 적군이 오거든 그냥 지나가게 하고, 적군의 치중輜重과 군량, 마초가 반드시 후방에 있을 것이니, 남쪽에서 불길이 오르거든 즉시 출격하여 적군의 군량과 마초를 불지르라. 장비는 군사 천 명을 거느리고 안림 너머 산골에 매복했다가, 남쪽에서 불길이 오르거든 곧 박망성으로 가서 군량과 마초를 저장한 본거지에 불을 지르라. 관평關平과 유봉劉封은 군사 5백 명을 거느리고 미리 인화물引火物을 준비하여 박망파博望坡 양쪽에서 기다리다가, 초경 무렵에 적군이 당도하거든 즉시 불을 질러라."

공명은 번성에 있는 조자룡을 오라고 하여 선봉을 맡기고 명령한다.

"앞서가서 싸우되 지기만 하라. 이기지 말라. 그리고 주공은 친히 일지군을 거느리고 그들을 후원하십시오. 모든 장수들은 명령대로 거행하되 실수 없도록 명심하라."

관운장은 묻는다.

"우리는 다 적군과 싸우러 나가는데, 군사軍師는 뭘 할 테요?"

공명은 대답한다.

"나는 여기서 성을 지키리라."

장비는 크게 껄껄 웃는다.

"우리는 다 목숨을 걸고 싸우는데, 그대는 집 안에 편안히 앉아 있겠다니 참 좋겠소."

공명은 말한다.

"주공의 칼과 인이 여기 있다. 명령을 어기는 자는 참하리라."

유현덕은 꾸짖는다.

"작전의 계책은 방안에서 하며 승부는 천리 밖에서 결정한다는 말을 듣지도 못했느냐? 두 아우는 명령을 어기지 말라."

장비는 비웃으며 나간다.

관운장은 장비에게,

"그의 계책대로 일이 들어맞나 안 들어맞나 두고 보자. 일이 실패하거든 그때 따져도 늦지는 않으리라."

하고 각기 군사를 거느리고 떠나갔다.

모든 장수는 공명의 재주를 모르기 때문에, 비록 명령은 받았으나 제각기 의심했다.

공명은 유현덕에게 청한다.

"주공은 오늘 군사를 거느리고 박망산 아래로 가서 주둔하십시오. 내일 저녁때면 적군이 반드시 당도하리니, 주공은 영채를 버리고 달아나시되, 오르는 불길이 보이거든 그땐 즉시 군사를 돌려 적군을 무찌르십시오. 나는 미축糜竺·미방糜芳과 함께 군사 5백 명을 거느리고 고을을 지키며 손건과 간옹에게 승전을 축하하기 위한 잔치 자리를 준비시키는 동시에 아울러 공로부功勞簿(장수와 군사의 공훈을 기록하는 책)를 미리 만들어 기다리겠습니다."

유현덕은 공명의 말대로 준비를 마쳤다. 그러나 마음속으로는 공명을 어디까지 믿어야 좋을지 의심하지 않을 수도 없었다.

한편, 하후돈은 우금과 함께 군사를 거느리고 박망 땅에 이르자 군사 반을 나누어 전위 부대로 삼았다. 그 나머지는 군량과 마초를 호위하게 하고 나아가니, 이때가 가을이라 시원한 서쪽 바람이 솔솔 분다.

군사들과 말들은 전진하는데, 바라보니 홀연 저편에서 먼지가 가득히 일어난다. 하후돈은 군사를 벌여 세우고 향도관嚮導官에게 묻는다.

"여기가 어디냐?"

"앞은 박망파요, 뒤는 바로 나천羅川 어귀입니다."

하후돈은 우금과 이전에게 뒤를 부탁하고 친히 앞으로 나아가 저편 멀리에서 오는 군사를 바라보더니, 갑자기 껄껄 웃는다.

모든 장수가 의아해서 묻는다.

"장군은 왜 갑자기 웃으십니까?"

하후돈은 의기 양양하여,

"내 서서의 말이 생각나서 웃노라. 서서가 승상께 말하기를 제갈양은 천신天神 같은 사람이라고 칭찬하더니, 이제 군사 쓰는 꼴을 보니 저절로 웃음이 나는구나. 저런 군사를 전부前部 선봉으로 삼아 나를 대적하려 하다니, 이야말로 염소와 개를 몰아서 범과 싸우려는 짓이 아니고 뭣이겠느냐. 내 승상 앞에서 유비와 제갈양을 사로잡겠노라 다짐했더니, 이제 내 말대로 되어가는구나."

하고 말을 달려 나아가니, 조자룡이 내달아 나온다.

하후돈은 꾸짖는다.

"너희들이 유비를 따르는 것은 죽은 귀신을 섬기는 거나 같다!"

조자룡은 분노하여 말을 달려와 서로 싸운 지 불과 수합에 패한 체하고 달아나니 하후돈이 기를 쓰며 뒤쫓는다. 조자룡이 한 10리쯤 달아나다가 다시 돌아와서 또 싸우다가, 싸운 지 불과 수합에 또 달아난다.

하후돈이 뒤쫓아가니 한호가 뒤쫓아와서 간한다.

"조자룡이 우리를 유인하려는 짓 같습니다. 적군이 어디에 매복하고 있을지도 모릅니다."

"적군이 저 모양이니 비록 사면팔방에 매복하였대도 내 무엇을 두려워하랴."

하후돈은 한호의 말을 듣지 않고 조자룡을 뒤쫓아 바로 박망파에 이르렀다. 홀연 포 소리가 나면서 이번에는 유현덕이 친히 군사를 거느리고 내달아와 하후돈의 군사와 접전을 벌인다.

하후돈은 크게 웃으며 한호에게 여봐란 듯이 말한다.

"이게 바로 적의 복병이라는 것들이구나. 내 오늘 밤에 신야까지 가지 않고는 맹세코 싸움을 중단하지 않으리라."

하후돈이 군사들을 독촉하여 나아가니, 유현덕과 조자룡은 또 달아난다.

이때 해는 이미 저물고 검은 구름이 빽빽히 끼어 달빛은 없었다. 낮부터 솔솔 불던 바람이 거센 바람으로 변했다. 하후돈은 거듭 군사를 독촉하여 달아나는 적군을 무찌르며 뒤쫓아간다.

하후돈을 뒤따르던 우금과 이전이 좁은 길에 이르러 사방을 둘러보니, 모두가 우거진 갈대밭이다.

이전은 우금에게 말한다.

"적을 업신여기는 자는 반드시 패하느니, 남쪽 길이 이렇듯 좁아들어 산과 냇물은 모여드는데 더욱이 수목이 울창하니, 적군이 불을 질러 공격하면 어찌할 테요?"

우금은 황망히 대답한다.

"그대 말이 옳소. 내 급히 뒤쫓아가서 도독에게 말할 테니 그대는 후방 군사를 정지시키고 기다리시오."

이전은 말을 돌려 세우고 큰소리로 외친다.

"거기 오는 후방 군사들은 천천히 오라."

그러나 앞을 다투어 말을 달려오는 그 많은 후방 군사들을 갑자기 멈

춰 세울 수는 없는 일이었다.

한편, 하후돈은 뒤에서 우금이 전속력으로 말을 달려 허둥지둥 쫓아오는 것을 보자 일단 말을 멈추고 묻는다.

"무슨 일이오?"

우금은 시근벌떡거리면서 말한다.

"남쪽으로 난 길이 이렇듯 좁소. 산과 냇물은 모여들며 수목은 울창하니, 적군이 불을 질러 공격할지도 모르오. 주의하시오."

하후돈은 그 말을 듣고서야 크게 깨닫고 급히 말을 돌려 세우며 외친다.

"군사들은 전진하지 말라. 어서 멈추어라."

그 소리를 마치 신호로 삼듯이 등뒤에서 홀연 함성이 진동한다. 하후돈이 깜짝 놀라 바라보니, 저편에서 한 줄기 불꽃이 타오른다. 그것이 또한 신호였는지 양쪽 갈대밭에서 불길이 일제히 치솟으며 삽시간에 사면팔방이 불바다로 변하는데 때마침 큰바람이 불어 성난 파도처럼 밀어닥친다. 하후돈의 군사들은 기겁 초풍하여 달아나며 서로 짓밟는 바람에 밟혀 죽은 자만도 이루 헤아릴 수 없을 지경이었다.

더구나 조자룡이 군사를 돌려 마구 무찌르며 쳐들어오니 하후돈은 연기와 불속을 뚫고 정신없이 달아난다.

한편, 후방의 이전은 불리한 형세를 알아차리자 군사를 돌려 급히 박망성으로 돌아가는데, 불빛 속에서 1대의 군사가 내달아와 길을 막는다. 놀라서 보니 바로 관운장이었다. 곧 싸움이 벌어졌으나, 이전은 겨우 길을 빼앗아 달아난다. 우금은 군량과 마초를 실은 수레들이 온통 불덩이가 되어 타오르자 구할 도리가 없어 겨우 좁은 길로 달아난다.

한편, 하후난과 한호는 군량과 마초의 저장소를 경비하러 달려가다가 도중에서 바로 장비와 딱 만났다. 장비가 창으로 단번에 하후난을 찔러 말 아래로 거꾸러뜨리자, 한호는 정신없이 달아나버렸다.

박망파에서 첫 전공을 세우는 제갈양. 오른쪽은 하후돈

유현덕의 장수들은 날이 샐 때까지 추격하여 마구 무찌른 다음에 군사를 거두었다. 그야말로 시체들이 들에 가득하였다. 피는 흘러 냇물을 이루었다.

후세 사람이 이 일을 읊은 시가 있다.

박망 땅에서 서로 싸울 때 불로 공격하니
웃고 말하는 중에 뜻대로 지휘됐도다.
필시 조조는 크게 놀라 간이 떨어질 것이니
선생이 띳집에서 나와 첫 번째 세운 공로로다.
博望相持用火攻
指揮如意笑談中

直須驚破曹公膽
初出茅廬第一功

하후돈은 패잔한 군사를 수습하여 허도로 돌아갔다.

한편 공명은 군사를 거두도록 분부했다. 관운장과 장비는 신야로 돌아가면서 서로 말한다.

"공명은 참으로 영걸英傑이로다!"

두 사람이 몇 리쯤 갔을 때였다. 저편에서 미축과 미방이 군사를 거느리고 작은 수레 한 대를 모시고 오는데, 그 수레 안에 한 사람이 단정히 앉았으니 바로 공명이었다. 관운장과 장비는 말에서 뛰어내려 수레 앞에 엎드려 절한다.

유현덕, 조자룡, 유봉, 관평이 모두 와서 군사들을 합친 뒤 노획한 군량, 마초, 무기 등 전리품을 장수와 군사들에게 상으로 나누어주고 신야로 돌아간다.

신야 고을 백성들은 저편에서 먼지가 일어나면서 돌아오는 군사들을 보자, 달려가 길을 막고 절하며 칭송한다.

"저희들이 목숨을 유지하는 것도 모두 다 유황숙께서 어진 분을 얻으신 데 힘입은 바로소이다."

공명은 신야성 안으로 돌아와 유현덕에게 말한다.

"하후돈은 비록 패하여 돌아갔으나, 조조가 반드시 대군을 거느리고 스스로 또 올 것입니다."

유현덕은 묻는다.

"그렇다면 어찌해야 좋을지요?"

"한 가지 계책이 있으니, 가히 조조의 군사를 대적하리다."

공명은 대답하니,

적군을 격파했으나 말도 쉴새없이
적을 피하기 위하여 또 선생의 계책만 믿는다.

破敵未堪息戰馬

避兵又必賴良謀

공명의 계책이란 과연 무엇일까?

제40회

채부인은 의논하여 형주를 바치고
제갈양은 불을 질러 신야를 태우다

유현덕은 공명에게 조조의 군사를 막을 계책을 물었다.

공명은 대답한다.

"신야는 조그만 고을이라, 오래 있을 곳이 못 됩니다. 소문에 의하면 요즘 유표의 병이 위독하다 하니, 이 기회에 형주를 차지하여 안전한 기반을 삼으면 조조의 군사를 막을 수 있습니다."

유현덕은 탄식한다.

"그대 뜻은 좋으나 나는 유표의 은혜를 많이 입었으니, 어찌 차마 그의 땅을 가로챌 수 있으리요."

"이번에 차지하지 않으면 다음에 후회한들 무슨 소용이 있겠습니까."

"나는 차라리 죽으면 죽었지, 차마 의리를 저버리는 짓은 못하겠소."

"그럼 이 일은 다음에 다시 의논하지요."

하고 공명이 말하였다.

한편, 싸움에 패한 하후돈은 허도로 돌아오자 스스로 자기 몸을 결박하고, 조조 앞에 나아가 땅에 엎드려 처벌해줍소사 청했다. 조조는 그 결박을 풀어주고 패한 이유를 묻는다.

하후돈은 대답한다.

"제갈양이 속임수를 써서 불로 공격했기 때문에 우리 군사가 패했습니다."

조조는 가벼이 꾸짖는다.

"일찍부터 군사를 쓰던 솜씨로, 너는 협착한 곳에서 있을 적의 화공도 짐작하지 못했단 말이냐?"

"이전과 우금이 저를 깨우쳐주었으나, 이제 생각하니 후회막급입니다."

조조는 이전과 우금에게 상을 준다.

하후돈은 고한다.

"유비가 이렇듯 날뛰니 참으로 큰 걱정입니다. 속히 그를 없애버려야 합니다."

조조는 머리를 끄덕인다.

"내가 염려하는 자는 유비와 손권뿐이다. 그 나머지 자들은 족히 걱정할 거리도 못 된다. 때가 오면 내 마땅히 강남을 평정하리라."

이에 조조는 50만 대군을 일으키고 조인曹仁 · 조홍曹洪을 제1대로, 장요張遼 · 장합張慶을 제2대로, 하후돈 · 하후연夏侯淵을 제3대로, 우금 · 이전을 제4대로 삼았다. 조조는 친히 모든 장수를 거느리고 제5대가 되니, 각 대마다 군사가 10만씩이요, 또 허저를 절충장군折衝將軍으로 삼아 군사 3천을 주어 선봉이 되게 한 다음에 건안 13년(208) 가을 7월 병오丙午날에 출사出師(출정)하기로 날짜까지 정했다.

태중대부太中大夫 공융孔融은 간한다.

"유비와 유표는 다 한 황실의 종친이라 함부로 쳐서는 안 되며, 손권은 범처럼 6군郡에 웅거하고 있으면서 더구나 강이 험한 천연 요새를 이루었으니, 역시 쳐들어가기 어려운데, 이제 승상이 대의명분도 없는 군사를 일으키니, 천하의 인심을 잃을까 걱정입니다."

"유표와 유비와 손권은 다 역적이다. 어째서 치지 말라고 하느냐?"

조조는 노하여 공융을 꾸짖어 내쫓고 명령을 내린다.

"또 간하는 자가 있으면 참하리라!"

공융은 승상부에서 나와 하늘을 우러러 탄식한다.

"지극히 어질지 못한 자가 지극히 어진 사람을 치니, 그러고도 패하지 않을까!"

이때 어사대부御史大夫 극여勿慮의 수하 사람은 공융이 하는 말을 듣고 곧 극여에게 가서 고해바쳤다.

극여는 평소 공융에게 멸시를 받아왔기 때문에 마음속으로 미워하던 참이었다. 극여는 조조에게 가서 또 그 말을 고해바친다.

"공융은 전부터 승상을 늘 멸시해왔으며 죽은 예형禰衡과도 절친한 사이였습니다. 그래서 예형은 공융을 칭찬하기를 '공융이 이 세상에 있으니 공자孔子가 아직 죽지 않았다' 하였고, 또 공융은 예형을 칭찬하기를 '예형은 안회顔回(공자의 수제자)가 이 세상에 다시 태어난 것이다' 하고 서로 뜻이 맞았던 것입니다. 지난날에 예형이 승상을 욕한 것도 실은 공융이 뒤에서 시킨 짓이었습니다."

조조는 분노에 차서 정위廷尉(벼슬 이름)에게 명령한다.

"공융을 잡아들여라."

그날로 공융은 감금되었다.

공융에게는 아들 둘이 있었는데 다 젊었다. 그들은 집 안에서 바둑을 두는 중이었다. 좌우 사람이 급히 고한다.

"주인 대감께서 정위에게 잡혀가셨는데, 장차 참형을 당하실 것이라 합니다. 두 도련님은 어째서 속히 몸을 피할 생각을 않습니까?"

두 아들의 대답은 간단하다.

"둥지가 부서졌으니 알이 어찌 무사하겠느냐."

그 말이 끝나기도 전에 정위가 들이닥쳐, 공융의 집안 식구들과 두 아들을 모조리 잡아갔다. 그날로 공융의 집안 사람은 다 죽음을 당했다. 공융의 시체는 거리에 전시되었다.

경조京兆 벼슬에 있는 지습脂習이 공융의 시체 위에 엎드려 통곡한다.

조조는 지습이 통곡한다는 말을 듣자 다시 분노에 떤다.

"음, 그놈도 한패로구나. 죽여야겠다."

순욱이 간한다.

"내가 들은 바에 의하면 지습은 늘 공융에게 간하기를 '귀공은 성미가 너무 강직해서 탈이오. 그러다간 결국 화를 당하리라' 하더니, 이제 공융이 죽었기에 와서 우는 것입니다. 지습은 의기 있는 사람이니 죽이지 마십시오."

마침내 조조는 그를 죽이지 않았다. 지습은 공융 부자의 시체를 거두어 후히 장례를 치렀다.

후세 사람이 공융을 찬탄한 시가 있다.

공융은 일찍이 북해 태수로 있을 때부터
호협한 기상이 무지개를 꿰뚫었도다.
자리에는 언제나 손님이 가득하였으며
술독에는 언제나 술이 있었도다.
그의 문장은 세상을 놀라게 할 만했으며
웃고 말하되 귀족과 집권자를 멸시했도다.
역사가들은 그를 충직한 사람이라 평했으니
그의 벼슬은 태중대부로 기록되었도다.

孔融居北海

豪氣貫長虹

座上客常滿

樽中酒不空

文章驚世俗

談笑侮王公

史筆褒忠直

存官紀太中

　조조는 공융을 죽이고 나서, 5대의 군사를 차례로 떠나 보냈다. 순욱만 허도에 남겨두고 조조 자신도 뒤따라 떠나갔다.

　한편, 유표는 병세가 위독하자 뒷일을 부탁하려고 사람을 보내어 유현덕을 불러오도록 했다. 이에 유현덕은 관운장, 장비와 함께 형주에 이르러 유표를 뵈었다.

　유표는 말한다.

　"나는 병이 골수에 맺혀 머지않아 죽을 것이오. 특히 아우님에게 내 아들을 돌봐달라고 부탁하고 싶으나, 내 아들이란 것이 워낙 못나서 아비의 업을 계승하지 못할 것이오. 그러니 내가 죽거든 아우님이 이 형주를 거느리고 잘 다스리시오."

　유현덕은 울며 절하고 대답한다.

　"제가 있는 힘을 다하여 조카를 도우리다. 어찌 감히 딴 뜻을 품겠습니까."

　이렇게 말하는데, 부하가 들어와서 고한다.

　"조조가 대군을 거느리고 오는 중이라 합니다."

유현덕은 황망히 유표에게 하직하고, 밤낮없이 말을 달려 신야로 돌아갔다.

유표는 앓다가 이 보고를 듣고 적잖이 놀라, 주위의 부하들과 상의한 뒤 '내 맏아들 유기를 형주 주인으로 명하노니, 유현덕은 그를 적극 보필하라'는 유서를 작성했다.

유표의 후처 채부인은 이 일을 듣자 분통을 터뜨리며 궁 안으로 통하는 문을 닫아걸도록 했다. 그녀는 채모와 심복인 장윤張允 두 사람을 시켜 문밖을 지키게 하고 모든 사람들의 출입을 엄중히 금하도록 했다.

이때 강하에 있던 유기는 아버지의 병환이 위독하다는 소식을 듣고 형주로 달려와서 문밖에 이르렀다.

채모는 유기의 앞을 가로막으며,

"공자公子는 부친의 분부를 받잡고 긴요한 강하를 지켜야 할 중대 책임이 있거늘, 이렇듯 마음대로 이탈하여 오다니 한심하오. 그 동안에 강동 손권의 군사라도 쳐들어온다면 어찌할 요량이오? 이제 들어가서 주공을 뵈면, 주공께서 필시 화를 내실 것이니, 그러면 병환이 더욱 위중해질 것이오. 병환이 위중해지면 이는 자식으로서의 도리가 아니니, 그냥 속히 돌아가시오."

하고 끝내 통과시키지 않았다.

유기는 문밖에서 크게 한바탕 통곡하였다. 그는 할 수 없이 말을 타고 도로 강하로 돌아갔다.

유표는 위독한데 큰아들 유기가 오지 않아 유기를 기다리다가 마침내 8월 무신戊申날에 크게 외마디소리를 몇 번 지르더니 죽었다.

후세 사람이 유표를 탄식한 시가 있다.

지난날 원씨는 하북에서 세력을 폈으며

다음에는 유표가 한수漢水 남쪽에서 세력을 폈으나

다 암탉이 우는 바람에 집안이 결딴났으니

불쌍하구나, 오래지 않아 모조리 망했음이라.

昔聞袁氏居河朔

又見劉君霸漢陽

總爲牝晨致家累

可憐不久盡消亡

유표가 죽자 채부인은 채모, 장윤과 상의하여 가짜 유서를 만들어 자기 소생인 차자 유종劉琮을 형주 주인으로 삼고 비로소 통곡하며 초상 치를 준비를 했다.

이때 유종의 나이는 겨우 열네 살이나, 천품이 자못 총명하였다. 유종은 모든 사람을 모으고 말한다.

"아버지께서 세상을 떠나셨으나 나의 형님은 지금 강하에 있으며 더구나 숙부뻘인 유현덕은 신야에 있는데, 너희들이 나를 형주의 주인으로 삼았다. 만일 형님과 숙부가 군사를 거느리고 와서 나에게 따지고 들면 그때 나는 뭐라 대답해야 좋겠소?"

모든 관리들이 아무 대답도 못하는데, 무관인 이규李珪가 대답한다.

"공자의 말씀이 옳습니다. 지금이라도 늦지 않으니 곧 부음訃音을 강하로 보내어 큰 공자님을 모셔다가 형주의 주인이 되게 하십시오. 또 유현덕에게 분부하여 함께 모든 일을 다스리라고 하면, 북쪽으론 조조를 대적할 수 있으며 남쪽으론 손권을 막아낼 수 있으니, 그러는 것이 만전지책萬全之策이올시다."

채모는 꾸짖는다.

"네가 무엇인데 감히 함부로 입을 놀려, 주공이 남기신 유언을 거역하느냐?"

이규는 맞서서 채모를 크게 꾸짖는다

"너는 안팎으로 짜고서 가짜 유서를 만들어 장자를 폐하고 차자를 세워 형荊·양襄 9군을 송두리째 채蔡씨 수중에 넣으려 하는구나! 세상을 떠나신 주공께서 영혼이 계시다면 반드시 너희들에게 죽음을 내리실 것이다."

채모는 노기 등등하여 무사들에게 이규를 끌어내어 참하도록 한다. 이규는 끝까지 큰소리로 꾸짖으며 저주하다가 칼에 맞아 죽었다.

이에 채모는 드디어 유종을 주인으로 세웠다. 채씨 일족은 형주 군사를 나누어 거느리는 한편, 치중治中 벼슬에 있는 등의鄧義와 별가別駕 벼슬에 있는 유선劉先에게 형주를 지키도록 맡겼다. 채부인은 유종과 함께 군사를 거느리고 양양으로 가서, 유기와 유현덕이 쳐들어오지 못하도록 방비하며 양양성 동쪽 한양漢陽 벌[原]에 유표를 장사지냈다. 그리고 끝내 유기와 유현덕에게는 장례를 알리지 않았다.

유종이 장사를 지낸 뒤 양양으로 돌아와 쉬는데,

"조조가 대군을 거느리고 양양으로 오는 중입니다."

하는 급한 보고가 왔다.

유종은 깜짝 놀라, 괴월蒯越과 채모를 불러 상의하는데 동조의 장長인 부손傅巽이 나서서 고한다.

"조조가 이리로 쳐들어온다니 큰일났습니다. 더구나 이제 맏공자님은 강하에 있으며, 유현덕은 신야에 있거늘, 우리는 그들에게 초상이 났다는 기별도 안 했으니, 만일 그들이 군사를 거느리고 와서 따진다면 형주와 양양이 다 위태로워집니다. 그러나 내게 한 가지 계책이 있으니 형주와 양양의 백성들을 태산泰山처럼 평안케 할 뿐만 아니라, 주공의 자리도 온전케 하리다."

유종은 묻는다.

"그 계책을 어서 들려주시오."

부손은 대답한다.

"우리의 형주·양양 9군을 모두 조조에게 바치십시오. 그러면 조조는 반드시 주공을 극진히 대우할 것입니다."

유종은 대뜸 꾸짖는다.

"거 무슨 말이냐. 내가 부친의 업적을 계승하여 아직 제대로 자리에 앉아보지도 못한 지금, 모든 걸 몽땅 내버리란 말이냐!"

괴월은 나서며 고한다.

"부손의 말이 옳습니다. 대저 거역하거나 순종하는 것도 시국을 봐야 하며, 강하거나 약한 것도 어쩔 수 없는 대세입니다. 오늘날 조조는 남정 북벌南征北伐하고 조정을 내세워 천하에 호령하는 판국인데, 주공이 거역하면 이는 순종할 줄을 모르는 것입니다. 주공께선 새로이 위에 올랐는데 지금 형세는 안팎이 다 근심 걱정거리뿐입니다. 조조의 많은 군사가 들이닥치는 날에는 형주·양양 백성들은 싸우기도 전에 넋을 잃고 벌벌 떨 것이니, 그러고서야 어떻게 적군을 막아낼 수 있겠습니까."

유종은 대답한다.

"그대의 좋은 말을 내가 무작정 반대하는 것은 아니지만, 그러나 부친이 남겨주신 업적을 하루아침에 남에게 몽땅 내준다면, 천하의 웃음거리가 될까 두렵구려."

유종의 말이 끝나기도 전에 한 사람이 앙연히 앞으로 나와 고한다.

"부손과 괴월의 말이 다 옳거늘, 주공은 어째서 따르려 않습니까?"

모든 사람이 보니, 그는 바로 산양군山陽郡 고평高平 땅 출신으로 성명은 왕찬王粲이요 자는 중선仲宣이었다. 왕찬은 용모가 비쩍 마른데다가 키가 작아서 볼품없는 사람이었다.

그가 어렸을 때 좌중랑장左中郞將 채옹을 찾아간 적이 있었다. 그날도 채옹은 자리에 가득 모인 훌륭한 손님들과 담소하는데, 왕찬이 찾아왔다는 말을 듣자, 신을 거꾸로 신고 급히 나가서 영접했다. 손님들은 이 광경을 보고 모두 놀랐다.

　"채중랑蔡中郞(채옹)께선 보잘것없는 아이를 어찌 그렇듯 공경하시오?"

　채옹은 대답했다.

　"저 아이는 기이한 천재요. 나는 그 재주를 따를 수 없습니다."

　왕찬은 많은 책을 보았으며 기억력이 비상해서, 아무도 겨루지 못했다. 언제인가는 길가에 서 있는 비석의 글을 한 번 읽고서 그대로 왼 일도 있다. 또 남들이 바둑 두는 것을 보는데, 어쩌다가 그 바둑판이 흔들려 무너지자, 그는 한 점도 틀림없이 바둑돌을 그대로 놓아준 일도 있다. 또 산술算術에 능통했고 문장도 당대에 뛰어났다.

　그는 열일곱 살 때 조정으로부터 황문시랑黃門侍郞이란 벼슬을 받았으나 벼슬길에 나아가지 않았으며, 그 뒤 난리를 피하여 형주에 왔다가 유표에게 상빈 대우를 받고 있었던 것이다.

　왕찬은 계속 유종에게 묻는다.

　"장군은 조조와 비교할 때 어떻습니까?"

　"나는 조조만 못하오."

　"조조는 강한 군사와 용맹한 장수를 거느렸습니다. 지혜도 대단하려니와 꾀가 많아서 여포를 하비下邳 땅에서 사로잡았으며, 원소를 관도官渡 땅에서 꺾었으며, 유비를 농우隴右 땅으로 몰아넣었으며, 오환烏桓을 백등白登 땅에서 격파했으니, 그가 평정한 자만도 이루 다 헤아릴 수 없을 정도입니다. 그러한 조조가 대군을 거느리고 남쪽으로 이곳 형·양을 치러 내려오니, 그 형세를 대적하기란 어렵습니다. 부손과 괴월 두 분의 의견이 가장 으뜸가는 계책이니, 장군은 주저하다가 나중에 후회

유종에게 형주를 바칠 것을 건의하는 왕찬(왼쪽)

하지 마십시오."

유종은 대답한다.

"선생의 가르침이 극히 옳지만, 우선 어머님께 여쭌 뒤에 알리겠소."

이때 병풍 뒤에서 엿듣던 채부인이 나타나서 말한다.

"부손·괴월·왕찬 세 분의 의견이 같다면, 하필 나에게까지 알아볼 것 있으리요."

이에 유종은 결심하고 곧 항복 문서를 쓰게 하여 송충宋忠으로 하여금 몰래 조조에게 가서 바치도록 분부했다.

송충은 분부대로 곧 완성宛城 땅에 가서, 조조를 영접하고 항서를 바쳤다.

조조는 만면에 희색을 띠며 송충에게 많은 상을 준다.

"유종에게 가서 성城을 나와 나를 영접할 준비를 하라고 하시오. 내 그곳에 가서 유종을 길이 형주의 주인으로 삼으리라."

송충이 조조를 하직하고 돌아오는 길이었다. 막 한강을 건너려는데, 홀연 한 떼의 군사가 말을 달려온다. 송충이 보니, 바로 관운장이 군사를 거느리고 온다.

송충은 급히 몸을 피하려다가 관운장에게 붙들려 형주 일에 관한 자세한 심문을 받았다. 송충은 굳이 감추려 하는데 관운장의 심문이 날카로워지자, 전후 사실을 낱낱이 불었다.

관운장은 크게 놀라, 송충을 잡아 신야로 돌아가서 유현덕에게 자세히 보고했다. 유현덕은 이 엄청난 사실을 듣자 크게 통곡하는데, 장비가 불쑥 말한다.

"일이 이 지경이 됐으니 우선 송충부터 죽이고, 군사를 거느리고 한강을 건너가서 양양을 함락한 다음에 채부인과 유종 모자를 죽여버립시다. 그러고 나서 조조와 정면으로 싸웁시다."

"너는 잠자코 있거라. 내가 알아서 처리하마."

유현덕은 대답하더니 송충을 꾸짖는다.

"너는 그들이 그런 일을 꾸민다는 걸 알면서도, 어째서 내게 일찍 알리지 않았느냐. 이제 너를 죽인들 무슨 소용이 있으리오. 속히 내 앞에서 없어지거라."

송충은 엎드려 사죄하다가 머리를 얼싸안고 쥐새끼처럼 달아났다.

유현덕은 고민하는데, 부하가 들어와서 고한다.

"공자 유기가 보낸 이적伊籍이 왔습니다."

유현덕은 이적이 지난날 자기를 구해준 생명의 은인이었기 때문에 (제34회 참조) 댓돌 아래까지 내려가 영접하고, 그 당시 일을 거듭 감사한다.

이적은 온 뜻을 말한다.

"큰 공자님은 강하에 있으면서 그간 형주 일을 소문으로 들었는데, 그 소문에 의하면 채부인이 채모와 짜고 전 주공께서 세상을 떠나신 일도 발표하지 않은 채, 마침내 유종을 성주城主로 삼았다는 것입니다. 그래서 큰 공자님은 몰래 사람을 양양으로 보내어 알아본 결과, 그 소문이 사실이었습니다. 큰 공자님은 유황숙께서 혹 이 일을 모르실까 하여, 제게 이 편지를 써주셨습니다. 부디 유황숙께서 신야의 군사를 모조리 일으켜 함께 양양성을 치고 저들의 죄악을 문책하도록, 유황숙께 교섭하라기에 왔소이다."

유황숙은 유기의 편지를 읽고 이적에게 말한다.

"귀공은 유종이 주인 자리를 가로챈 것만 알지 장차 형·양 아홉 고을을 몽땅 조조에게 바치려고 서두른다는 것은 모르고 계십니다."

이적은 깜짝 놀란다.

"황숙께서는 그걸 어떻게 아셨소?"

유현덕은 송충을 잡아왔던 일을 자세히 말한다.

이적은 권한다.

"일이 이렇다면 급히 손을 써야 합니다. 황숙께서는 문상한다는 명목을 내세워 양양에 가서 유종을 꾀어 영접 나오게 하여, 그 당장에서 사로잡은 뒤 그 일당을 처치해버리면, 형주는 저절로 황숙의 소유가 되리다."

공명은 곁에서 말한다.

"이적의 말이 옳으니, 주공은 그렇게 하십시오."

유현덕은 울면서 대답한다.

"형님(유표)이 위독했을 때 나에게 그 아들을 부탁했는데, 이제 그 아들을 사로잡고 그 영토를 빼앗는다면, 다음날 내 죽어서 저세상에 갔을 때 무슨 면목으로 다시 형님을 대할 수 있으리요."

공명은 묻는다.

"그렇게 하지 않으면 지금 조조의 군사가 완성까지 왔는데 어떻게 대적하시렵니까?"

유현덕은 대답한다.

"번성으로 달아나서, 적을 피하는 것이 나을 것 같소."

이렇게 한참 동안 서로 의논하는데, 파발꾼이 말을 달려와서 보고한다.

"조조의 군사가 이미 박망 땅까지 왔습니다."

유현덕은 황망히,

"속히 강하로 돌아가서, 군사들의 출동 준비를 시키시오."

하고 일단 이적을 떠나 보낸 다음에, 다시 공명과 함께 적군을 물리칠 일을 상의한다.

공명은 말한다.

"주공은 안심하십시오. 전번에 하후돈이 불속에서 군사 태반을 잃었기 때문에 이번에 조조의 군사가 또 왔으니, 다시 한 번 본때를 보여주리다. 우리가 이곳 신야에 못 있을 바에야, 속히 번성으로 떠나도록 하십시오."

이에 방榜을 써서 사방 성문에 내걸게 했다. 백성들은 남녀노소 할 것 없이 따르고자 하는 자는 오늘 즉시 나를 따라 번성으로 가서 잠시 피난하되, 스스로 몸을 망치는 일이 없게 하라는 내용이었다.

공명은 손건에게 백하에 가서 배를 징발하여 백성들을 건네주도록 미리 보내고, 미축에게는 관리들의 가족을 번성으로 호송하도록 했다. 그리고 모든 장수들을 모았다.

공명은 먼저 관운장에게 명령한다.

"장군은 군사 천 명을 거느리고 백하 상류에 가서 포대에 각기 모래와 흙을 가득 넣어 물을 막고 매복하라. 내일 3경이 지나 하류에서 사람소리와 말 소리가 나거든, 급히 막았던 물을 일제히 터놓고, 물결을 따라서 적을 무찌르며 대응하라."

다음은 장비를 불러 명령한다.

"장군은 군사 천 명을 거느리고 가서 박릉 나루터에 매복하라. 그곳은 물이 가장 느리게 흐르기 때문에 조조의 군사가 그리로 도망쳐 몰릴 것이니, 그 기회에 무찔러 대응하라."

다음은 조자룡을 불러 명령한다.

"장군은 군사 3천을 4대로 나누어 몸소 그 중 1대를 거느리고 동쪽 성문 밖에 매복하고, 나머지 3대는 서쪽·남쪽·북쪽 세 성문 밖에 각각 매복시키되, 그보다 앞서 성안 집들의 지붕마다 유황·염초 등 인화물을 많이 뿌려두어라. 조조의 군사가 성안에 들어오면 백성들의 집에서 편히 쉴 것이다. 내일 저녁 뒤면 반드시 큰바람이 불 것이니 바람이 일기 시작하거든 즉시 서쪽·남쪽·북쪽 성문 밖에 매복한 군사들에게 명령하여, 일제히 화살에 불을 붙여 성안으로 쏘아 보내라. 온 성안에 불길이 충천하거든 성밖에서 크게 함성을 질러 위세를 돕되, 다만 그들이 달아날 수 있도록 동쪽 성문만 터주어라. 그대는 동쪽 성문 밖에 매복해 있다가 달아나는 적군을 무찌르되, 날이 밝기 시작하거든 관운장·장비 두 장수와 한데 합치고, 군사를 거두어 번성으로 오라."

다음은 미방과 유봉 두 사람에게 명령한다.

"군사 2천을 거느리고 반은 붉은 기를, 반은 푸른 기를 들고 신야성에서 30리 되는 작미파鵲尾坡에 가서 주둔하였다가 조조의 군사가 오는 것이 보이거든, 붉은 기를 든 군사들은 왼쪽으로 달려가서 늘어서고, 푸른 기를 든 군사들은 오른쪽으로 달려가서 벌여 서면, 적군은 의심이 나서 감히 쳐들어오지 못할 것이니, 그대 두 사람은 각기 나뉘어 양쪽에 매복하였다가, 이곳 성안에서 불길이 오르는 것이 보이거든, 즉시 내달아 적군을 무찌른 뒤에 백하 상류로 와서 대응하라."

공명은 명령을 내려 각기 떠나 보냈다. 그리고 유현덕과 함께 높은 성루에 올라앉아 사방을 바라보며 승리의 보고가 오기만 기다린다.

한편, 조인과 조홍은 군사 10만을 거느리고 전대前隊가 되어 진군한다. 그들보다 앞서 허저가 선봉이 되어 군사 3천을 거느리고 길을 열며 신야로 호호탕탕히 온다.

이날 오시午時에 선봉인 허저가 작미파 가까이 이르러 바라보니, 저편에 한 떼의 말 탄 군사가 붉은 기, 푸른 기를 들고 모여 있다. 허저는 그냥 군사를 독촉하여 전진한다.

이때 유봉과 미방 두 장수는 조조의 선봉 부대가 오는 것을 보자, 즉시 군마를 4대로 나누고 푸른 기와 붉은 기를 든 군사들을 달리게 하여 좌우로 늘어세웠다.

허저는 말을 멈추고 군사들을 돌아보며,

"전진하지 말라. 멈추어라. 저편에 반드시 적의 복병이 있으리니, 우리는 일단 여기서 머물리라."

하고 혼자 말을 달려 되돌아가서, 뒤에 오는 전대의 장수 조인에게 알렸다.

조인은 말한다.

"그건 필시 많은 군사가 있는 체하는 수작이요, 복병은 없을 것이니 속히 진격하시오. 내가 군사를 독촉하여 뒤따라가서 응원하겠소."

허저가 급히 작미파로 돌아와, 군사를 거느리고 곧장 나아가, 숲 있는 데 이르렀을 때는 적병이 하나도 보이지 않았다. 해는 이미 서쪽으로 지기 시작한다. 허저는 계속 전진하는데 갑자기 산 위에서 풍악 소리가 일어난다.

허저가 머리를 쳐들어 보니 산꼭대기에 한 떼의 기가 총총히 꽂혔는데, 그 깃발 사이로 두 개의 일산日傘이 서 있다. 그 밑의 왼쪽에는 유현덕이 앉고 오른쪽에는 공명이 앉아 서로 술을 마신다.

화가 치밀어 오른 허저는 군사를 거느리고 길을 찾아 산으로 올라가려는데, 산 위에서 통나무와 포석砲石이 마구 굴러 내려오니, 감히 올라가지 못하는 중에 홀연 산 뒤에서 크게 함성이 진동한다. 허저는 적군을 치려고 길을 찾는데, 어느새 해는 완전히 저물었다.

이윽고 조인은 군사를 거느리고 뒤쫓아와서 허저에게 말한다.

"어서 신야 고을부터 빼앗고, 말을 쉬게 합시다."

그들이 전진하여 신야성 아래에 이르러 살펴보니, 네 성문이 모두 활짝 열려 있다. 아무런 제지도 받지 않고 성안으로 들어가서 보니, 역시 사람 한 명 없다. 완전히 텅 비었다.

조홍은 명령을 내린다.

"이는 적이 형세가 몰리자 계책이 없어서, 백성들을 모조리 데리고 달아난 것이다. 우리 군사는 오늘 밤 성안에서 편히 쉬자. 내일 아침에 행군하리라."

모든 군사는 강행군을 했기 때문에 몹시 시장해서 백성들 집으로 마구 들어가 밥을 짓는다. 조인과 조홍은 관아에 들어앉아 편히 쉰다.

초경이 지나면서부터 거센 바람이 크게 일어나더니, 문을 지키던 군사가 달려 들어와서 고한다.

"성안에 불이 났습니다."

조인은 대답한다.

"군사들이 조심성 없이 밥을 짓다가 불을 냈으리라. 그만한 정도로

신야의 화공. 왼쪽은 도망치는 조인

놀랄 것은 없다."

그 말이 끝나기도 전에 잇달아 군사들이 달려와서 보고한다.

"서쪽·남쪽·북쪽 세 성문 안에서도 모두 불이 났습니다."

조인은 모든 장수들에게 명령을 내리고 일제히 말을 달려 나가 보니, 온 성안에 불이 일어나 위아래 할 것 없이 모두가 불 천지였다. 이날 밤 불은 전번 박망파에서 당한 불보다도 몇 배나 더 심했다.

후세 사람이 이 일을 찬탄한 시가 있다.

간특한 영웅 조조는 중원을 차지하더니

9월에 남쪽을 쳐서 한천에 이르렀도다.

바람의 신이 노하여 신야를 휩쓰니

불의 신은 날아 내려 하늘까지 휘젓더라.

奸雄曹操守中原

九月南征到漢川

風伯怒臨新野縣

祝融飛下焰摩天

조인은 모든 장수들을 거느리고 연기와 불속을 뚫고 길을 찾아 허둥
지둥 달아나다가, 동쪽 성문에 불이 없다는 말을 듣자, 황급히 동쪽 성
문을 빠져 나가는데 모든 군사는 서로 달아나려고 밀며 짓밟아서, 죽어
자빠지는 자가 무수하다.

조인 등이 겨우 불속에서 벗어났는데, 홀연 등뒤에서 함성이 진동하
더니 조자룡이 군사를 거느리고 달려와 마구 무찌른다. 조인의 군사는
살길을 찾아 달아나기에 바쁘니, 누가 감히 돌아서서 싸우겠는가.

한참 달아나는데, 이번에는 미방이 일지군을 거느리고 와서 한바탕
접전을 벌인다. 조인은 크게 패하여 길을 찾아 달아나는데, 이번에는 유
봉이 또한 일지군을 거느리고 달려와서 휩쓴다.

4경쯤 되었을 때 조인의 나머지 군사와 말은 지칠대로 지친데다가
얼이 빠져서, 불타다 남은 머리와 화상당한 이마를 만질 사이도 없이 열
심히 달아나 백하 가에 이르렀다.

물이 깊지 않아서 패잔군들은 천만다행으로 여기며 말과 함께 다투
어 물을 마시느라 떠들썩하다. 말들은 말대로 목을 축이고 코를 불어
댄다.

관운장은 그간 상류에서 모래 포대로 하수를 막았는데, 날이 어두워
지자 신야 고을 쪽에서 불이 일어난다. 이윽고 4경 때쯤 해서 하류에서
사람 소리와 말 소리가 떠들썩하게 들린다. 관운장은 급히 군사를 시켜

하수를 막아놓았던 모래 포대를 일제히 터버린다. 순간 갇혔던 물은 하늘을 밀어낼 듯이 하류를 향하여 넘쳐흘러, 조인의 군사를 한꺼번에 휩쓸어버린다. 물 속에 휩쓸려들어 죽고 치어서 죽고 떠내려가다가 죽은 군사와 말은 이루 헤아릴 수 없을 정도였다.

조인이 모든 장수들을 거느리고 물길이 느린 곳을 찾아 달아나, 박릉 나루터에 이르렀을 때였다. 난데없는 함성이 크게 일어나며 한 떼의 군사가 나타나 길을 가로막으니, 맨 앞에 선 대장은 바로 장비였다.

"역적 조조의 군사들은 빨리 목숨을 내놓아라!"

장비가 외치자 조인의 군사들은 정신이 아찔해지니,

성안에서 시뻘건 불에 삼킬 뻔했다가
이번에는 물가에서 시꺼먼 바람을 만난다.
城內癋看紅聆吐
水邊又遇黑風來

조인의 생명은 어찌 될 것인가.

제41회

유현덕은 백성들을 거느리고 강물을 건너고
조자룡은 혼자서 아두阿斗 아기를 구출하다.

장비는 관운장이 상류에서 물을 내려 민 것을 알자 드디어 군사를 거느리고 하류에서 쳐 올라가다가, 조인의 군사를 만나 한바탕 싸움이 벌어졌는데, 마침 허저와 서로 맞닥뜨려 싸우게 됐다. 그러나 허저는 싸울 생각을 잃었기에 길을 빼앗아 달아나기 바쁘다.

장비는 허저를 뒤쫓아가다가 놓친 대신에 유현덕과 공명을 만나 함께 언덕을 따라 상류로 올라가니, 이미 유봉과 미방이 배들을 준비해놓고 기다리고 있었다. 그들이 군사를 거느리고 배를 타고, 백하를 건너자 공명이 명령한다.

"모든 배와 뗏목을 불살라버려라."

이에 일제히 번성을 향하여 나아간다.

한편, 조인은 패잔한 군사를 수습하고 다시 신야 고을로 가서 주둔하자 조홍을 조조에게 보내어 패한 경과를 보고했다.

조조는 분기 탱천하여,

"촌놈 제갈양이 어찌 감히 이렇듯 무엄하냐!"

하고 삼군을 독촉하여 산과 들을 메우듯이 신야 고을로 나아가서 영채를 세운 다음에 명령을 내린다.

"산을 낱낱이 뒤지고 백하의 물을 메우고 대군을 여덟 길로 나누어서 일제히 번성을 치도록 하라."

유엽은 권한다.

"승상께서 처음으로 양양 지방에 오셨으니 반드시 먼저 백성들 마음부터 사야 합니다. 이제 유비가 신야 고을 백성들을 모조리 데리고 번성에 가 있는데, 만일 우리 군사가 그리로 쳐들어간다면, 신야와 번성 두 고을은 완전히 폐허가 됩니다. 그러느니 차라리 먼저 사람을 보내어 유비에게 일단 항복하도록 권하십시오. 유비가 항복하지 않을지라도, 그 대신 우리가 얼마나 백성들을 사랑하는지를 백성들에게 알리는 좋은 방편이 됩니다. 또 요행히 유비가 항복해온다면, 승상은 싸우지 않고도 형주 땅을 차지하게 되는 것입니다."

조조는 연방 머리를 끄덕이며 묻는다.

"그럼 누굴 보내면 좋겠소?"

유엽은 대답한다.

"서서는 본시 유비와 친한 사이며 지금 군중軍中에 있으니, 그를 보내십시오."

"보내는 건 어렵지 않으나, 서서가 돌아오지 않을까 두렵구려."

"돌아오지 않으면 서서는 천하의 웃음거리가 될 것이니 그 점만은 안심하십시오."

조조는 서서를 불러 분부한다.

"내 당장에 번성을 짓밟아버릴 것이로되, 그곳 백성들이 가엾어서 이러고 있는 중이오. 귀공은 유비에게 가서, 항복하면 죄를 용서하고 벼슬을 주겠거니와 쓸데없이 고집하다가는 군사와 백성이 다 죽음을 당함

은 물론, 옥석玉石이 함께 타버릴 것이라 타이르시오. 나는 귀공의 충의
심忠義心을 잘 알기 때문에 보내는 것이니, 결코 나의 부탁을 저버리는
일이 없도록 하시오."

서서는 분부를 받고 번성으로 갔다. 유현덕과 공명은 서서를 영접한
다. 오랜만에 만난 것이다.

서서는 말한다.

"조조가 나를 사또에게 보내어 항복을 권하는 것은 백성들의 마음을
사려는 연극이지요. 조조가 군사를 8로路로 나누어 백하를 메우고 쳐들
어온다면, 이곳 번성에서 버틸 수는 없을 것입니다. 그러니 속히 좋은
계책을 쓰도록 하십시오."

유현덕은 돌아가지 말라며 서서를 만류한다. 서서는 감사해한다.

"돌아가지 않으면 나는 세상 사람들의 비웃음을 당합니다. 이미 늙으
신 어머님께서는 세상을 떠나셨으니 나는 원한을 품고 평생을 바쳐야
할 신세입니다. 몸은 비록 가서 있을지라도 조조를 위해 계책을 세우지
는 않기로 맹세했습니다. 와룡(제갈양)이 곁에서 보좌하니 귀공은 천
하 대업을 성취 못하지나 않을까, 그런 걱정일랑 마십시오."

서서가 하직을 고하니, 유현덕은 굳이 만류할 수가 없어서 안타까워
한다.

서서는 신야로 돌아와 조조에게 보고한다.

"유비는 항복할 뜻이 없습니다."

조조는 노여움에 어쩔 줄을 모르고 그날로 진격 명령을 내렸다.

한편, 유현덕은 공명에게 대책을 묻는다.

공명은 대답한다.

"속히 번성을 버리고 양양을 취하여 잠시 쉬도록 하십시오."

"따르는 백성이 많으니, 어찌 차마 버리고 갈 수 있겠소?"

"따라가겠다는 백성은 데려가고, 남아 있겠다는 백성은 두고 가도록 하십시오."

공명은 먼저 관운장을 시켜 강가에 가서 배들을 마련하게 하고, 손건과 간옹을 시켜 성안을 돌아다니며 외치게 한다.

"이제 조조의 군사가 쳐들어올 것이다. 외로운 성을 오래 지킬 수 없으니, 떠나고자 하는 백성은 함께 강을 건너도록 준비하여라!"

신야에서 따라온 백성들과 번성의 두 고을 백성들은 일제히 큰소리로 외친다.

"우리는 죽더라도 사또님을 따라가겠소!"

그날로 백성들은 통곡하며 떠나가는데, 젊은이는 노인을 부축하고 어린것을 팔에 안았다. 남자는 거느리며 여자는 따른다. 떼를 지어 끊임없이 강을 건너간다. 양쪽 언덕에서 통곡 소리가 끊이지를 않는다.

유현덕은 배 위에서 바라보며 크게 울다가,

"나 한 사람 때문에 백성들이 저 고생을 하니, 내 살아서 뭣 하리요."

하고 강물에 몸을 던지려 한다. 좌우에서 황급히 유현덕을 붙들어 말리니, 이 실정을 듣고 통곡하지 않는 자가 없었다.

배가 남쪽 언덕에 닿아 돌아보니, 아직 강을 건너지 못한 백성들이 남쪽을 바라보며 통곡하고 있다. 유현덕은 급히 관운장에게,

"어서 배들을 독촉하여 건네주어라."

부탁하고 그제야 말을 타고 떠나갔다.

그들 일행이 양양 동쪽 성문에 이르러 보니, 성 위에는 가득히 정기旌旗가 꽂혔다. 참호塹壕 가에는 녹각鹿角(방어용으로 억센 나무를 꽂아둔 것)이 빽빽히 서 있어서 들어갈 틈이 없다.

유현덕은 말을 세우고 큰소리로 외친다.

"어진 조카 유종은 내 말을 듣거라. 나는 불쌍한 백성들을 구할 생각

이지 딴생각은 전혀 없다. 어서 속히 성문을 열어라."

그러나 유종은 유현덕이 왔다는 말을 듣고 겁이 나서 나오지도 않는다. 이때 채모와 장윤張允은 성루 위로 올라와서, 군사들을 꾸짖으며 화살을 빗발치듯 쏜다.

유현덕을 따라온 백성들은 성루를 바라보며 통곡한다.

이때, 성안에서 한 장수가 군사 수백 명을 거느리고 성루로 올라와 크게 꾸짖는다.

"이놈들아, 나라를 팔아먹은 채모, 장윤아! 유현덕은 어질고 덕 있는 분이다. 이제 백성들을 구제하려고 이리로 왔는데, 어째서 활로 쏴대느냐?"

모든 사람이 놀라 보니, 그는 키가 8척이요 얼굴은 삶은 대춧빛 같았다. 바로 의양義陽 땅 출신으로서 성명은 위연魏延이요, 자는 문장文長이었다.

위연은 즉시 칼을 뽑아 춤을 추듯 휘두르며 성문을 지키는 군사를 쳐죽인 다음에 성문을 활짝 열고 조교를 내리며 외친다.

"유황숙은 속히 군사를 거느리고 성안으로 들어와서 나라를 팔아먹은 놈들을 치십시오."

장비는 말을 달려 들어가려 하는데, 유현덕이 급히 말린다.

"이러다가는 백성들만 다 죽이겠다. 들어가지 말라."

위연은 거듭 유현덕의 군사 있는 데를 향하여 속히 들어오라며 외치는데, 이때 성안에서 한 장수가 군사를 거느리고 말을 달려 나오면서 큰소리로 꾸짖는다.

"이놈 명색 없는 졸개 위연아! 네 어찌 감히 반역하느냐. 나는 대장 문빙文聘이다. 나를 알아보겠느냐!"

위연이 화를 내며 문빙과 싸우는데, 양쪽 군사들은 성城 가에서 서로 죽이며 함성이 진동한다. 유현덕은 그 광경을 바라보자 기가 막혔다.

"내 본시 백성을 보호하는 것이 소원이었는데, 이러다가는 백성들을 다 죽이겠으니, 나는 양양성에 들어가지 않으리라."

공명은 말한다.

"강릉江陵은 특히 형주의 요긴한 장소이니, 그럼 우선 강릉을 차지하고 근거를 삼으십시오."

"그러는 것이 좋겠소."

이에 유현덕은 백성들을 거느리고, 양양 땅 큰길을 떠나 강릉 땅으로 달아난다. 양양성 안에 있던 백성들도 다수가 혼란한 틈을 타서 성을 빠져 나와 유현덕을 뒤따른다.

위연은 문빙과 양양성 가에서 사시巳時부터 미시未時까지 싸우다가 수하 졸개들을 다 잃자, 말 머리를 돌려 달아난다. 위연은 유현덕을 찾아다니다가 결국 찾지 못하고 장사長沙 태수 한현韓玄에게로 도망쳤다.

한편, 유현덕의 일행은 군사와 백성까지 합쳐 수만 명이요, 크고 작은 수레가 수천 대요, 어깨에 짐을 걸머지고 등에 보따리를 진 자는 그 수효를 헤아릴 수 없을 정도였다.

그들이 지나가는 길에서 유표의 무덤은 멀지 않았다. 유현덕은 모든 장수들을 거느리고 무덤 앞에 가서 통곡한다.

"동생 유비는 덕과 재주가 없어서 형님이 거듭 부탁하신 바를 저버렸으니, 모든 죄는 다 저에게 있습니다. 백성들은 아무 죄도 없습니다. 바라건대 신령하신 영혼은 형荊·양襄 백성들을 도탄에서 건져주십시오."

그 말이 몹시 간절하고도 슬퍼서 군사들과 백성들도 다 함께 울었다. 이때 파발꾼이 말을 달려와서 보고한다.

"조조의 대군이 이미 번성에 주둔했으며 사람들을 시켜 배와 뗏목을 수습하고 강을 건너옵니다."

장수들은 하나같이 말한다.

강릉으로 패주하는 유비(오른쪽)와 공명. 왼쪽 상단은 관우와 장비

　"강릉은 요긴한 곳이라, 그곳을 차지하면 적을 막을 수 있지만 지금은 수만 명의 백성을 거느리고 하루에 겨우 10여 리씩 가는 정도니, 이렇게 가다가는 강릉에 언제 당도할지 모릅니다. 그러다가 조조의 군사가 뒤쫓아오는 날이면, 어떻게 막아내렵니까. 그러니 잠시 백성들을 버리고, 먼저 가는 것이 좋겠습니다."

　유현덕은 울면서 말한다.

　"큰일을 하는 자는 반드시 어진 마음으로써 근본을 삼아야 하나니, 이제 사람들이 나를 따르는데 어찌 그들을 버릴 수 있으리요."

　백성들은 유현덕의 말을 듣자 모두 다 흐느껴 울며 가슴 아파한다.

　후세 사람이 이 일을 찬탄한 시가 있다.

어려운 고비를 당해도 어진 마음은 백성들만 생각했으니
배를 타고 눈물을 씻으면서 삼군에게 명령했도다.
오늘도 양강 어귀에 가서 그 옛날을 조상하고 위로하면
지방 노인들은 아직도 유사또를 못 잊어 하는도다.

臨難仁心存百姓

登舟揮淚動三軍

至今喊吊襄江口

父老猶然億使君

유현덕은 그 많은 백성들을 데리고 천천히 간다.

공명은 청한다.

"머지않아 조조의 군사가 뒤쫓아올 것이니, 우선 관운장을 강하로 보
내어, 공자 유기에게 속히 군사를 일으켜 배를 타고 강릉으로 상륙해서
호응하라고 하십시오."

유현덕은 그 말대로 즉시 서신을 써서 관운장에게 주고, 손건과 함께
군사 5백 명을 거느리고 강하로 가서 구원을 청하도록 떠나 보냈다. 장
비에게는 뒤에 처져서 적군이 오거든 막도록 했다. 조자룡에게는 노인
과 아이와 가족들을 보호하도록 맡겼다. 그 외 장수들은 백성들을 보살
피며 나아간다. 이리하여 그들 일행은 날마다 10여 리씩 가다가 자고는
했다.

한편, 조조는 번성에 있으면서 사람을 강 너머 양양으로 보내어 유종
을 불렀다. 그러나 유종은 겁이 나서 가려고 하지 않는다. 채모와 장윤
은 가야 한다며 누차 권했다.

어느 날 왕위王威는 유종에게 비밀리에 아뢴다.

"장군은 이미 조조에게 항복했으며 유현덕은 달아났습니다. 조조는 지금 안심하고 방비도 하지 않았을 것입니다. 이런 기회에 장군은 돌격군을 조직하여 험준한 곳에 매복시킨 다음에 기회를 보아 치면, 조조를 가히 사로잡을 수 있습니다. 조조만 잡고 나면 장군의 위엄은 천하에 진동할 것입니다. 비록 중원이 넓다 하지만 격문만 돌려도 천하의 지지를 받고 시국을 결정지을 수 있습니다. 이런 기회는 두 번 다시 없으니, 내 말대로 하십시오."

유종은 왕위의 말을 채모에게 말하고 의견을 물었다. 채모는 당장 왕위를 불러들여 꾸짖는다.

"네가 천명을 알지 못하고 어찌 감히 망령된 소리를 했느냐!"

왕위는 채모에게 탄로난 것을 알자 저주한다.

"나라를 팔아먹은 놈들아, 내가 네 살을 씹지 못해서 한이로다."

채모는 왕위를 죽이려 하는데, 괴월이 말려서 참는다. 드디어 채모와 장윤은 함께 양양을 떠나 번성에 가서 조조를 뵙는데, 몹시 아첨만 하는 말솜씨와 태도였다.

조조가 묻는다.

"형주에 군사와 말과 돈과 곡식이 얼마나 있소?"

채모는 대답한다.

"말 타는 군사가 5만 명이며 보병이 15만이며 수병이 8만 명이니, 모두가 28만 명입니다. 돈과 곡식은 태반이 강릉에 있습니다. 그 외 여러 곳에도 일 년은 넉넉히 쓸 만한 물자가 있습니다."

"전함은 몇 척이나 있으며, 지금 누가 통솔하고 있소?"

"크고 작은 것까지 합쳐서 전함은 도합 7천여 척이며, 저와 여기 있는 장윤이 지금까지 관할하였습니다."

조조는 즉석에서 채모를 진남후鎭南侯 수군水軍 대도독으로, 장윤을 조순후助順侯 수군 부도독으로 삼으니, 두 사람은 어찌나 기쁜지 일어나서 절한다.

조조는 또 말한다.

"유표가 이미 죽었고 그 아들이 항복하여 순종하니, 내 마땅히 천자에게 아뢰어 오래 형주의 주인으로 삼으리라."

채모와 장윤은 크게 기뻐하면서 조조의 앞에서 물러나갔다.

순유는 묻는다.

"채모와 장윤은 아첨이나 할 줄 아는 보잘것없는 것들인데, 주공은 어째서 그들에게 높은 벼슬을 주는 동시, 더구나 수군도독까지 시킵니까?"

조조는 껄껄 웃으며,

"내 어찌 사람을 못 알아보리요마는, 내가 거느리고 있는 북쪽 땅 군사는 모두 다 물에서 싸울 줄을 모르기 때문에 방편상 그 두 사람을 쓰기로 한 것이오. 어느 정도 이용한 뒤에는 별도로 처치를 할 것이오."

하고 대답했다.

이리하여 채모와 장윤은 양양으로 돌아가서,

"조조는 천자께 아뢰어 장군을 길이 형·양의 주인으로 삼겠다고 하더이다."

하니 그제야 유종은 매우 기뻐했다.

이튿날, 유종은 어머니인 채부인과 함께 인수印綬와 병부兵符를 가지고 친히 강을 건너 번성에 가서 조조에게 절하여 바치고 영접하러 왔다는 뜻을 고했다.

조조는 그들 모자를 좋은 말로 위로한 뒤, 즉시 모든 장수와 군사들을 거느리고 번성을 떠나 양양성 밖으로 가서 일단 주둔했다. 채모와 장윤은 성안 백성들을 동원시켜 길가에 꿇어앉히고 입성하는 조조에게 절을 시키며 향을 피워 영접한다.

조조는 좋은 말로 위로하고, 양양성 부중으로 들어가서 높은 자리에 앉아 괴월을 불러 만난 뒤,

"나는 형주 땅을 얻은 것보다 그대를 얻은 것이 기쁘노라."

한껏 추어올린 다음에 즉석에서 괴월을 강릉江陵 태수 번성후樊城侯로, 부손과 왕찬 등을 관내후關內侯로 봉했다. 그들의 권유로 유종이 항복했기 때문에, 조조가 형·양을 차지하게 된 것이다.

조조는 그 대신 유종에게 분부한다.

"너를 청주淸州 자사로 삼는다. 오늘 안에 출발하여라."

유종은 청천 벽력 같은 분부를 받자 깜짝 놀란다.

"저는 벼슬도 바라지 않습니다. 그저 부모의 고향 땅을 지키고 싶습니다."

조조는 말한다.

"청주는 천자가 계시는 허도와 가깝기 때문에 네가 조정 벼슬을 살기에 편리하도록 해주려는 것이다. 네가 형·양에 그냥 머물러 있으면, 다른 자에게 무슨 참변을 당할지도 모른다. 너를 위해서 주선하는 일이니 떠나가거라."

유종이 두 번 세 번 사양하였으나, 조조는 끝내 허락하지 않았다. 이에 유종은 하는 수 없이 어머니 채부인과 함께 청주로 떠나는데, 지난날의 장수 왕위만이 따라간다. 그 나머지 관리들은 다 강 어귀까지만 전송하고 돌아왔다.

조조는 우금을 불러 지시한다.

"너는 날쌘 기마병을 거느리고 뒤쫓아가 유종 모자를 죽여서 뒷날 후환이 없게 하여라."

우금은 즉시 군사를 거느리고 뒤쫓아가서, 큰소리로 외친다.

"나는 승상의 명령을 받아 너희들 어미와 자식을 죽이러 왔다. 속히 목을 바쳐라!"

채부인은 유종을 얼싸안고 방성통곡한다.

우금이 군사들에게 속히 손을 쓰도록 호령하자, 왕위는 분노한 나머지 힘을 분발하여 싸우나 무슨 소용이 있으리요. 마침내 왕위는 군사들에게 죽음을 당하고 말았다. 군사들은 곧장 달려들어 유종과 채부인을 마구 찔러 죽였다.

우금이 돌아와서 보고하자, 조조는 우금에게 많은 상을 하사했다. 조조는 또 사람들을 융중 땅으로 보내어 제갈공명의 아내와 그 식구들을 몽땅 잡아오도록 명령했다.

하지만 그들이 융중에 갔을 때는 이미 제갈공명의 가족은 없었다. 제갈공명이 먼저 사람을 보내어 가족을 삼강三江 깊숙한 곳으로 피난시켰던 것이다. 이때부터 조조는 제갈공명에 대해서 더욱 원한을 품었다.

양양 땅이 평정되자, 순유는 조조에게 아뢴다.

"강릉은 형·양에 있어서 가장 중요한 곳입니다. 유비가 만일 그곳을 차지하는 날에는 무찌르기 어렵습니다."

조조는 말한다.

"내 어찌 그걸 모르리요. 지난날부터 양양에 있던 장수들 중에서 적임자를 뽑아 길 안내를 시키시오."

원래 유劉씨 밑에 있던 장수들 중에서 오직 문빙이 보이지 않았다. 사람을 시켜 두루 찾으니, 문빙은 그제야 나타났다.

조조는 묻는다.

"네 어디 있다가 이렇듯 늦게 오느냐!"

"남의 신하 된 사람으로서 그 주인의 땅을 지키지 못했으니 실로 슬프며 부끄러운지라, 그래서 일찍 와서 뵐 낮이 없었습니다."

문빙은 흐느껴 운다. 조조는

"그대는 참으로 충신이로다."

칭찬하고 즉시 문빙을 강하江夏 태수로 삼고 관내후로 봉하더니 분부한다.

"길을 안내하라."

이때 파발꾼이 말을 달려와서 조조에게 보고한다.

"유비가 많은 백성들을 거느리고 날마다 10여 리씩 가는 중입니다. 지금 그들이 가고 있는 곳은 아마 여기서 3백여 리쯤 될 것입니다."

조조는 장수들에게,

"말 잘 타는 군사 5천 명을 거느리고 밤낮없이 달려가서 하루 해 하룻밤 안에 유비를 따라붙도록 하여라. 대군이 계속 출발하여 뒤따를 것이다."

하고 명령을 내렸다.

한편, 유현덕은 10만여 명의 백성과 3천여 명의 군사를 거느리고 강릉으로 나아간다. 조자룡은 노인과 어린 가족을 보호하면서, 장비는 뒤를 경계하면서 가는 중이다. 공명은 말한다.

"관운장이 강하로 간 뒤에 전혀 소식이 없으니 어찌 됐는지 알 수가 없소."

유현덕은 당부한다.

"수고롭지만 군사께서 친히 가봐야 할 것 같소. 유기는 지난날에 군사의 가르침을 받고 감격하였으니, 이제 친히 가시면 만사는 잘될 것이오."

공명은 승낙하고 유봉이 거느리는 군사 5백 명의 호위를 받으며 구원을 청하러 곧장 강하로 앞서갔다.

유현덕이 간옹, 미축과 함께 계속 가는데 바로 말 앞에서 홀연 한바탕 광풍이 일어나 티끌과 흙을 하늘로 말아 올리더니 밝은 해를 가린다. 유현덕은 급히 피하면서 놀라 묻는다.

"이 무슨 징조냐?"

간옹은 제법 음양법陰陽法을 알기 때문에 소매 속에서 점을 쳐보더니 아연 실색한다.

"이는 크게 흉한 징조올시다. 오늘 밤이면 그 징조가 나타날 것이니, 주공은 속히 백성들을 버리고 달아나십시오."

"백성들이 신야에서부터 여기까지 왔는데, 내 어찌 차마 버리리요."

"주공께서 그들을 사랑하사 버리지 않으면, 불행이 멀지 않으리다."

유현덕은 대답하는 대신 저편 앞을 가리키며 묻는다.

"저곳은 어디인가?"

좌우 사람은 아뢴다.

"저곳은 당양현當陽縣이니, 저 산 이름은 경산景山이라 합니다."

유현덕은 경산에 이르러 일단 영채를 세우도록 지시했다. 이때는 가을도 끝나고 겨울이 시작되는 무렵이어서 쌀쌀한 바람이 뼈에 스며들었다. 더구나 황혼이 가까이 왔으므로 백성들의 통곡 소리가 산과 들에 울려 퍼진다.

그날 밤, 4경 때였다. 서북쪽에서 함성이 땅을 진동하며 밀어닥친다. 유현덕은 깜짝 놀라 급히 말에 올라타자, 본부의 날쌘 군사 2천여 명을 거느리고 황망히 적군을 맞이했다.

그러나 조조의 군사가 내리덮으니, 그 형세를 어찌 대적할 수 있으리요.

유현덕은 죽기를 각오하고 싸우나, 점점 위기에 빠져 들어간다. 마침 장비가 군사를 거느리고 달려와 적군을 무찔러서 한 가닥 혈로血路를 열고 유현덕을 구출하자 동쪽으로 달아나는데, 누가 앞을 가로막는다. 보니, 지난날 유표의 장수였던 문빙이었다.

유현덕은 소리를 높여 꾸짖는다.

"주인을 배반한 놈이 무슨 면목으로 사람을 대하느냐?"

문빙은 부끄러웠다. 그는 얼굴을 붉히더니 군사를 거느리고 슬며시 동북쪽으로 가버린다.

장비는 유현덕을 보호하며 한편 싸우면서 한편 달아난다. 날이 밝을 무렵에야 적군의 함성은 점점 멀어져갔다.

유현덕은 그제야 말을 쉬게 하고 따라온 군사를 헤아려보니 겨우 기병이 백여 명이요, 그 많은 백성들과 그의 가족과 미축·미방·간옹·조자룡 등 천여 명은 다 어디로 갔는지 보이지도 않았다.

유현덕은 통곡한다.

"십수만 명의 백성이 다 나를 따른 것 때문에 이런 엄청난 꼴을 당하고 모든 장수들과 가족들도 죽었는지 살았는지 모르게 됐으니, 사람이 아닌 초목草木인들 어찌 슬프지 않겠느냐."

한참 처량해하는데, 미방이 얼굴에 화살 여러 대를 맞고 비틀거리며 와서 말한다.

"조자룡이 우리를 배반하고 조조에게로 항복해갔습니다."

유현덕은 꾸짖는다.

"조자룡은 나의 옛 친구다. 그가 어찌 배반할 리 있으리요. 다시는 그런 말 말라!"

장비는 불쑥 말한다.

"우리의 형세가 몰리니까 조자룡은 혹 부귀를 탐하여 조조에게로 갔는지 모르지요."

"조자룡은 나와 고생을 함께했기 때문에 그 마음은 철석 같다. 부귀 때문에 변할 사람은 아니다."

미방은 말한다.

"나는 조자룡이 서북쪽으로 가는 것을 이 두 눈으로 똑똑히 봤습니다."

장비는 더욱 분노한다.

"어디 두고 보자. 내 가서 만나기만 하면 단번에 창으로 찔러 죽이리라."

유현덕은 훈계한다.

"의심하지 말라. 지난날 너의 둘째 형(관운장)이 오해하고 안양顔良과 문추文醜를 죽인 일을 잊었느냐. 조자룡이 갔다면 필시 그럴 만한 까닭이 있어서 갔을 것이다. 그는 결코 나를 저버릴 사람이 아니다."

하지만 장비가 어찌 그 말을 듣겠는가. 그는 기병 20여 명을 거느리고 장판교長坂橋로 달려가서, 다리 동쪽 일대에 서 있는 나무들을 보고 계책 하나를 생각해냈다.

장비는 말 탄 군사를 시켜 나뭇가지를 쳐서 각기 말 꼬리에 매달고 숲 속을 이리저리 달리게 한다. 먼지와 흙이 연기처럼 일어나서 마치 많은 군사가 복닥거리는 것처럼 해놓는다. 장비는 장팔사모丈八蛇矛를 비껴 들고 장판교 위에 말을 세운다. 그리고 서쪽을 노려본다.

한편, 조자룡은 4경 때부터 조조의 군사와 맞싸워, 오며 가며 마구 무찌르다가 날이 밝자 아무리 찾아도 유현덕이 보이지 않았다. 더구나 유현덕의 가족마저 잃어버렸다.

조자룡은 마음속으로,

'주공께서 감부인甘夫人·미부인鳥夫人과 아두阿斗(유현덕의 아들)를 나에게 맡겼는데, 싸우다가 그만 간 곳을 모르게 됐으니 내 무슨 면목으로 돌아가서 주인을 뵈리요. 차라리 죽을 각오로 싸워서 두 부인과 어린 주인을 찾으리라.'

결심하고 좌우를 돌아보니 자기를 따르는 군사는 말 탄 군사 3, 40명에 불과했다.

조자룡은 말에 박차를 가하여 난군亂軍 속으로 찾아 들어가는데, 신야와 번성 두 고을에서 따라온 백성들의 울부짖는 소리가 하늘과 땅을 진동한다. 화살에 맞거나 창에 찔려 가족들을 버리고 달아나는 백성들의 수효는 이루 다 헤아릴 수 없을 정도였다.

조자룡이 한참 말을 달려가다가 보니 한 사람이 풀 더미 속에 누워 있다. 자세히 보니 바로 간옹이었다.

조자룡은 급히 묻는다.

"그대는 두 부인을 보셨소?"

간옹은 대답한다.

"두 부인께서 수레를 버린 다음에 아두 아기를 안고 달아나시기에, 내가 말을 달려 뒤쫓아가다가, 산 고개를 돌아 나가자 적의 장수 한 명이 불쑥 나타나 찌르는 바람에 창을 맞고 말에서 떨어졌는데, 말을 빼앗겼기 때문에 싸울 수가 없어서 여기 이렇게 누워 있소."

조자룡은 군사들에게 말 한 필을 달라고 하여 간옹을 태우고 두 군사에게 간옹을 부축하여 먼저 돌아가라며 말한다.

"너희들은 가거든 주공께 보고하여라. 나는 하늘과 땅이 무너지더라도 두 부인과 어린 주인을 찾을 것이요, 만일 못 찾는 경우엔 모래사장에서 죽을 따름이라고 전하여라."

조자룡은 말을 마치자 박차를 가하여 장판교 쪽으로 달려가는데, 도중에서 한 사람이,

"조장군은 어디로 가십니까?"

하고 큰소리로 부르짖는다. 조자룡은 말을 멈춘다.

"너는 누구냐?"

"저는 유사또(유현덕) 휘하 군사로서 두 부인의 수레를 호위하다가, 적의 화살에 맞아 여기 쓰러져 있는 참입니다."

조자룡이 두 부인의 소식을 묻자, 그 군사는 대답한다.

"얼마 전에 감부인께서 머리를 풀고 맨발로 한 무리의 일반 부녀자들을 따라 남쪽으로 가시더이다."

조자룡은 그 말을 듣자 그 군사를 돌볼 여가도 없이 급히 남쪽으로 말을 달려가는데, 과연 한 무리의 남녀 백성 수백 명이 서로 붙들며 달아난다.

조자룡은 외친다.

"이 중에 감부인이 계시옵니까!"

감부인은 백성 뒤를 따라가다가 조자룡을 바라보자 소리를 내어 크게 운다. 조자룡은 말에서 뛰어내려 창을 땅에 꽂아 세우더니 울먹인다.

"두 부인을 잃은 것은 저의 죄로소이다. 미부인과 어린 주인은 어디에 계십니까?"

"적군에게 쫓겨, 나는 미부인과 함께 수레를 버리고 백성들 속에 휩쓸려 걸어가다가 또 한 떼의 적군이 나타나 습격하는 바람에, 미부인과 아두 아기를 잃었소. 나만 홀로 도망쳐 여기에 이르렀소."

갑자기 백성들은 함성을 지르며 산지사방으로 흩어져 달아난다. 조자룡이 창을 뽑아 들고 말에 올라 보니, 한 떼의 적군이 오는데, 맨 앞에 오는 말 위에는 뜻밖에도 미축이 꽁꽁 묶여 있었다. 바로 그 뒤에는 적의 장수 한 명이 큰 칼을 들고, 천여 명의 군사를 거느리고 다가온다. 그 적장敵長은 바로 조인의 부장 순우도淳于導이다. 그는 미축을 사로잡자 공로를 자랑하러 돌아오는 중이었다.

조자룡이 즉시 창을 높이 들고 쏜살같이 말을 달려 들어가며 큰소리로 꾸짖으니, 순우도는 대적 한 번 제대로 못하고 단번에 창에 찔려 말에서 떨어져 죽는다.

조자룡은 즉시 미축을 구출하고 말 두 필을 빼앗아 감부인과 미축을 각기 태운 다음에 적을 마구 공격하면서 탈출로를 열어 장판교로 간다.

장비가 창을 비껴 든 채, 장판교 위에 말을 세우고 있다가, 다가오는 조자룡을 보자 크게 외친다.

"자룡아! 네가 어째서 우리 형님을 배반했느냐?"

조자룡은 어리둥절해한다.

"내, 부인과 어린 주인을 찾다가 만나지 못해서 뒤에 처졌는데 어째서 반역이라고 하느냐!"

"조금 전에 간웅이 먼저 와서 그 사실을 알려주지만 않았더라도 내 지금 당장에 너를 죽일 것이다."

"지금은 그런 걸 이야기할 때가 아니다. 주공은 어디 계시느냐?"

"여기서 과히 멀지 않은 곳에 계시노라."

조자룡은 미축에게,

"그대는 감부인을 잘 모시고 먼저 가시오. 나는 미부인과 어린 주인을 찾아야겠소."

하고 말 탄 군사 몇 명만 거느리고 왔던 길로 되돌아 달려간다.

조자룡이 말을 달려가다가 보니, 적장 한 명이 손에는 철창을 들고, 등에는 한 자루 칼을 메고 말 탄 군사 열 명을 거느리고 껑충껑충 달려온다.

조자룡은 여러 말 할 것 없이 단박에 적장에게로 달려들어가 서로 싸운 지 단 1합에 적장을 찔러 죽이니, 나머지 적군들은 다 달아나버린다.

원래 그 적장은 조조의 칼을 등에 메고 따라다니며 조조를 모시던 장수로서, 이름은 하후은夏侯恩이었다.

원래 조조에게는 보검이 두 자루 있었다. 하나는 이름이 의천倚天이요, 또 하나는 이름이 청홍靑虹이었다. 조조는 평소 의천검을 허리에 찼으며 청홍검은 하후은에게 메고 다니게 했던 것이다. 그런데 청홍검은 쇠를 진흙 끊듯이 하는 참으로 비할 바 없는 명검이었다.

그때 하후은은 자기 용기만 믿고 조조 곁을 떠나 군사를 거느리고 돌아다니면서 노략질을 일삼다가, 하필이면 조자룡을 만나 단번에 죽음을 당한 것이다.

조자룡이 죽어 자빠진 적장의 등에서 칼을 풀어 살펴보니, 칼집에 황금으로 상감像嵌한 '청홍' 두 글자가 분명한지라, 비로소 그것이 보검임을 알았다.

조자룡은 청홍검을 등에 메었다. 그는 다시 창을 들고 말을 달려 적군 속으로 들어가서 마구 무찌르다가 돌아보니, 거느리고 온 기병들은 다 죽고 자기 혼자서 외로이 싸우고 있었다. 그러나 그는 추호도 물러갈 생각을 않고 미부인과 어린 주인을 찾아 사방을 둘러본다.

그는 방황하는 백성들을 만나는 대로 미부인에 관한 소식을 묻는데, 문득 한 백성이 손을 들어 가리키며 말한다.

"부인은 왼쪽 넓적다리에 창을 맞아 더 달아나지를 못해서 아기를 안고 저편 무너진 담 안에 계십니다."

조자룡은 그 말을 듣고 황망히 그쪽으로 찾아가니 과연 불탄 집이 있었다. 무너지다가 남은 흙담 안에서 미부인이 아두 아기를 안고 말라버린 우물 곁에서 울고 있다.

조자룡은 말에서 뛰어내리며 땅에 고꾸라지듯이 꿇어 엎드린다.

미부인은 말한다.

"이제 첩이 장군을 만났으니 아두는 살았소이다. 바라건대 장군은 이 아기의 부친이 반평생을 떠돌아다니다가 늦게야 이 아들 하나를 두었다는 사실을 불쌍히 여기시오. 장군이 아기를 잘 보호하여 그 부친과 서로 만나게 해주신다면, 첩은 죽어도 아무 여한이 없겠소이다."

조자룡은 대답한다.

"부인께서 이런 곤란을 당하시는 것은 다 저의 죄이니, 이제 여러 말할 것 없이 어서 말에 오르소서. 이 조운趙雲(조자룡의 본명)이 죽을 각오로 싸워 적군의 포위를 뚫고 부인과 아두 아기를 모시고 걸어가리다."

미부인은 말한다.

"그것은 안 될 말이오. 장군에게 어찌 말이 없어서야 되겠소. 첩은 이미 깊은 상처를 입은 몸이고 이 아기는 오로지 장군에게 맡겼으니 이젠 죽어도 아무 아까울 것이 없소. 바라건대 장군은 속히 아기를 안고 어서 떠나시오. 첩 때문에 불행을 당하는 일이 없도록 하시오."

조자룡은 사정한다.

"적의 함성이 점점 가까이 들립니다. 뒤쫓아오는 적군들이 곧 나타날 것이니, 원하옵건대 부인은 어서 말에 오르소서!"

미부인은 손을 저으며,

"첩은 실로 중상을 입어 도저히 갈 수 없는 형편이오. 장군은 두 가지 일을 다 망치지 마시오!"

하고 조자룡에게 아두 아기를 내주며 부탁한다.

"아기의 생명은 오로지 장군 한 몸에 달렸소이다."

조자룡이 거듭거듭 말에 타도록 권하나 미부인은 끝내 거절하는데, 사방에서 적군의 함성이 또 일어난다. 조자룡은 참다못해 거친 목소리로 외친다.

"부인이 제 말을 듣지 않다가 적군이 들이닥치면 어쩌려고 이러십니까."

미부인은 대답 대신 아두 아기를 땅바닥으로 밀어 보내더니 상반신을 홱 돌려 물 없는 우물 속으로 몸을 던져 죽었다.

후세 사람이 미부인을 찬탄한 시가 있다.

전쟁에서 장수는 말이 있어야 하는데
걸어가면서 아기를 어떻게 구출하리요.
한 번 죽음으로써 유씨의 외아들을 살렸으니
그 용기와 결단은 여장부였다.

戰將全憑馬力多

步行怎把幼君扶

穿將一死存劉嗣

勇決還虧女丈夫

조자룡은 미부인이 죽은 것을 보고, 혹 조조의 군사가 간음할까 염려하여 흙담을 밀어 마른 우물을 덮어버렸다. 그는 자기 갑옷 끈을 끌러 엄심갑掩心甲(방탄복)을 떼고 그 밑에 아두 아기를 품고 창을 들자 말에 올라탔다.

벌써 적장 한 명이 1대의 보병을 거느리고 들이닥치니, 그는 바로 조홍의 부장인 안명晏明이었다.

안명은 삼첨양인도三尖兩刃刀를 휘두르며 조자룡에게 달려든다. 조자룡은 그를 맞아 싸운 지 겨우 3합에 안명을 찔러 죽이고 적군을 무찌르며 한 가닥 퇴로를 열어 한참 달려가는데, 바로 정면에서 한 떼의 기병이 나타나 가로막는다.

맨 앞에 선 대장기大將旗에는 '하간 장합河間張慶'이라는 네 글자가 크게 씌어 있다. 조자룡은 여러 말 할 것 없이 창을 휘두르며 달려들어 장합과 10여 합을 싸우다가, 싸우는 데 뜻이 없는 듯 길을 열어 달아난다. 뒤에서 장합이 쫓아온다.

조자룡이 말에 더욱 채찍질하여 달려가다가 깜짝 놀랐을 때는, 이미 말과 함께 함정 속으로 빠져 들어가는 중이었다.

장판파에서 혼자 아두를 구하는 조자룡

　어느새 뒤쫓아온 장합은 창으로 함정 속을 마구 찌르다가, 갑자기 크게 놀라 뒤로 선뜻 물러선다.
　보라! 한 줄기 붉은 광명이 함정 속에서 치솟으며 조자룡을 태운 말이 한 번에 뛰어올라 바깥으로 날아 나오지 않는가.
　후세 사람이 이 일을 찬탄한 시가 있다.

　　곤경에 빠진 용이 붉은 광명을 휘감아 날아 나와
　　말은 장판의 포위를 뚫고 빠져 나가도다.
　　하늘로부터 42년[1]의 운수를 타고난 주인(아두 아기)이기에

1　여기에 말한 42년은 나중에 유현덕이 임금 자리에 2년 있었고, 아두가 40년 동안 임금 자리에 있었던 것을 합산한 수다.

조자룡 장군도 신 같은 위력을 발휘했도다.
紅光愈穿困龍飛
征馬衝開長坡圍
四十二年眞命主
將軍因得顯神威

장합은 이를 보고 크게 놀라 달아나버렸다.

조자룡이 말을 달려 얼마쯤 가자, 홀연 뒤에서 두 장수가 쫓아오며 크게 외친다.

"조자룡은 꼼짝 마라. 게 섰거라!"

앞에서도 두 장수가 나타나 각기 다른 무기를 휘두르며 길을 막는다. 뒤에 나타난 장수는 마연馬延과 장의張剴요, 앞을 가로막는 장수는 초촉焦觸과 장남張南이니, 이들 네 사람은 다 지난날에 원소의 수하 장수로서 조조에게 항복한 자들이었다.

조자룡은 네 장수를 상대로 힘껏 싸우는데, 적군이 떼로 달려든다. 이에 조자룡은 창 대신 등에 멘 청홍검을 뽑아 닥치는 대로 내리치니, 손을 놀릴 때마다 적군의 갑옷은 진흙처럼 베어져 피가 샘솟듯 치솟는다. 조자룡은 적군과 장수를 마구 죽여 물리치며 겹겹으로 에워싼 포위를 뚫고 나간다.

이때 조조가 경산 위에서 바라보니 한 장수가 이르는 곳마다 큰 위력을 발휘한다. 아무도 그를 대적하지 못하는지라, 조조는 좌우 부하들에게 급히 묻는다.

"저 장수는 누구냐!"

조홍은 말을 달려 산 아래로 내려가서 크게 외친다.

"싸우는 장수는 그 성명을 밝히라."

조자룡은 목청 높여 외친다.

"나는 상산常山(조자룡의 고향) 조자룡이다."

조홍은 다시 산 위로 올라와서 조조에게 보고했다.

조조는

"참으로 범 같은 장수로다. 내 그를 사로잡으리라."

하고 말 탄 사람들을 각처로 보내어 명령을 내렸다.

"조자룡이 오거든 활을 쏘지 말라. 반드시 사로잡도록 하라."

그리하여 조자룡은 곤경 속을 무사히 벗어났으니, 이 또한 아두 아기의 복이었던 것이다.

조자룡은 가슴에 아두 아기를 품고 적군을 무찌르며 겹겹의 포위를 뚫고 나오기까지 베어 쓰러뜨린 큰 기旗가 두 개요, 빼앗은 창이 세 자루요, 창에 찔려 죽거나 칼을 맞아 죽은 조조 진영의 이른바 이름깨나 있다는 장수만도 50여 명이었으니, 그 나머지 군사로서 목숨을 잃은 자는 부지기수였다.

후세 사람이 이 일을 찬탄한 시가 있다.

피는 전포를 물들여 갑옷까지 붉게 배어들었으니
그 누가 당양 땅 싸움에서 조자룡을 대적하랴.
예부터 적진을 무찔러 위기에 빠진 주인을 구출하기는
상산 조자룡이 있을 뿐이라.

血染征袍透甲紅

當陽誰敢與爭鋒

古來衝陳扶危主

只有常山趙子龍

조자룡은 적군을 마구 무찔러 죽이며, 겹겹이 에워싼 포위를 뚫고 조조의 진영을 벗어나니, 전포와 갑옷은 적군의 피로 가득하였다. 조자룡이 산언덕 사이로 달려나가는데 또 양쪽에서 두 패의 군사가 쏟아져 나와 길을 막으며 쳐들어오니, 그들 두 장수는 바로 하후돈의 부장인 종진鍾縉과 종신鍾紳 두 형제였다.

종진은 큰 도끼를 휘두르고, 종신은 채색 그림을 그린 창[畫戟]을 쳐들어 달려들면서,

"조자룡은 말에서 내려 결박을 받아라!"

하고 크게 외치니,

> 겨우 범굴을 벗어나 달아나는데
> 이번에는 용이 물결을 일으키는 큰 못에 당도했다.
> 葯離虎窟逃生去
> 又遇龍潭鼓浪來

상산 조자룡은 어떻게 이 위기를 벗어날 것인가.

제42회

장비는 장판교에서 한바탕 설치고
유현덕은 패하여 한진 어귀로 달아나다

종진과 종신 두 형제가 달려들자 조자룡은 창으로 찌르니, 종진이 먼저 큰 도끼로 막아낸다. 그러나 싸운 지 3합 만에 조자룡은 종진을 찔러 말 아래로 거꾸러뜨리고 길을 빼앗아 달아난다. 종신이 곧장 쫓아가 채색 그림을 그린 창을 번쩍 들어 조자룡의 등을 겨눈다.

조자룡이 순간 말 머리를 홱 돌려, 서로 가슴과 가슴이 맞부닥치게 됐을 때였다. 조자룡은 왼손에 든 창으로 화극을 막으면서 오른손으로 번개같이 청홍검을 뽑아 내리치니, 종신의 머리는 투구와 함께 두 조각이 나 허깨비처럼 말에서 떨어져 구른다. 그러자 나머지 군사들은 대뜸 돌아서서 달아나버렸다.

조자룡은 다시 포위를 벗어나 장판교 쪽으로 달리는데, 또 뒤에서 함성이 크게 진동하더니 문빙이 군사를 거느리고 쫓아온다.

조자룡이 물 가까이 이르렀을 때는 말과 함께 지칠 대로 지쳤는데, 보니 장비가 장팔사모를 짚고 말을 세우고 장판교 위에 있지 않은가.

조자룡은 큰소리로 부른다.

"익덕은 나를 도우라!"

장비는 대답한다.

"조자룡은 속히 이리로 건너가라. 뒤에 오는 적군은 내가 맡으리라."

조자룡이 말을 달려 장판교를 지나 한 20여 리쯤 갔을 때였다. 유현덕과 모든 사람들이 나무 밑에서 쉬고 있는 것이 보인다.

조자룡은 말에서 뛰어내리자 땅에 엎드려 말도 못하고 흐느끼기만 한다. 유현덕도 따라서 흐느끼기만 한다.

이윽고 조자룡은 가쁜 숨을 몰아쉬며,

"조운은 만 번 죽어도 갚지 못할 죄를 저질렀습니다. 미부인은 몸에 중상을 입고 끝까지 말 타기를 거부하시더니 우물에 몸을 던져 자결하시기에 겨우 흙담으로 덮어만 두었습니다. 공자를 가슴에 품고 겹겹이 에워싼 적군의 포위를 뚫고 왔으니, 이는 다 주공의 큰 복에 힘입어 무사히 벗어난 것입니다. 얼마 전까지만 해도 공자가 저의 품속에서 울었는데, 이젠 아무 동작도 없은즉 필시 온전하지 못한 모양입니다."

하고 갑옷을 끌러보았다. 아두 아기는 다행히 새근새근 곤히 자고 있었다.

조자룡은 한없는 기쁨에,

"공자가 무사합니다!"

하고 두 손으로 공자를 안아 유현덕에게 바친다.

유현덕은 아기를 받아 땅바닥에 팽개치듯한다.

"어린 놈 때문에 하마터면 나의 대장 하나를 잃을 뻔했구나!"

조자룡은 황망히 일어나 자지러지게 놀라 우는 아두 아기를 끌어안고,

"조운은 오장육부를 땅에 흩뜨릴지라도 주공께 보답할 길이 없소이다."

절하고 울기만 한다.

후세 사람이 이 일을 읊은 시가 있다.

조조의 군사 속에서 범이 날아 나오니

조자룡의 품속에서 아기 용은 자고 있었다.

유현덕은 충신의 뜻을 위로할 길이 없어서

친자식을 들어 말 앞에 던졌도다.

曹操軍中飛虎出

趙雲懷中小龍眠

無由撫慰忠臣意

故把親兒擲馬前

한편, 문빙은 군사를 거느리고 조자룡을 뒤쫓아 장판교에 이르렀다. 앞을 보니, 장비는 범 같은 수염을 곤추세우고 고리눈을 부릅뜨고 손에 장팔사모를 들고 다리 위에 말을 딱 세우고 있다. 뿐만 아니라 장판교 동쪽 숲 뒤에서 티끌은 연기처럼 일어난다. 문빙은 복병이 있는 줄로 알고 기가 질려서 감히 가까이 가지 못한다.

이때 조인·이전·하후돈·하후연·악진·장요·장합·허저 등은 함께 달려왔으나, 장비가 눈에 노기를 품고 사모를 비껴 들고 다리 위에 버티고 있는 것을 보자 또 제갈공명의 계책에 걸려든 것이나 아닌가 의심이 났다. 이에 그들은 더 가까이 가지 못하고 다리 서쪽에 진영을 벌이더니 일자로 늘어선다. 그들이 사람을 보내어 이 일을 보고하자, 조조가 말을 달려 급히 현장으로 온다. 장비가 고리 같은 눈을 부릅뜨고 보니, 나무 사이로 오는 적의 후군後軍이 은은히 보이는데 그 중에 청라일산青羅日傘과 모월旄鉞, 정기旌旗가 번쩍인다.

장판교 위에서 대갈일성하는 장비. 오른쪽 위는 조조

장비는 조조가 친히 오는 것을 짐작하고 소리를 높여 크게 외친다.

"나는 연燕나라 사람 장익덕이다. 누가 감히 생명을 걸고 나와서 싸울
테냐!"

그 소리는 큰 우렛소리 같았다. 조조의 군사는 모두 그 소리에 소름이
쪽 돋았다.

조조는 급히 청라일산과 표나는 기구들을 치우게 하고 좌우를 돌아
보며 말한다.

"내 언젠가 관운장으로부터 장비는 백만 군중軍中에서도 대장의 목
베기를 주머니 속 물건 내듯한다는 말을 들었는데, 오늘 보니 과연 가벼
이 대적할 수 없겠구나."

조조의 말이 끝나기도 전이다. 장비는 눈을 부릅뜨며 냅다 소리를 지

른다.

"연나라 사람 장익덕이 여기 있으니, 누가 감히 생명을 내걸고 와서 싸울 테냐!"

조조는 장비의 그러한 기세에 질려 자못 물러가고 싶은 생각이 났다.

장비는 이동하는 조조의 후군을 바라보고 장팔사모를 짚고 또 외친다.

"싸우지도 물러가지도 않으니, 이게 웬일이냐!"

그 소리는 천둥 벼락이 일제히 몰아치는 듯했다. 얼마나 놀랐던지, 조조를 가까이 모시던 장수 하후걸夏侯傑은 간담이 찢어져 말에서 굴러 떨어진다.

이에 조조는 말을 돌려 달아난다. 모든 장수와 군사들도 일제히 서쪽을 향하여 달아나니, 이야말로 젖내 나는 어린것이 벽력 소리를 들은 격이요, 병든 나무꾼이 범 소리를 들은 격이었다.

달아나는 그들 중에는 창을 버리거나 투구를 떨어뜨린 자가 헤아릴 수 없을 정도요, 그꼴은 파도가 밀려 나가듯 산이 무너지는 듯하여, 사람과 말이 서로 짓밟는다.

후세 사람이 이 일을 찬탄한 시가 있다.

장판교에서 살기가 일어나니
사모를 비껴 들고 말을 세우고, 둥근 눈을 부릅떴도다.
한 번 외치자 마치 천둥이 진동하는 듯
아아, 혼자서 조조의 백만 대군을 물리쳤도다.
長坂橋頭殺氣生
橫樣立馬眼圓睜
一聲好似轟雷震

獨退曹家百萬兵

한편, 조조는 장비의 위세에 기겁을 하고 서쪽으로 말을 달려 달아나는데, 어찌나 혼이 났던지 관冠과 동곳이 다 떨어져, 머리는 산발이 됐다. 장요와 허저가 뒤쫓아와 겨우 말고삐를 잡아 세우는데 조조는 정신없이 달아나려고만 바둥댄다.

장요는 고한다.

"승상은 고정하십시오. 그까짓 장비 한 놈을 뭘 그리 두려워하십니까. 지금이라도 군사를 급히 돌려 쳐들어가면 유비를 사로잡을 수 있습니다."

그제야 해쓱했던 조조의 얼굴에 겨우 핏기가 돈다.

조조는 장요와 허저에게,

"그럼 다시 장판교에 가보고 오너라."

하고 보냈다.

한편, 장비는 조조의 군사가 일제히 달아났으나 감히 뒤쫓지 않았다. 그 대신 숲 뒤에서 먼지를 일으키는 말 탄 군사 20명을 불러 말 꼬리에 매단 나뭇가지를 버리게 했다. 그리고는 장판교 다리를 끊어버렸다. 그러고 나서 장비는 말을 돌려 유현덕에게 가서 경과를 보고했다.

유현덕은 말한다.

"동생은 용맹했으나 한 가지 실수를 했다."

장비는 그 까닭을 묻는다.

유현덕은 대답한다.

"조조는 꾀가 많은 자다. 네가 공연히 장판교를 끊어버렸으니, 그는 반드시 우리를 추격해올 것이다."

장비는 퉁명스레 대꾸한다.

"그는 내가 외치는 소리만 듣고도 몇 리나 달아났는데, 어찌 감히 뒤쫓아오겠소."

"다리를 끊지 않았으면, 조조는 우리 군사가 매복한 줄로 의심하고 감히 뒤쫓지 않을 것이나, 이제 다리가 끊겼으니 그는 우리가 군사가 많지 않아서 겁내는 줄로 알고 반드시 뒤쫓아올 것이다. 그는 백만 대군을 거느렸으니, 비록 장강·한강漢江이라도 메우고 건널 수 있거늘, 어찌 다리 하나쯤 끊긴 것을 두려워하겠느냐."

유현덕은 즉시 일어나서 면양沔陽 길로 빠져 달아나기 위해, 우선 비스듬히 나 있는 좁은 길로 접어들어 한진漢津으로 향했다.

한편, 장요와 허저는 다시 장판교에 가보고 돌아와서 조조에게 고한다.

"장비는 이미 다리를 끊고 가버렸습니다."

조조는 머리를 끄덕이며,

"장비가 다리를 끊고 갔다는 것은 우리를 무서워하기 때문이다."

하고 즉시 명령한다.

"군사 만 명을 보내어 곧 부교浮橋 세 개를 가설하되 오늘 밤 안으로 건너게끔 서둘러라."

이전은 의심한다.

"그러다가 또 제갈양의 속임수에 걸려드는 거나 아닐까요? 경솔히 나아가서는 안 됩니다."

"장비는 한낱 힘 센 장수다. 무슨 꾀가 있으리요."

조조는 속히 준비하고 급히 진군하도록 명령했다.

한편, 유현덕이 허둥지둥 한진 가까이 갔을 때였다. 문득 뒤에서 티끌이 크게 일어나더니 북소리가 하늘에 잇닿으며 함성이 땅을 진동한다.

유현덕은 탄식하면서,

"앞에는 장강이 흐르고, 뒤에선 적군이 추격해오니 이 일을 어찌할까!"

하고 급히 조자룡에게 적을 막도록 분부했다.

한편, 조조는 명령을 내린다.

"유비는 가마솥에 든 고기요, 함정에 빠진 범이다. 이제 잡지 못하면 이는 고기를 바다에 보내는 것이며, 범을 산으로 놓아 보내는 것과 같다. 모든 장수들은 어서 나아가서 한층 더 노력하라."

장수들은 명령을 받자 낱낱이 용기를 분발하여 뒤쫓아가는데, 홀연 언덕 뒤에서 한 무리의 말 탄 군사가 내달아 나오며 한 장수가 큰소리로 외친다.

"여기서 너희들을 기다린 지 오래다."

그 대장은 손에 청룡도靑龍刀를 들고 적토마를 탔으니 바로 관운장이 었다.

원래 관운장은 상하에 가서 기병 만 명을 빌려 거느리고 오는 도중, 당양 땅 장판에서 일대 접전이 벌어졌다는 소문을 듣자 이쪽 길을 끊고 나왔던 것이다. 조조는 관운장을 보자 급히 말을 세우더니 모든 장수들을 돌아보며 명령한다.

"제갈공명의 계책에 또 걸려들었나 보다. 속히 대군을 후퇴시켜라."

이에 관운장은 달아나는 조조의 군사를 10여 리쯤 추격하다가, 군사를 거느리고 돌아와서 유현덕을 찾아뵙고 함께 한진에 이르니, 이미 배가 기다리고 있다.

관운장은 유현덕과 감부인과 아두 아기를 배 안으로 모시고 나서 묻는다.

"둘째 형수씨(미부인)는 어디 계시기에 보이지 않습니까?"

유현덕은 그제야 미부인이 단양 난리 속에서 마른 우물에 몸을 던져 죽은 일을 말했다.

관운장은 길이 탄식한다.

"지난날 허전許田에서 천자를 모시고 사냥하던 날, 제가 무엄한 조조를 죽이려 했을 때 형님이 눈짓으로 말리지만 않았더라도, 오늘날 이런 기막힌 일은 당하지 않았을 것입니다."

유현덕은 대답한다.

"나는 그때 쥐를 잡기 위해 좋은 그릇을 집어던질 수는 없었던 것이다."

이렇게 서로 말하는데, 문득 강 남쪽 언덕에서 북소리가 울리며 수많은 배가 순풍에 돛을 달고 온다.

유현덕이 깜짝 놀라 보는데 맨 앞 뱃머리에서 한 사람이 하얀 전포와 은 갑옷 차림으로 크게 외친다.

"숙부는 그간 평안하시나이까? 이 조카는 큰 죄를 지었습니다."

유현덕이 보니, 그는 바로 유기였다. 유기는 유현덕의 배로 옮겨 타자 울며 절한다.

"숙부께서 조조에게 곤경을 당하신다는 기별을 듣고 돕고자 서둘러 왔습니다."

유현덕은 매우 기뻐하며 드디어 군사를 한데 합쳐 배를 저어가며 그간의 경과와 심정을 이야기하는데, 이번에는 서남쪽에서 한 떼의 전함이 일자로 대열을 벌여, 순풍을 따라 달려온다.

유기는 깜짝 놀란다.

"강하의 군사를 제가 모조리 일으켜 다 데려왔는데, 이제 전함들이 앞을 막으니 이는 틀림없는 조조의 군사거나 아니면 강동 손권의 군사들입니다. 장차 어찌하면 좋겠습니까?"

유현덕이 뱃머리에 나서서 보니 저편 전함 뱃머리에 한 사람이 윤건綸巾과 도복道服 차림으로 앉았는데, 바로 제갈공명이었다. 그 뒤에 손건이 모시고 서 있었다.

유현덕은 황망히 배를 전함 가까이 대게 하고, 공명에게 묻는다.

"어떻게 이리로 오셨소?"

공명은 대답한다.

"나는 강하에 이르자 먼저 관운장에게 한진 쪽 길로 돌아가서 주공을 돕도록 했습니다. 아마 조조에게 쫓기면 주공께서 필시 강릉으로 가지 못하고 한진으로 빠져 나갈 것이기에, 특히 공자 유기를 먼저 보내어 영접하게 한 다음에 나는 하구까지 가서 군사를 모조리 일으켜, 지금 이리로 왔습니다."

유현덕은 매우 기뻐하며 모두를 한곳에 불러모은 뒤, 조조를 쳐부술 계책을 상의한다.

공명은 말한다.

"이번에 가본즉 하구는 성이 험하고 재물과 곡식이 풍족하니, 가히 오래 지킬 수 있는 곳입니다. 청컨대 주공은 하구로 가서 군사를 주둔하고, 공자 유기는 강하로 돌아가서 전함을 정비하며 무기를 만들어 서로 연락을 취하고 형세를 이루면, 가히 조조를 대적할 수 있으나, 만일 모두가 다 강하로만 간다면, 도리어 우리의 형세는 고단해집니다."

유기가 말한다.

"군사의 말씀이 매우 좋지만, 저의 어리석은 생각 같아서는 숙부께서도 잠시 강하에 가셔서 일단 군대와 말을 정돈하신 뒤에 다시 하구로 가신대도 늦지는 않을 것입니다."

유현덕은 머리를 끄덕이며,

"조카의 말이 또한 옳도다."

하고 관운장에게,

"군사 5천 명을 거느리고 먼저 하구 땅에 가서 지켜라. 내 잠시 강하 땅에 들렀다가 그리로 가리라."

하고 공명, 유기와 함께 강하로 떠나갔다.

하구로 패주하는 유비

한편, 조조는 관운장이 산모퉁이에서 군사를 거느리고 내달아 나오는 것을 보고 후퇴했기 때문에, 또 복병이 있지나 않을까 의심이 가서 그 이상 뒤쫓아가지 않았다. 그 대신 강물을 따라 유현덕이 배를 타고 먼저 진출하여 강릉 땅을 차지하지나 않을까 겁이 났다. 그래서 조조는 군사를 거느리고 밤낮없이 강릉으로 강행군했다.

이때 강릉에서 치중治中으로 있던 등의와 별가로 있던 유선은 이미 양양성이 항복했다는 소문을 자세히 들어서 알자, 도저히 조조와 대적할 수 없다는 것을 짐작하고, 드디어 강릉 군사와 백성들을 거느리고 성 밖으로 나와서 조조에게 항복했다.

조조는 성안으로 들어가서 백성들을 위로하여 안정시킨 다음에 옥속에 갇혀 있는 한숭韓嵩(제23회 참조)을 석방하여 대홍려大鴻臚(의장

관의(儀仗官)로 삼고 그 외 모든 관리들에게도 벼슬과 상을 주었다.

조조는 모든 장수들과 상의한다.

"이제 유비가 강하로 갔으니, 그가 강동 손권과 동맹이라도 맺는다면, 일은 장차 까다로워질 것이다. 어떤 계책을 써야 격파할 수 있을까?"

순유는 말한다.

"우리가 이제 크게 군사의 위세를 드날리며, 사자를 시켜 강동으로 격문을 보내어 손권에게 청하되, 서로가 강하 땅에서 만나 사냥을 하는 체하다가 함께 힘을 합쳐 유비를 사로잡은 다음에 형주를 각각 나누어 차지하고 길이 우호를 맺어 서로 동맹하자고 하면, 손권은 반드시 우리의 청을 들어줄 것입니다. 그렇게 되는 날이면 우리의 계책은 거의 성공한 것과 다름없습니다."

조조는 순유의 계책대로 즉시 군사를 시켜 격문을 동오(東吳)로 보냈다. 조조는 동시에 기마병(騎馬兵)·보병(步兵)·수병(水兵) 도합 83만 명을 일으켜, 말로는 백만 명이라 헛소문을 내면서, 수로·육로로 동시에 출발하였다. 기마병들과 배를 탄 군사들이 강물을 따라 나아가니, 서쪽으로는 형주·협중(峽中)에서부터 동쪽은 기춘(栢春)·황주(黃州)에 이르기까지 3백여 리 사이에 영채와 진책(陣柵)이 세워지고 서로 연락이 끊이지 않게 하였다.

여기서 이야기를 잠시 강동으로 옮긴다.

한편, 강동 손권은 시상군(柴桑郡)에 군사를 주둔하고 있는데, 들어오는 보고마다 놀라운 소식이었다. 즉 조조의 대군이 양양에 이르자 유종이 항복했다는 것이며, 또 조조가 밤낮없이 밀어닥쳐 강릉 땅을 차지했다는 것이다. 사태가 이렇듯 변화하는 것을 듣고는 가만히 있을 수가 없었다.

이에 손권은 모든 모사와 장수들을 불러모으고 조조의 군사를 막기 위한 계책을 상의한다.

노숙魯肅이 말한다.

"형주는 우리와 바로 접경한 이웃 나라로, 그 강산은 험하며 군사와 백성은 재물이 풍족하니, 우리가 형주를 차지하는 날에는 바로 제왕의 업적을 일으킬 수 있습니다. 그런데 이번에 유표는 죽고 유비마저 패했으니, 사태가 심상치 않습니다. 청컨대 저에게 허락만 해주신다면 우선 강하에 가서 공자 유기와 만나 그 부친 유표의 죽음을 문상한 다음에 겸하여 유비와 만나 유표의 예전 장수들과 함께 힘을 합쳐 조조를 쳐부수자고 교섭해보겠습니다. 유비가 기꺼이 허락만 한다면 곧 큰일은 결정된 거나 다름없습니다."

손권은 기꺼이 노숙에게 예물을 주고 강하에 가서 문상하도록 보냈다.

한편, 강하 땅에 온 유현덕은 공명, 유기와 함께 앞날을 상의한다.

공명은 말한다.

"조조의 형세가 대단하니 우리로서는 갑자기 대적할 수 없습니다. 차라리 동오의 손권에게 응원을 청하고, 남쪽 손권과 북쪽 조조가 서로 겨루는 사이에서 우리는 이익을 취해야 합니다."

유현덕은 묻는다.

"강동 손권에겐 인물이 많아서 반드시 은밀한 계책을 세우고 있을 텐데, 그들이 우리를 용납할 리 있겠소."

공명은 웃는다.

"지금 조조가 백만 대군을 거느리고 장강과 한강 일대에 범처럼 웅크리고 앉아 노려보는데, 강동 사람들이 어찌 태연할 수 있겠습니까. 반드시 우리에게 사람을 보내어 내막을 알아보려 할 것입니다. 강동에서 사람이 오기만 하면, 이 제갈양은 순풍에 돛을 달고 바로 강동으로 가서, 썩지 않은 세 치 혀를 휘둘러 남쪽 군사와 북쪽 군사 간에 싸움을 붙이겠습니다. 만일 남쪽 손권의 군사가 이기거든, 우리도 함께 조조를 쳐서 무찔러 형주 땅을 되찾아 차지하기로 하고, 만일 북쪽 조조의 군사가 이기거든 우리도 이긴 편을 따라 강남을 쳐서 빼앗으면 됩니다."

유현덕은 걱정한다.

"그 말씀은 매우 높은 계책이지만, 우선 강동에서 사람이 와야 할 것 아닙니까?"

이렇게 말하는데, 수하 사람이 들어와서 고한다.

"강동 손권의 분부로 노숙이 왔답니다. 지금 언덕에 배가 닿았습니다."

공명은 웃으며,

"이제 큰일은 이루어진 거나 다름없습니다."

하고 유기에게 묻는다.

"지난날 손책이 죽었을 때, 양양에서도 사람을 보내어 문상한 일이 있었던가요?"

유기는 대답한다.

"강동과 우리 집은 서로 원수간이기 때문에 흉사凶事건 길사吉事건 서로 내왕이 없었습니다."

공명은 머리를 끄덕이며,

"그렇다면 노숙이 이번에 온 것은 문상하러 온 것이 아니라 실은 군사의 내막을 알아보러 온 것이오."

하고 유현덕에게 말한다.

"노숙이 와서 조조의 군사에 관한 것을 묻거든, 주공은 오로지 모른다고만 대답하십시오. 그래도 거듭거듭 묻거든, 공명에게 물어보라고 하십시오."

계책을 정하고 나서 유기는 사람을 보내어 노숙을 영접했다. 노숙은 영접을 받아 강하성江夏城으로 들어와서 문상하고 예물을 바친다.

이에 유기는 노숙을 안내하여 유현덕에게 인사를 시켰다. 유현덕은 인사를 마치자 노숙을 후당으로 안내한 다음에 술상을 가운데 놓고 대접한다.

먼저 노숙이 말한다.

"오래 전부터 유황숙 어른의 높은 명성을 들었으나 인연이 없어 뵙지를 못했는데, 이제 다행히 만나뵌지라, 여간 기쁘지 않습니다. 요즘 소문으로는 유황숙께서 조조와 싸우셨다고 하니, 반드시 조조의 군사 내용을 잘 아시리라 믿습니다. 감히 묻습니다만 조조의 군사 수효는 대략 얼마나 됩니까?"

유현덕은 말한다.

"나는 원래 군사도 넉넉지 못하며 장수도 몇 명 되지 않아서, 조조가 온다는 말만 듣고 곧 달아났기 때문에 그들의 수효를 모릅니다."

노숙은 캐묻는다.

"소문에 의하면 유황숙께서 제갈공명의 계책을 써서 두 번이나 적군을 불로 무찔렀기 때문에 그들이 혼비백산했다던데, 어찌 모른다고 하십니까?"

"아마 공명은 그 내용을 잘 알 것이오."

"공명이 어디에 있는지 한번 뵙고 싶습니다."

유현덕은 공명을 오라고 하여 노숙과 인사를 시켰다. 노숙은 공명에게 절하고 묻는다.

"오래 전부터 선생의 높은 재주와 덕망을 사모했으나 뵙지 못했는데, 이제 다행히 서로 만났으니 바라건대 현시국의 중대한 점을 가르쳐주십시오."

공명은 대답한다.

"조조의 간특한 계책을 내가 다 알고는 있으나, 다만 힘이 없어 한이오. 그래서 잠시 몸을 피해 있는 중이오."

노숙은 묻는다.

"그럼 유황숙께서는 이곳 강하에 오래 계실 작정입니까?"

공명은 대답한다.

"우리 주공께서는 창오蒼梧 태수로 가 있는 오신吳臣과 전부터 잘 아시는 터이기 때문에 장차 그리로 가서 의탁할 작정이십니다."

노숙은 말한다.

"오신은 거느린 군사도 보잘것없고 곡식도 넉넉지 못해서 자기 자신 하나도 능히 지탱하기 어려운 처지인데, 어찌 여러분을 용납할 수 있겠습니까."

"우리도 잘 압니다. 오신에게 가더라도 오래 있을 수는 없겠지요. 그러나 지금 형편으론 어쩔 수 없으니 그곳에 가서 잠시 의지하면서 좋은 계책이라도 생각해볼 요량이오."

"우리 손장군으로 말하면 범처럼 6군을 거느려서 군사는 다 씩씩하고 곡식도 넉넉하며, 뿐만 아니라 어진 인재를 공경하는 동시에 훌륭한 선비를 예의로써 대접하기 때문, 많은 영웅이 우리 강동에 모여 있습니다. 내가 귀공을 위하여 말씀 드리는 것이니, 곧 심복 한 사람을 우리 동오로 보내어 의논한 다음에 즉시 손을 잡고 함께 큰일을 도모하기로 합시다."

"우리 주공께서는 원래 손장군과 친분이 없기 때문에 설사 사람을 보낸다 해도 아무 효과도 없이 시일만 낭비할까 두렵소. 뿐만 아니라 또 보낼만한 적당한 인물도 없소."

"선생의 형님 되는 분이 지금 강동에서 모사로 있으면서, 늘 선생을 만나보기가 원이오. 내 비록 재주는 없으나 바라건대 귀공과 함께 강동으로 가서 우리 손장군을 만나뵙고, 함께 큰일을 의논합시다."

유현덕은 곁에서 딴전을 피운다.

"공명은 나의 스승이오. 잠시도 서로 떨어져 있을 수 없으니, 어찌 갈 수 있으리요."

노숙은 굳이 공명과 함께 가겠다며 청하는데 유현덕은 일부러 허락하지 않는다.

공명은 말한다.

"일이 급하니, 청컨대 분부를 받들어 한번 갔다 올까 합니다."

유현덕은 그제야 못 이기는 체하면서 허락했다. 이에 노숙은 유현덕과 유기에게 작별하고 공명과 함께 배를 타고 곧장 강동 시상군을 향해 가니,

제갈양이 배를 타고 갔으므로
조조의 군사는 하루아침에 실패한다.
只因諸葛扁舟去
致使曹兵一旦休

공명은 가서 필경 어찌할 것인가.

제43회

제갈양은 선비들과 토론을 벌이고
노숙은 모든 의견을 힘써 물리치다

　노숙은 공명과 함께 유현덕, 유기와 작별하였다. 그들은 배를 달려 강동 시상군으로 가는 중이다. 배 안에서 두 사람은 함께 의논한다.

　노숙은 말한다.

　"선생은 손장군을 뵙거든, 결코 조조의 군사와 장수가 많다는 말을 하지 마십시오."

　"귀공이 미리 당부하지 않아도, 이 제갈양이 알아서 대답하겠소."

　배가 언덕에 닿자, 노숙은 공명을 관역에서 잠시 쉬게 한 다음에 먼저 손권에게 갔다.

　이때 손권은 문관과 무장들을 당상堂上으로 모으고 의논하는 참이었는데, 노숙이 돌아왔다는 말을 듣고 속히 불러들인다.

　"그대가 강하에 가서 상대의 내막을 알아보니 어떠합디까?"

　노숙은 대답한다.

　"대략 알아왔으니 나중에 천천히 말씀 드리겠습니다."

　손권은 조조의 격문을 노숙에게 내보인다.

"어제 조조의 사자가 이 격문을 가지고 왔소. 나는 우선 그 사자를 돌려보내고 지금 여럿이 모여 상의 중인데, 아무 결정도 내리지 못하였소."

노숙이 그 격문을 보니,

내 요즈음 황제의 명을 받자와 도둑들을 칠새 정기旌旗를 남쪽으로 돌리매, 유종은 공손히 항복하였다. 형주와 양양 백성들은 바람을 따르는 풀처럼 귀순하였음이라. 이제 백만 대군과 씩씩한 장수 천여 명을 거느리고, 장차 장군과 강하에서 만나 사냥을 하고, 유비를 무찌르고 땅을 똑같이 나누어 길이 우호를 맺고자 하노니, 사세만 관망하지 말고 속히 답장을 주시오.

노숙은 격문을 다 보자 묻는다.
"주공의 뜻은 어떠하신지요?"
손권은 대답한다.
"아직 이렇다 할 결정을 내리지 못하였소."
장소는 고한다.
"조조는 백만 대군을 거느리고, 더구나 천자의 명령을 내세워 사방을 치니, 그들에게 항거한다면 이는 이치를 거스르는 것이 됩니다. 또 주공께서 조조를 막으시려면 장강의 자연 요새를 이용해야 하는데, 이제 조조가 이미 형주를 장악한 뒤 장강을 우리와 함께 나누어 차지하였으니, 그들의 형세를 대적할 길이 없습니다. 저의 어리석은 생각으로는 그들의 요구를 받아들이는 것이 안전한 계책인 줄로 압니다."
모든 모사들은 찬동한다.
"장소 어른의 말씀이 하늘의 뜻에 합당한 줄로 압니다."
손권은 아무 대답도 않고 생각에 잠겼다.

장소는 계속 말한다.

"주공은 지나치게 의심 마십시오. 우리가 조조에게 항복하면 동오 백성들을 평안케 할 수 있을 뿐만 아니라 강남 6군도 유지할 수가 있습니다."

손권은 머리를 숙이고 아무 말도 않다가, 옷을 갈아입으러 나왔다. 노숙도 곧 손권의 뒤를 따라 나왔다. 손권은 따라오는 노숙의 뜻을 알고 손을 잡으며 묻는다.

"그대 생각엔 어찌하면 좋겠소?"

"여러 사람의 말을 듣다가는 장군은 큰일납니다. 다른 사람들은 다 조조에게 항복해도 괜찮지만 장군만은 항복해서는 안 됩니다."

"그게 무슨 말이오?"

"나 같은 사람들은 조조에게 항복하면 고향이나 시골로 보내질 테니, 그 지방 관리나 되면 살아갈 땅이 있지만, 장군은 조조에게 항복하면 쫓겨갈 곳도 없습니다. 기껏했자 후(侯)로 봉해질 것이오. 그렇게 되는 날에는 수레 한 대에 말 한 필이나 배당받을 것입니다. 장군을 따르는 자는 겨우 몇 명밖에 안 될 것입니다. 그러고서야 어찌 높은 자리에 앉아 천하를 굽어볼 수 있겠습니까. 모든 사람이 항복하라며 권하는 것은 각기 자기 몸만 위하려는 수작입니다. 아예 그 말을 듣지 마십시오. 장군은 속히 보다 큰 계책을 결정하십시오."

손권은 탄식한다.

"모든 사람의 의논이 크게 나를 실망시켰는데, 그대가 큰 계책을 세우라고 하니, 바로 내 뜻과 같소. 하늘이 그대를 나에게 주심이로다. 그러나 조조는 이미 원소의 군사를 차지하였고, 요즘 또 형주의 군사를 손아귀에 넣었으니, 그 형세가 너무나 커서 우리로서는 대적하기 어려울까 걱정이오."

"이번에 강하에 가서 제갈근의 동생 제갈양을 데려왔으니, 주공께서 직접 그에게 물어보시면, 곧 조조의 허실虛實을 알 수 있으리다."

손권은 반가이 묻는다.

"와룡선생이 이곳에 왔단 말인가!"

"지금 관역에서 쉬고 있습니다."

"오늘은 해가 저물었으니 만날 수 없소. 그럼 내일 모든 모사들과 장수들을 장하帳下로 모으고 먼저 제갈양에게 우리 강동의 출중한 인물들을 보인 뒤에 당상으로 올라오게 해서 앞일을 의논합시다."

노숙은 분부를 받고 나왔다.

이튿날, 노숙은 관역에 가서 공명에게 또 신신당부한다.

"이제 가서 우리 주공을 뵙거든 결코 조조의 군사가 많다는 말은 하지 마시오."

공명은 웃는다.

"내가 형편 보아 대답하면 결코 일을 그르치지 않을 것이오."

노숙은 공명을 데리고 막하幕下로 갔다. 벌써 장소, 고옹 등 일반 문무 관원 20여 명이 높은 관을 쓰고 넓은 띠를 두르고 옷깃을 여미고 점잖이 앉아 있다.

공명은 그들과 일일이 인사하며, 하나하나 이름을 묻고, 손님 자리에 나아가서 앉는다.

장소 등은 공명의 깨끗한 풍신과 높은 기상을 보며 생각한다.

'이 사람이 우리를 설복說服하러 왔구나.'

이에 장소는 먼저 수작을 건다.

"나는 우리 강동의 보잘것없는 선비외다. 선생은 융중 땅에 있을 때 높이 누워 자신을 옛 관중과 악의에 비교했다는 소문을 내 오래 전부터 들은 일이 있는데, 과연 그런 말을 하셨는지요?"

공명은 대답한다.

"그건 이 제갈양이 나의 평생을 겸손히 하여 한 말이오."

장소는 따진다.

"들으니 유사또는 세 번씩이나 선생을 보러 띳집[草盧]에 찾아가서 다행히 선생을 얻은지라, 마치 고기가 물을 만난 것과 같아서 형·양 땅을 휩쓸 줄로 알았는데, 하루아침에 조조에게 빼앗겼으니, 그러고도 무슨 할말이 있으신지요?"

공명은 생각한다.

'장소는 손권 수하의 제일가는 모사다. 먼저 장소를 굴복시키지 않으면 손권을 설복시킬 수 없다.'

공명은 마침내 대답한다.

"내가 보기에 형주·양양 일대를 차지하기란 손바닥을 뒤집는 것보다도 쉬운 일이었으나, 우리 주인께서는 몸소 인의仁義를 실천하시기 때문에 차마 동성 동족同姓同族의 땅을 빼앗을 수 없다고 하여 굳이 사양하시더니, 그 어린 아들 유종이 간특한 자들의 말을 믿고 우리 몰래 항복했으므로, 마침내 조조로 하여금 날뛰게 한 것이오. 그러나 우리 주공께서는 이제 강하 땅에 군사를 주둔하고 따로 좋은 계책을 세우셨으니, 관심 없는 여러분들의 알 바가 아니오."

장소는 계속 따진다.

"그렇다면 선생은 말과 행동이 다르오. 선생이 자신을 관중, 악의에게 비교했다니 말이오. 관중은 제 환공을 도와 패권覇權을 잡게 했고, 한 번에 천하를 바로잡았으며, 악의는 약한 연燕나라를 위해 제나라 70여 곳의 성을 항복받았으니, 그 두 사람은 참으로 세상을 건진 인재였소. 선생은 띳집 안에 살면서 다만 오만스러이 풍월風月을 대하여 웃거나 무릎을 안고 꼿꼿이 앉아 있다가 이제 유사또를 섬기게 됐으니, 그렇다면 마땅히 천하 백성을 위하여 재앙을 없애고 어지러이 설치는 도둑을 무찔렀어야 할 것이오. 더구나 유사또는 선생을 얻기 전에는 그래도 천하를 종횡으로 달리며, 하다못해 한낱 성이라도 차지하고 있었소. 그러던 차에 유사또가 선생을 얻었다기에 세상 사람들은 다 앞날을 기대했으며, 삼척동자들도 말하기를 '이제 범이 날개를 가졌으니, 장차 한나라 황실은 다시 일어날 것이요, 곧 조조는 멸망할 것이라' 했소. 뿐만 아니라, 조정 신하들과 산림에 숨어 있는 선비들까지도 다 눈을 닦고 말하기를 '하늘을 가린 구름을 흩어버리어 해와 달의 광명을 우러러보며, 도탄 속에 빠진 만백성을 건져, 천하에 태평이 올 때는 바로 이제다' 하고 기대했었소. 그런데 어찌 된 셈인지, 선생이 유사또를 섬긴 이래로 조조의 군사가 한 번 나타나자, 유사또의 군사는 갑옷과 무기를 버리고 쥐구멍을 찾듯 달아났소. 위로는 유표의 뜻에 보답하여 그 백성들을 편안하게 못했고, 아래로는 상주喪主(유표의 아들 유기)를 도와 그 강토마저 유지하지 못했으며 신야 고을을 벗어나 번성으로 달아났다가 당양 땅에서 패하자 하구 땅으로 도망쳐 이젠 몸둘 땅도 없게 됐구려. 이러고 보면 유사또는 선생을 얻은 뒤로 신세가 말이 아니오. 옛 관중과 악의도 과연 이런 일이 있었는지요? 어리석은 나의 말을 꾸짖지 마시오."

공명은 그 말을 듣고, 아연해서 웃으며 답변한다.

"붕새가 만리를 나니 뭇 새들이 어찌 그 뜻을 알리요. 비유해서 말하리다. 사람이 중한 병을 앓는다면 먼저 미음과 죽을 먹이거나 순한 약을 써서 그 장부臟腑를 조화시키고 몸을 편안케 해야 하오. 그러고 나서 고기 음식을 먹이고 강한 약을 써서 다스려야만 병 뿌리를 제거하여 완전히 살릴 수 있소. 그러나 만일 기운을 차리지 못하는 사람에게 즉시 강력한 약을 쓰거나 육식肉食을 시키면서 회복을 바란다면 이는 도리어 일을 망치고 마오. 우리 주공 유사또께서는 지난날 여남 땅에서 싸우다가 패하여 할 수 없이 유표에게 가서 의탁했으니, 그때 수하 군사는 천 명도 못 됐으며 장수는 관운장·장비·조자룡뿐이었는지라, 이야말로 병으로 비유하면 증세가 극도로 악화된 때였소. 신야는 원래 산골 궁벽한 조그만 고을로서, 백성은 많지 않고 곡식과 산물이 넉넉지 못해서, 우리 주공께서는 잠시 가서 계신 것이지, 어찌 그곳에 길이 자리를 잡을 작정이었겠소. 성은 견고하지 않은데다가 군사는 충분한 훈련을 하지 못했고, 양식은 늘 부족했으나 그러면서도 박망파에서 적군을 불살랐으며, 백하의 물로 하후돈·조인들을 혼비백산시켰으니, 생각건대 관중·악의의 군사 쓰는 법도 이보다 더하지는 못했을 것이오. 필경 유종이 조조에게 항복한 일은 우리 주공께서 모르는 사이에 된 것이며, 또 어지러운 싸움을 기회로 삼아 동성 동족의 영지를 빼앗을 수 없다고 하여 물러선 것이니, 이야말로 큰 인덕仁德이요 큰 의리라. 당양에서 패한 것은 우리 주공께서 수십만 명의 백성이 노인을 부축하고 어린것을 안고 의리를 위해 따라오는 것을 보시자, 차마 그들을 버리지 못하여 하루에 겨우 10리씩 걸어서, 결국은 얻을 수 있는 강릉 땅까지 단념하신 것이오. 이에 패배의 고통을 달게 여겼으니, 이 또한 참다운 인덕이요 큰 의리라. 적은 군사는 많은 군사를 이길 수 없으며, 또 이기고 지는 것은 병가의 항다반사라. 옛날에 고황제高皇帝(한 고조)는 항우에게 번번이 패했으되 해하垓下 땅에서 한 번 싸워 성공했으니, 이 또한 한신韓信(한 고조의 명장)의 뛰어난 계책이 아니겠소! 한신이 고황제를 오래 섬겼으나, 번번이 싸워서 이긴 것은 아니었소. 대저 국가를 위한 큰일과 사직社稷의 안위는 오로지 계책을 세우는 데 달려 있소. 언변이나 좋아하는 무리가 명예에 눈이 팔려, 사람을 속이는 것과는 다르오. 그런 자들은 앉아서 말로는 못하는 것이 없고, 서서는 장담만 일삼지만 복잡한 현실에 부닥치면 백 가지에 한 가지도 능한 것이 없어서 실로 천하의 웃음거리가 되오."

공명이 이렇게 타이르자 장소는 더 대답을 못한다.

좌중에서 한 사람이 큰소리로 묻는다.

"이제 조조가 백만 대군을 거느리고 장수 천 명을 늘어세우고, 용처럼 범처럼 강하 땅을 삼키려 노리니 귀공은 어찌할 테요?"

보니 그는 바로 우번虞翻이었다.

공명은 대답한다.

"조조는 원소가 긁어 모은 개미 떼 같은 군사를 거두었으며, 유표의 오합지졸을 빼앗아 휘하에 뒀으니, 비록 백만 대군이라 하나 족히 두려울 것이 없소."

우번은 비웃는다.

"당양 땅에서 싸워 패하자 하구 땅에 쫓겨와서 구구히 청하는 주제에 입으론 두려울 것이 없다니, 이야말로 사람을 너무 농락하는구려."

공명은 답변한다.

"우리 주공의 인의를 존중하는 수천 명의 군사로써 잔인하고 포악한 백만 적군을 어찌 대적할 수 있으리요. 물러서서 하구 땅을 지키는 이유는 때를 기다리기 위함이거니와, 오늘날 이곳 강동은 용맹한 군사와 넉넉한 곡식이 있고 또한 장강의 험한 천연 요새가 있되, 오히려 여러분은 주인에게 도둑 앞에 무릎을 꿇고 항복하시도록 권하니, 천하가 여러분을 비웃는 줄도 모르시오? 이로써 비교하여 논한다면, 우리 주공은 참으로 역적 조조를 두려워하지 않는 분이오."

우번은 그만 말문이 막혀 대답을 못한다.

좌중에서 또 한 사람이 묻는다.

"공명은 옛 소진蘇秦 · 장의張儀(둘 다 전국 시대 때 유명한 변설가辯舌家이다)를 본받아 우리 동오를 설복하러 왔는가?"

보니, 그 사람은 바로 보즐步庄이었다.

공명은 대답한다.

"보즐은 소진·장의가 말 잘하는 변사인 줄로만 알지 그들이 호걸이었다는 것을 모르는도다. 소진은 6국 정승의 인印을 차지했으며 장의는 두 번씩이나 진나라 정승이 되어, 백성을 바로잡아 나라를 돕고자 계책을 세웠을 뿐, 강한 자에게 아첨하고 약한 자를 짓밟고 창을 무서워하고 칼을 피한 사람들은 아니었소. 그러하거늘 그대들은 조조가 거짓말을 써서 보낸 격문을 보고 겁이 나서 항복하자고 주장하니, 그대들이 소진·장의를 비웃기 전에 소진·장의가 그대들을 비웃으리라."

보즐은 갑자기 등신이 됐는지 말을 못한다.

문득 한 사람이 묻는다.

"공명은 조조를 어떤 사람이라고 생각하는가?"

보니, 그는 바로 설종薛綜이었다. 공명은 잘라 대답한다.

"조조는 바로 한나라 역적이오. 그런 걸 물어서 뭣 하리요."

설종은 대든다.

"귀공의 말은 틀렸소. 한나라가 대대로 오늘날까지 내려오다가 하늘이 주신 운수가 끝나갈새, 이제 조조가 이미 천하의 3분의 2를 차지하여 인심이 그리로 쏠리는 중인데, 유사또는 하늘의 뜻을 모르고 굳이 조조와 다투려 하니, 이는 달걀로 돌을 치는 격이라. 어찌 패하지 않으리요."

공명은 목소리를 높인다.

"설종은 어찌 부모도 임금도 없다는 듯이 감히 그런 말을 하는가. 대저 사람은 하늘과 땅 사이에 태어나서 충성과 효도로써 몸을 세우는 근본을 삼음이라. 그대도 한나라 신하니, 신하의 도리를 지키지 않는 자를 함께 죽이기로 맹세해야만 그것이 신하 된 사람의 태도일 것이다. 이제 조조가 한나라 국록國祿을 도둑질해 먹으면서도 국가에 공헌하려 하지

손권의 막료들과 논쟁을 벌이는 공명(중앙 우측)

않으며 도리어 천자의 자리를 찬탈할 생각을 품고 있으니, 이에 대해서
온 천하가 다 함께 분노하거늘 그대는 이걸 하늘의 운수라 하는가! 참
으로 부모도 임금도 모르는 말버릇이로다. 그대와는 이야기할 것도 없
으니, 청컨대 다시 말 말라."

설종은 부끄러워서 아무 대답도 못한다.

좌중에서 한 사람이 설종을 대신하듯 따진다.

"조조는 비록 천자를 내세워 제후들을 호령하지만, 실은 정승 조참曹
參(한 고조의 공신)의 후손이오. 유사또는 비록 중산정왕中山靖王의 후
손이라 하지만 아무 증거도 없고 세상이 다 알기로는 일찍이 돗자리를
짜며 짚신을 삼아서 팔았다는 경력뿐이오. 그런 신분으로 어찌 조조와
겨루려 하시오."

보니, 그 사람은 바로 육적陸績이었다. 공명은 웃으며 대답한다.

"그대는 어렸을 때 원술의 방에서 귤을 품에 넣었다는 육랑陸郎이 아닌가. 청컨대 편히 앉아서 내 말을 들으시오. 조조가 조상국曹相國(조참) 정승의 후손이라면 바로 대대로 내려오는 한나라 신하이거늘, 이제 권리를 맘대로 부리면서 못하는 짓이 없으니, 그렇다면 이는 임금을 업신여기고 속이는 것만이 아니요, 바로 임금을 모르는 자의 소행이라. 조조는 조상을 더럽힌 한 황실의 난신亂臣이요 또한 조씨 집안의 반역자로다. 그러나 우리 주공은 당당한 한나라 황실의 친척이라. 금상今上 폐하陛下께서 황실의 족보를 조사하시고 벼슬을 내리셨거늘, 어째서 증거가 없다 하느냐. 옛날에 한 고조는 정장亭長(오늘날의 동장洞長)의 신분으로서 일어나 마침내 천하를 바로잡아 나라를 세우셨으니, 돗자리를 짜고 짚신을 삼아서 판 것이 무슨 욕될 것이 있는가. 그대의 소견은 어린 아이로다. 족히 높은 선비와 더불어 말할 거리가 못 되도다." 육적이 여섯 살 때 구강九江에서 원술을 봤는데, 그때 귤 세 개를 몰래 품속에 넣고 나오다가 떨어뜨렸다. 어린 육적은 "집에 가서 어머님께 드리려 넣었습니다" 하니, 원술이 그 말을 듣고 기특히 생각했던 일이 있었다.

육적은 어색해서 아무 말도 못한다.

좌중에서 한 사람이 문득 말한다.

"공명의 말은 다 억지며 하나도 정론正論이 아니어서 다시 따질 것도 없으나, 한 가지만 묻노니 공명은 어떤 경전을 공부했는가?"

보니, 그 사람은 바로 엄준嚴畯이었다.

공명은 대답한다.

"평소 문장이나 찾으며 말귀[句]나 따지는 것은 세상의 썩은 선비라, 어찌 능히 나라를 일으키고 일을 성취하리요. 옛날에 유신有莘 땅에서 밭을 갈던 이윤伊尹(은나라 건국 공신)과 위수渭水에서 낚시질하던 강

자아姜子牙(강태공이니 주나라 건국 공신이다)와 장양·진평陳平(둘 다 한나라 건국 공신이다)과 그리고 등우鄧禹·경감耿弇(둘 다 후한 광무제의 명신이다) 등은 다 우주를 바로잡은 큰 인재라. 나는 아직도 그런 인재들이 평생에 어떤 경전을 연구했다는 말을 들어본 적이 없소. 그들이 어찌 한낱 서생書生으로서 구차스레 붓방아나 찧으며 검다느니 누르다느니 이론이나 따지고 문장을 뽐내어 붓대를 휘두르는 걸로 능사를 삼았으리요."

엄준은 머리를 숙이며 기가 죽어 아무 대답도 못한다.

대뜸 한 사람이 큰소리로 따진다.

"그대가 비록 큰소리는 잘하나, 반드시 배운바 학문이 없기 때문에 선비들의 웃음거리가 될까 봐 일부러 거센 체하는도다."

보니, 바로 여남 출신 정덕추程德樞였다.

공명은 대답한다.

"선비 중에도 군자와 소인이 있나니, 군자인 선비는 임금에게 충성하고 나라를 사랑하고 바른 일을 지키고 사악한 것을 미워하고, 그 시대에 혜택을 주려고 힘써서 이름을 후세에 남기지만, 대저 소인小人인 선비는 오로지 책벌레처럼 책이나 파고 문장이나 다듬고, 젊어서는 부賦나 짓고 머리가 세어서는 경서에 능통하여, 붓을 잡으면 비록 수천 말을 써내지만, 가슴속엔 현실에 대한 한 가지 계책도 없음이라. 이는 마치 양웅楊雄(전한의 문장가)이 문장으로 이름을 세상에 드날렸으나, 몸을 굽혀 왕망을 섬기다가 마침내는 높은 누각에서 몸을 던져 죽은 것과 같으니, 이는 소인 선비라. 하루에 수천만 말을 쓴대도 무슨 소용이 있으리요."

정덕추는 능히 대답을 못한다.

모든 사람은 공명의 청산유수 같은 대답을 듣고 다 빛을 잃었다. 이때 좌중의 장온張溫·낙통駱統 두 사람이 또 공명에게 따지려 드는데, 바깥에서 한 사람이 썩 들어서며 소리를 높여 책망한다.

"공명은 당대의 기이한 인재거늘, 그대들이 입으로 겨루려 하니 이는 손님을 대접하는 예의가 아니다. 지금 조조가 대군을 거느리고 경계에 와 있는데, 적을 물리칠 생각은 않고, 공연히 입싸움만 할 것이요?"

모든 사람들이 본즉, 그는 바로 영릉寧陵 땅 출신으로 성명은 황개黃蓋요 자는 공복公覆이며, 현재 동오에서 곡식을 맡아보는 양관糧官이었다.

황개는 공명에게 말한다.

"듣건대 입씨름을 하기보다는 차라리 말을 않는 편이 낫다지만, 귀공은 그런 중대한 의견이 있으면서도, 어째서 우리 주공께 직접 말씀 드리지 않고 공연히 여러 사람과 변론만 하시오?"

공명은 대답한다.

"여러분이 시국을 알지 못하여 어려운 질문만 하기에 부득이 대답한 것이오."

이에 황개와 노숙은 함께 공명을 안내하여 손권에게 갔다. 중문中門에 이르렀을 때 마침 제갈근을 만났다. 공명은 친형님인 제갈근에게 인사를 한다.

제갈근은 묻는다.

"동생은 이미 강동에 왔으면서도, 어째서 나를 찾아보지 않느냐?"

공명은 대답한다.

"저는 이미 유현덕 어른을 섬기는 몸이기 때문에 먼저 공무公務부터 마친 뒤에 개인적으로 형님을 찾아뵐 요량이었습니다. 형님은 널리 양해하십시오."

"아우는 오후吳侯(손권)를 뵙고 난 뒤에 내게 와서 그간 적조했던 서로의 회포를 풀도록 하라."

제갈근은 말하고 나갔다. 노숙은 또 공명에게 당부한다.

"내가 부탁했던 말을 잊지 마시오. 일을 그르치지 않도록 각별 유의하시오."

공명은 머리를 끄덕이며 알았다는 뜻을 표한다.

공명이 당상堂上으로 올라가는데 손권은 댓돌에서 내려와 영접한다. 서로가 극진한 예의로써 대한다.

손권은 인사를 마치자 공명에게 앉을자리를 주니 문·무의 직에 있는 모든 사람들이 두 줄로 늘어선다.

노숙은 곁에 서서 안심이 안 되는지, 공명의 입만 보고 있다.

공명은 우선 유현덕의 뜻을 전하고 슬쩍 손권을 본다. 손권은 눈알이 푸르고 수염은 자줏빛인데 그 인품이 당당하였다.

공명은 마음속으로 생각한다.

'손권의 상을 본즉 인품이 비범하니, 이런 사람에겐 충격을 줘야지 다른 말로 설복해서는 잘 듣지 않을 것이다. 그가 물을 때를 등한한 태도로 기다렸다가 격렬한 말로 그를 충동시켜야 할 것이다.'

서로 차를 마시고 나자 손권은 묻는다.

"노숙에게서 귀공의 재주를 익히 들었는데, 이제 다행히 서로 보게 되었은즉 나를 잘 지도해주시오."

공명은 대답한다.

"재주도 배운 것도 없습니다만 명철하신 물음을 받으면 대답해드리겠습니다."

"귀공이 신야 땅에서 유사또를 도와 조조와 대판 싸움을 했으니, 반드시 적군의 정도를 아시리라."

"유사또는 군사 수효도 적고 장수도 몇 사람 안 되고 성곽은 보잘것없고 더구나 양식도 없었으니, 어찌 조조와 겨룰 수 있었겠습니까."

"그럼 조조의 군사 수효는 얼마나 됩디까?"

"기마병·보병·수병 다 합쳐서 약 백만여 명은 될 것입니다."

"그건 과장된 거짓말이 아니겠소?"

공명은 대답한다.

"그건 과장도 거짓말도 아닙니다. 조조는 연주淶州 땅을 차지했을 때이미 청주군淸州軍 20여만 명을 거두었고, 원소를 평정해서 또 5, 60만명을 얻었고 중원에서 새로 모집한 군사가 3, 40만 명은 되고 이번에 휘하에 편입시킨 형주 군사가 2, 30만 명은 넉넉히 되니, 사실 따지면 150만 명이 넘지만 내가 백만 명이라 말한 것은 혹 강동 선비들이 듣고 놀라지나 않을까 해서, 줄잡아 말씀 드린 거지요."

노숙은 곁에서 이 말을 듣자 아연 실색하여, 공명에게 거듭 눈짓을 한다. 그러나 공명은 시침을 떼고 못 본 체한다.

손권은 묻는다.

"그럼 조조 휘하에 장수는 얼마나 있소?"

공명은 대답한다.

"지혜 있고 꾀 많은 모사와 싸움에 익숙한 장수가 어찌 1, 2천 명뿐이겠습니까."

"이번에 조조가 형·초 일대를 평정했건만 그래도 또 먼 계획을 세웠을까요?"

"지금 조조가 장강을 따라 군사를 주둔시키고 전함을 준비하기에 여념이 없으니, 이곳 강동을 노리지 않는다면 어느 곳을 빼앗겠습니까."

"만일 조조가 우리 강동을 차지할 생각이라면, 그들과 싸워야 할지 아니면 싸우지 말아야 할지, 귀공은 나를 위해 결단을 내려주시오."

공명은 대답한다.

"내가 한마디 드릴 말씀이 있으나, 장군께서 들어주지 않으실까 걱정입니다."

손권은 묻는다.

"원컨대 높은 의견을 들려주시오."

"일찍이 천하가 크게 어지러웠기 때문에 장군은 강동에서 일어났으며, 우리 유사또는 한수漢水 남쪽에서 군사를 모으고 조조를 상대로 천하를 다투었습니다. 그러나 조조는 어려운 고비를 무사히 다 겪어 이미 대부분을 차지했습니다. 이번에 또 형주 일대까지 격파하고 위엄과 명성이 세상을 뒤흔드는 판국에 이르렀습니다. 사태가 이 지경에 이르고 보니, 비록 영웅은 있지만 무력을 쓸 만한 땅을 잃었기 때문에, 우리 유사또께서 이쪽으로 도망쳐오신 것입니다. 바라건대 장군은 강동의 힘을 잘 생각하셔서 두 가지 중에 하나를 결정하십시오. 만일 이곳 오吳 · 월越의 많은 군사로써 중국中國과 한번 겨룰 수 있겠거든, 속히 조조와 절교해야 할 것이며, 만일 그렇게 하지 못하겠거든 장군은 곧 여러분의 의견대로 군사를 눌러 무기를 버리고 조조 앞에 엎드려 길이 섬기도록 하십시오."

손권은 미처 대답을 못하는데, 공명은 계속 말한다.

"장군은 겉으로 조조에게 복종하는 체하고 속으로 딴뜻을 품어서는 안 됩니다. 사태는 급한데 결단을 내리지 못하면, 뉘우쳐도 소용없는 불행이 바로 눈앞에 닥쳐옵니다."

"그대 말이 진실이라면 유사또는 어째서 조조에게 항복하지 않소?"

"옛날에 제나라 장사 전횡田橫은 그 나라가 망하자 많은 부하와 함께 바다 밖의 섬으로 망명하여 한 고조에게 항거하다가, 결국은 많은 부하와 함께 일제히 자살함으로써 끝까지 의리를 지키고 굴복하지 않았습니다. 전횡도 그러하였거늘, 더구나 우리 유사또는 황실의 친척으로서 당대의 영웅이요, 모든 사람의 존경을 한 몸에 받으니, 세상일이 뜻대로 잘 안 되는 것은 하늘의 운수지만 어찌 무릎을 꿇고 남 앞에서 지배를 받겠습니까."

손권은 공명의 말을 듣자 화가 났다. '내가 섬에서 자살한 옛 전횡만도 못하다는 말인가!' 뿐만 아니라 공명이 유현덕을 칭송하는 말 속에는, 그만큼 손권을 비웃는 뜻이 역력하였다.

손권은 공명의 말버릇이 괘씸해서 자리에서 벌떡 일어나 소매를 뿌리치고 후당으로 들어가버렸다.

문 · 무직에 있는 사람들은 손권을 설득하지 못하고 실패한 공명을 비웃으며 흩어져 돌아간다.

노숙은 공명을 책망한다.

"선생은 어째서 그런 말을 하였소? 다행히 우리 주공께서 도량이 넓고 크시기 때문에 꾸짖지 아니하셨지만, 선생은 우리 주공을 너무 멸시하였소."

공명은 하늘을 우러러 웃는다.

"손장군이 이렇듯 도량이 좁은 줄은 몰랐소. 내게 조조를 쳐부술 계책이 있건만, 묻지를 않기에 말하지 않은 것뿐이오."

노숙은 누그러진다.

"과연 좋은 계책이 있소? 그렇다면 이 노숙이 들어가서, 우리 주공에게 다시 선생의 가르침을 받도록 하리다."

공명은 유유히 대답한다.

"나는 조조의 백만 대군을 한갓 개미 떼로밖에 보지 않소. 내가 한 번 손을 휘두르면 그들은 다 가을 바람에 낙엽지듯할 것이오."

노숙은 공명의 말을 듣고, 곧 후당으로 들어가서 손권을 뵈었다.

손권은 아직도 분을 삭이지 못하다가, 들어오는 노숙을 돌아보며 역정을 낸다.

"공명은 괘씸한 자로다! 나를 모욕하러 온 것이 아니냐?"

計全漢主魯王畧霸佐真人

諸葛亮智激孫權

智激孫郎雄辨高談驚座客

지혜로써 손권(중앙 우측)을 격동시키는 제갈양

노숙은 공손히 아뢴다.

"신도 그런 뜻으로 공명을 책망했습니다. 그랬더니 공명은 도리어 웃으면서 주공의 도량이 좁다고 합디다. 공명은 조조의 백만 대군을 쳐부술 계책이 있건만 경솔히 말하지 않은 것뿐인데 주공은 어째서 그 계책을 묻지 않았습니까?"

손권의 표정이 즉각 변한다. 분노는 씻은 듯이 사라지면서 기꺼이 말한다.

"원래 공명은 좋은 계책이 있건만, 일부러 과격한 말을 하여 나를 격동시킨 것이로다. 내 한때 좁은 소견으로 하마터면 큰일을 그르칠 뻔했구나."

손권은 곧 노숙과 함께 다시 후당에서 나와 공명에게 가서 사과한다.

"조금 전에 귀한 손님 대접을 잘 못했으니, 나를 용서하시오."

공명도 또한 사과한다.

"이 양亮이 버릇없이 한 말을 용서하십시오."

이번에는 손권이 공명을 후당으로 안내하고 술상을 놓고 마주앉았다.

술이 몇 순배 오간 뒤에 손권이 묻는다.

"조조가 평생 미워한 자는 여포·유표·원소·원술·유사또와 나였소. 이제 모든 영웅은 다 망하고 유사또와 나만이 남았소. 나는 우리 오나라 전역을 거느리고 있는 처지로서, 조조의 압제를 받을 수는 없소이다. 그러므로 나는 싸우기로 이미 결심하였소. 유사또가 조조를 감당해낼 줄로 알았는데, 그러나 이번에 패했으니, 나 혼자서 조조를 어찌 막아낼 수 있겠소."

공명은 조용히 대답한다.

"우리 유사또께서 비록 이번에 패했으나, 관운장이 오히려 정예 군사 만 명을 거느리고 있으며 유기가 있는 강하 땅 군사도 또한 줄잡아 만 명은 됩니다. 조조의 군사는 먼 곳을 오느라고 지칠 대로 지쳤습니다. 전번에 우리 주공을 뒤쫓을 때도 저들의 가벼운 기마병들이 하룻낮 하루 밤 동안에 3백 리를 왔으니, 이는 아무리 강한 활이라도 거리가 멀면 멀수록 나중에 얇은 비단 한 겹도 뚫지 못하는 법입니다. 더구나 북쪽 사람들은 원래 수전水戰을 할 줄 모르며, 또 조조에게 붙은 형주 군사로 말할지라도, 그들은 위협에 견디지 못해서 복종할 뿐이지 결코 조조를 진심으로 섬기는 것은 아닙니다. 이제 장군께서 진실로 우리 주공과 힘을 합치고 한마음 한뜻이 되면 조조를 격파할 것은 물론이요, 조조의 군사가 일단 패하여 북쪽으로 돌아가기만 하면, 천하는 중원의 조조와 형주 일대의 우리 주공과 동오의 장군이 솥발처럼 셋으로 나뉘어 새로운 형세를 이룰 수 있습니다. 천하를 모조리 조조에게 내주고 우리가 망하느냐 아니면 조조를 막고 새로운 대세를 이루느냐가 오늘에 달려 있습니다. 장군은 결정적인 중대한 시기를 깊이 생각하여 양단간에 결정하십시오."

손권은 크게 기뻐한다.

"선생의 말씀을 듣고 보니 막혔던 가슴이 후련하오. 내 조조와 싸워 사생결단을 내기로 결심했으니 다시는 의심하거나 주저하지 않겠소."

손권은 그날로 조조를 치기 위한 상의를 하고 군사를 일으키도록, 노숙에게 분부했다. 노숙은 손권의 분부를 모든 문무 관원들에게 전달하고 공명을 관역으로 보내어 편히 쉬게 했다.

장소는 손권이 군사를 일으키기로 결심했다는 전달을 받고, 모든 관원들에게,

"이건 주공이 공명의 꾀에 넘어간 것이다!"

분개하고 손권을 만나러 급히 들어갔다.

장소는 손권에게 말한다.

"주공께서 군사를 일으켜 조조와 싸울 작정이라고 하시니, 주공은 지난날의 원소보다도 확실한 자신이 있습니까? 조조는 미약한 군사를 거느리고도 원소를 단번에 무찔러버렸습니다. 항차 오늘날은 조조가 백만 대군을 거느리고 남쪽을 치려 하는데, 그들을 어떻게 대적한단 말입니까. 제갈양의 미친 말만 믿고 망령되이 군사를 일으킨다면, 이는 섶[薪]을 지고 불속으로 들어가는 격입니다."

손권은 머리를 숙이고 아무런 대답도 않는다.

고옹은 말한다.

"조조에게 패한 유현덕이 우리 강동 군사로 하여금 조조와 싸우게 하는 것입니다. 주공은 왜 이용만 당하려 합니까. 바라건대 장소의 말을 들으십시오."

손권은 역시 아무 말도 않는다. 어찌하면 좋을지 다시 결단을 내리지 못하고 괴로워한다. 장소 등이 나간 뒤에 노숙은 들어와서 고한다.

"금방 나간 장소 등이 또 주공께 군사를 일으키지 말도록 권하고 항복할 것을 역설한 것은, 그들이 다 자기 몸과 처자를 위해서 꾸며낸 계책입니다. 원컨대 주공은 그들의 말을 믿지 마십시오."

손권은 잠자코 내실로 물러가서 깊은 생각에 잠겼다.

노숙은 뒤따라 들어와서 또 간한다.

"이렇듯 의심만 하다가 결정을 짓지 못하면, 주공은 그들 때문에 신세를 망치시리다."

손권은 그제야 겨우 대답한다.

"그대는 잠시 물러가라. 나에게 거듭 생각할 여유를 달라."

노숙은 하는 수 없이 물러나왔다.

이때 장수들은 싸움을 주장하는 사람도 있었지만 문관들은 다 항복해야 한다며 떠들어댔다. 그래서 의견이 분분하여 귀결이 나지 않았다.

손권은 내실에 틀어박혀 제대로 잠도 못 잤다. 먹는 것도 제대로 못 먹는다. 이 엄청난 사태 앞에서 이럴 수도 저럴 수도 없었다.

오국태吳國太(손견의 둘째 부인으로 손권 어머니의 친정 동생이다. 그녀는 언니를 따라 시집와 함께 손견을 섬겼던 것이다)는 손권이 근심에 빠져 있는 것을 보고 묻는다.

"무슨 걱정이 있기에 잠도 자지 않고 먹지도 않느냐?"

손권은 대답한다.

"지금 조조가 장강·한수에 군사를 주둔시키고 장차 우리 강남을 치려 하는데, 문관·무장들 중에 어떤 자는 항복하자 하고 어떤 자는 싸우자고 합니다. 싸우자니 우리 군사는 적군보다 수효가 적습니다. 그렇다고 항복하자니 조조가 무슨 짓을 할지 몰라서 지금 결단을 내리지 못하는 중입니다."

오국태는 말한다.

"나의 친정 언니인 너의 친어머니가 세상을 떠나실 때 남긴 말을 잊었
느냐?"

손권은 그 말을 듣고 깊은 잠에서 깨어난 듯했다. 그제야 어머니의 유
언이 선뜻 머리에 떠올랐으니,

어머니가 임종 때 하신 말씀이 생각나서
주유를 불러다가 큰 공로를 세운다.
追思國母臨終語
引得周郎立戰功

오국태는 계속 무슨 말을 할지.

제44회

공명은 지혜를 써서 주유를 격동시키고
손권은 조조와 싸우기로 계책을 정하다

오국태는 손권이 주저하는 것을 보고 말한다.

"나의 언니가 너에게 유언하기를, '너의 부친(손견)은 임종 때 이렇게 말했다. 즉 나라 안 일로 결정을 짓지 못할 때는 장소에게 물어서 하라. 나라 바깥 일로 결정을 짓지 못할 경우에는 주유에게 물어서 하라'고 하셨다는데, 왜 주유를 불러다가 묻지 않느냐!"

손권은 크게 기뻐하며 곧 사자를 파양禾陽으로 보내어 속히 주유를 불러 올리기로 했다.

한편, 주유는 파양호에서 수군을 훈련시키다가 조조가 엄청난 군사를 거느리고 한수에 집결했다는 보고를 들었다. 그는 손권과 상의하려고 밤낮없이 시상군으로 오는 중이었다.

그래서 사자가 파양으로 떠나기도 전에 주유가 먼저 당도했다. 노숙은 원래 주유와 가장 친한 사이였으므로 맨 먼저 나가서 영접하고 그간의 경과를 소상히 다 일러줬다.

주유는 말한다.

"노숙은 근심 마시오. 내게 생각이 있으니 공명을 속히 데려와주시오."

노숙은 말을 타고 공명을 데리러 관역으로 가고, 주유는 잠시 쉬는 중이었다.

수하 사람이 들어와서 고한다.

"장소·고옹·장굉·보즐 네 분이 만나뵈러 왔습니다."

주유는 그들 네 사람을 당堂으로 영접하여 앉히고 그간 적조했던 인사를 나눈다.

장소는 묻는다.

"도독(주유의 벼슬 이름)은 우리 강동의 이익과 손해를 아시오?"

주유는 대답한다.

"모르겠소."

장소는 늘어놓는다.

"조조가 백만 대군을 거느리고 한수 일대에 주둔하고 나서 며칠 전에 이리로 격문을 보냈는데, 그 내용인즉 우리 주공과 강하 땅에서 만나 한바탕 사냥을 하자는 청이었소. 이는 조조가 모든 걸 집어삼킬 생각이면서도 아직 그 뜻을 완전히 드러내놓지는 않은 것이오. 그래서 우리는 주공에게 항복하기를 권하고 강동의 불행을 미연에 막으려 했소. 그런데 뉘 알았으리오. 주책없는 노숙이 강하에 가더니 유비의 군사 제갈양을 데려왔구려. 제갈양은 자기네가 전번에 패한 울분을 씻으려고 우리 주공을 갖은 말로 격동시켜 조조와 싸우도록 권하는 판국이오. 더구나 한심한 일은 노숙이 끝내 정신을 차리지 못하는구려. 그래서 모두 다 도독이 오면 결정을 보려고 기다리던 참이었소."

주유는 묻는다.

"여러분 의견은 다 같은지요?"

고옹 등은 대답한다.

"의논한 결과 모두 다 의견 일치를 보았소."

주유는 말한다.

"나도 항복해야 한다고 생각한 지가 오래요. 여러분은 돌아가시오. 내일 아침에 주공을 뵙고 의논하면 결정이 날 것이오."

장소 등 네 사람은 돌아갔다. 조금 지나자 이번에는 정보·황개·한당 등 장수들이 몰려왔다. 주유는 그들을 영접하고 인사를 나눈다.

정보는 먼저 서두를 꺼낸다.

"도독은 우리 강동이 남의 손에 넘어가게 된 걸 아시오?"

주유는 시치미를 뗀다.

"처음 듣는 소리요."

정보는 계속 말한다.

"우리가 손장군을 따라 창업의 기초를 열기까지 크고 작은 싸움을 수백 번 치러 겨우 6군의 성을 거느리게 됐는데, 이제 주공은 모사들의 말만 듣고 조조에게 항복하려 드니, 참으로 창피하며 분하오. 우리는 차라리 죽을지언정 항복할 수 없으니, 원컨대 도독은 주공께 잘 말씀 드려 군사를 일으키게 해주시오. 우리는 목숨을 아끼지 않고 싸우겠소."

주유는 묻는다.

"여러분 장수들은 다 의견이 같으신가요?"

황개는 분연히 자리를 박차고 일어나, 주먹으로 자기 이마를 두드리며 대답한다.

"우리는 머리가 날아갈지언정 맹세코 조조에게 항복은 못하겠소."

모든 장수가 일제히 말한다.

"우리는 항복하기 싫소!"

주유는 말한다.

"나도 조조와 단판 싸움을 하고 싶소. 어찌 항복하리요. 여러 장군은 우선 돌아가시오. 주공과 의논하여 결정하리다."

정보 등은 돌아갔다. 얼마 안 있어 이번에는 제갈근 · 여범呂範 등 일반 문관들이 왔다. 주유는 그들을 영접하고 수인사를 한다.

제갈근은 말한다.

"내 동생 제갈양이 하구에서 와서, 우리 동오와 손을 잡고 함께 조조를 치자는 유현덕의 뜻을 주공께 아뢰었는데 문관 · 무장의 의견이 각기 달라 중론이 분분하오. 나는 친동생 제갈양이 사자로 왔기 때문에 감히 이러니저러니 말하기가 뭣하니, 도독이 이 일을 결정지어주기만 바라오."

주유는 묻는다.

"그렇다면 귀공의 뜻은 어떠시오?"

제갈근은 대답한다.

"항복하기는 쉬운 일이며, 싸우자니 이길 자신이 없소."

주유는 웃으며 말한다.

"이 주유에게도 생각이 있으니, 내일 부중府中에 가서 함께 의논하고 결정을 지읍시다."

제갈근 등이 물러간 지 얼마 안 되어, 이번에는 여몽 · 감영 등 한 패가 찾아왔다. 주유는 그들을 들어오래서 또 의견을 물어보니, 싸우자는 사람도 있고 항복해야 한다는 자도 있어 서로 논쟁만 한다.

주유는 청한다.

"여러 말 할 것 없이 내일 부중에 함께 모여 의논을 정합시다."

이에 모든 사람들은 물러갔다. 주유는 무슨 생각인지 혼자 앉아서 싸느랗게 미소 짓는다.

밤늦게야 수하 사람이 들어와서 고한다.

"노숙이 공명을 데려왔습니다."

주유는 중문까지 나가 제갈공명을 영접하고 서로 인사를 마치자, 주인과 손님 자리에 가서 나누어 앉는다.

노숙은 먼저 주유에게 묻는다.

"이번에 조조가 많은 군사를 거느리고 남쪽을 침범하려 하는데, 우리는 싸우자는 편과 항복하자는 편으로 나뉘어 주공이 결정을 내리지 못하고 오로지 도독의 의견에 따르려 하니, 우선 뜻한 바를 말하시오."

"조조는 천자를 내세워 명분을 삼으니, 우리는 그들에게 항거할 수 없거니와 또한 그들의 형세가 매우 강성하기 때문에 우리가 경솔히 상대할 수도 없소. 싸우면 반드시 질 것이며 항복하기는 쉬운 일이니, 나는 이미 뜻을 결정했은즉, 내일 주공을 뵈면 항복하도록 권하겠소."

노숙은 아연 실색한다.

"그대 말이 이럴 줄은 몰랐소. 우리 강동의 기업基業이 이미 3대째 내려오거늘, 어찌 하루아침에 남의 손에 넘겨줄 수 있으리요. 지난날 백부伯符(손책의 자)께서 세상을 떠나실 때 유언하시기를, '나라 바깥 일은 주유에게 부탁한다' 하셨기 때문에, 이제 장군이 나라를 위해서 힘써줄 것을 내 태산처럼 믿었는데 어찌 그런 바보 같은 말을 하시오?"

"우리 강동 6군 백성들의 목숨은 무한히 많소. 그들이 싸워서 큰 불행을 당하면 모든 원망은 내게로 돌아올 것이오. 그래서 항복하기로 결심했소."

"그렇지 않소. 도독의 영웅다운 재질과 우리 강동의 험한 천연 요새 앞에서는 조조도 능히 맘대로 뜻을 펴지 못할 것이오. 그러니 도독은 속히 생각을 고치시오."

주유와 노숙이 서로 다투는 모양을 곁에서 보며 공명은 빙그레 웃기만 한다.

주유가 묻는다.

"선생은 왜 웃기만 하시오?"

공명은 대답한다.

"내가 다른 일로 웃는 게 아니오. 노숙이 시국을 모르기에 그래서 웃었소."

노숙은 갑자기 모두가 돌았나 싶었다.

"선생은 어쩌자고 나더러 시국을 모른다 하시오?"

"장군(주유)의 주장대로 조조에게 항복하는 것이 도리에 마땅하오."

주유는 찬동한다.

"공명은 참으로 시국을 아는 분이오. 내 생각과 꼭 같구려."

노숙은 공명에게 대든다.

"공명이여, 네 어찌 그런 말을 할 수 있는가!"

공명은 대답한다.

"조조는 군사를 잘 쓰기 때문에 천하에 그를 대적할 사람이 없소. 지난날 여포 · 원소 · 원술 · 유표가 감히 버텨봤지만, 이제 그들은 다 조조에게 멸망하여 천하에는 사람이 없게 됐소. 우리 주공 유사또만 혼자 남았으나, 역시 시국을 모르고 군이 겨루다가 겨우 강하로 도망쳐 와 계시니, 외로운 신세가 장차 어찌 될지 모르겠소. 그러나 장군이 조조에게 항복하면 장군의 처자는 무사할 것이요, 부귀도 누릴 수 있을 것이오. 나라가 남의 손에 넘어가느냐 아니면 그냥 유지되느냐 하는 그런 문제는 다 하늘이 정한바 운수니, 우리 인간이 애석해할 것은 없소."

노숙은 버럭 화를 낸다.

"네가 우리 주공에게 항복을 권하고 우리를 매국노로 만들 작정이냐?"

공명은 유유히 말을 계속한다.

"이 어리석은 나에겐 한 가지 계책이 있으니, 염소를 이끌고 술통을 메고 국토를 바치고 인수를 바치지 않아도 되며, 또한 친히 장강을 건너

가지 않아도 일을 해결할 수 있소. 즉 사자 한 사람을 시켜 배에 두 사람을 태워 강만 건너 보내면 되오. 조조는 그 두 사람을 얻기만 하면 백만 대군은 갑옷을 벗고 기旗를 말아 들고 물러갈 것이오."

주유는 묻는다.

"두 사람을 보내면 조조가 물러간다니 좀 자세히 말해보시오."

"이 강동에서 그 두 사람이 떠난댔자 그것은 마치 큰 나무에서 잎 하나가 떨어진 것과 다름없으며 큰 창고에서 곡식 한 알이 없어진 것이나 다름없지만, 조조는 그 두 사람을 얻으면 반드시 크게 기뻐하며 곧 돌아갈 것이오."

주유는 거듭 묻는다.

"그 두 사람이란 도대체 누구요?"

"내가 융중에 있을 때 들은 바에 의하면, 조조는 장하 가에 새로이 대臺를 세우고 이름을 동작대銅雀臺라 하였으니, 그 규모가 극히 장엄하며 아름다운지라. 천하의 아름다운 여자를 널리 뽑아 동작대에 두기로 한 것은 조조가 원래 여색을 좋아하기 때문이오. 조조는 오래 전부터 강동의 교공喬公이라는 사람에게 딸 둘이 있어, 큰딸 이름은 대교大喬요 작은딸 이름은 소교小喬인데, 둘 다 물고기가 물에 살랑거리거나 기러기가 내려앉는 듯한 자태며, 용모는 달도 빛을 잃고 꽃도 무색하리만큼 천하 절색이라는 소문을 듣고서, 일찍이 '내게 두 가지 소원이 있으니, 하나는 사해四海를 평정하여 제업帝業을 이루는 일이요, 하나는 천하 절색이라는 강동의 대교·소교 두 여자를 얻어 동작대에서 만년을 즐길 수 있다면 죽어도 아무 여한이 없겠다'고 말했답니다. 조조가 이제 백만 대군을 거느리고 이곳 강남을 먹으려고 범처럼 노리고 있으나, 그 속뜻은 대교·소교 두 여자를 얻으려는 짓이니, 장군 주유는 그 교공이라는 사람을 찾아내어 천금을 주고 그 두 딸을 사서 사람을 시켜 보내시오. 조조가 두 미인을 얻기만 하면 크게 만족하여 반드시 회군回軍하리다. 이는 범여范蠡가 서시西施를 바친 계책과 같으니 속히 서두르시오.” 전국 시대 때 월나라 신하였던 범여는 서시라는 미인을 적국 오나라에 바쳤다. 오나라 왕 부차夫差는 서시에게 빠져 결국 나라까지 망치고 말았다는 고사가 있다.

주유는 묻는다.

“조조가 대교·소교를 얻고자 한다는 무슨 증거라도 있소?”

공명은 대답한다.

“그야 있다마다요. 조조의 어린 아들 조식曹植의 자는 자건子建으로, 붓만 들면 천하 문장이지요. 조조의 분부로 조식이 「동작대부銅雀臺賦」를 지었는데, 자기 아비는 천자가 되는 것이 마땅하며 기필코 대교·소교 두 여자를 얻는다는 것이 그 내용이지요.”

주유가 묻는다.

“그 「동작대부」라는 것을 귀공은 능히 기억하시오?”

“글이 하도 아름답고 화려하기에 지난날 외워뒀소.”

“한번 외어보시오.”

공명이 「동작대부」를 외운다.

밝으신 임금을 따라 기꺼이 놂이여
높은 층대에 올라 즐기리라.
널리 열린 큰 부중을 봄이여
이는 성덕으로써 경영하신 바라.
산처럼 솟은 높은 문을 세움이여
하늘에 한 쌍 궁궐이 떴도다.
중천에 화려한 경개가 서 있음이여
나는 듯한 누각이 서쪽 성에 닿았도다.

장수의 긴 흐름 가에 위치함이여

후원에 잘 익은 과일의 번영함을 바라보는도다.

한 쌍의 대를 좌우로 거느림이여

하나는 이름이 옥룡이요, 다른 하나는 금봉이로다.

아름다운 이교(대교 · 소교)를 동쪽 남쪽에 둠이여

아침저녁으로 함께 즐기리라.

황도의 굉장한 아름다움을 굽어봄이여

구름과 안개가 서려 있도다.

천하의 모든 인재가 모여드는 것을 기뻐함이여

주 문왕이 강태공을 만남이로다.

화창한 봄바람을 우러름이여

백 가지 새들의 슬피 우는 소리를 듣는도다.

하늘의 구름으로 담을 에워쌌음이여

우리 집안의 소원을 둘 다 이루었도다.

어진 교화를 우주에 드날림이여

세상은 도읍을 향하여 엄숙한 공경을 다하는도다.

역사가 제齊 환공桓公과 진晉 문공文公을 칭송함이여

그러나 어찌 우리 밝으신 성덕과 견주리요.

좋구나, 아름답구나!

은혜를 멀리 드날리는도다.

우리 황실에 충성을 다함이여

사방은 다 평화롭도다.

하늘과 땅의 규모가 같음이여

일월의 광명과 한가지로다.

길이 존귀하사 끝없음이여

임금은 성수 무강聖壽無彊하옵시도다.

용기龍旗를 앞세워 두루 노심이여

난가鸞駕(임금이 타는 수레)를 돌려 세상을 두루 살피시도다.

은혜와 교화를 사해에 베푸심이여

물자는 풍부하고 백성은 안락하도다.

이 동작대가 길이 견고하기를 원함이여

즐거움이 영원하도다.

從明后以嬉游兮

登層臺以娛情

見太府之廣開兮

觀聖德之所營

建高門之嵯峨兮

浮雙闕乎太淸

立中天之華觀兮

連飛閣乎四城

臨仰水之長流兮

望園果之滋榮

立雙臺於左右兮

有玉龍與金鳳

攬二喬於東南兮

樂朝夕之與共

俯皇都之宏麗兮

瞰雲霞之浮動

欣群才之來萃兮

協飛熊之吉夢

仰春風之私穆兮

聽百鳥之悲鳴

雲天垣其既立兮

家願得乎雙逞

揚仁化於宇宙兮

盡肅恭於上京

惟桓文之爲盛兮

豈足方乎聖明

休矣美矣

惠澤遠揚

翼佐我皇家兮

寧彼四方

同天地之規量兮

齊日月之輝光

永貴尊而無極兮

等君壽於東皇

御龍肪以茉遊兮

廻鸞駕而周章

恩化及乎四海兮

嘉物阜而民康

願斯臺之永固兮

雄辭善入周郎應爲二喬羞

奇策已成諸葛欲分三國立

諸葛亮智激周瑜

지략을 써서 주유를 부추기는 공명. 오른쪽부터 공명, 노숙, 주유

樂終古而未央

주유는「동작대부」를 듣더니 대뜸 얼굴빛이 변하여 자리를 박차고
일어나 북쪽을 손가락질하며 외친다.

"늙은 역적 놈이 나를 너무도 모욕하는구나!"

* 본시「동작대부」의 원작原作은,

두 다리를 동쪽 서쪽에 놓았음이여
끝없은 하늘에 걸린 무지개 같도다.
連二橋東西兮
若長空之蝃蝀

고 한 것인데, 제갈양은 이교二橋를 음이 같은 이교二喬(대교·소교)로 바꾸어 그럴싸하게
한 구절을 만들어 넣었던 것이다.

공명은 급히 일어나 말린다.

"옛날에 오랑캐 선우單于가 누차 중국에 침입했을 때, 한나라 천자께서도 공주를 내주고 화친을 맺었소. 장군은 어째서 백성 집 두 딸을 아까워하시오?"

주유는 대답한다.

"귀공은 몰라서 그러는 거요. 대교는 바로 전 주공 손책의 부인이며, 소교란 바로 나의 아내요."

공명은 깜짝 놀라는 시늉을 하며 사과한다.

"이 제갈양이 알지도 못하고 실례의 말씀을 드렸으니 참으로 죄를 지었소이다."

"내 늙은 역적 놈과 맹세코 한 세상에서 살지 않겠소!"

"깊이 생각하고 또 생각하지 않으면 나중에 후회해도 소용없소."

주유는 씹어 뱉듯 대답한다.

"전 주공 손책이 세상을 떠나실 때 나에게 매사를 부탁하셨는데, 우리 강동이 조조 놈에게 무릎을 꿇고 항복할 리가 있겠소. 조금 전에 한 말은 귀공의 속뜻을 떠보기 위해서 일부러 그래본 것이오. 나는 파양호를 떠나올 때부터 북쪽을 치기로 결심했소. 내 머리에 도끼가 떨어진대도 이 마음만은 변할 수 없소. 바라건대 공명은 나를 도와주시오. 함께 역적 조조를 격파합시다."

"만일 귀공이 나를 버리지 않는다면, 모든 수고를 아끼지 않겠소. 분부대로 심부름하겠소."

"그럼 내일 들어가서 주공을 뵙고 군사를 일으키도록 의논을 정하겠소."

주유는 태도를 단호히 밝혔다. 공명은 노숙과 함께 주유에게서 나와 서로 작별했다.

이튿날 이른 아침에 손권은 당상堂上에 올라가 좌정하니, 왼쪽 문관은 장소·고옹 등 30여 명이요, 오른쪽 장수들은 정보·황개 등 30여 명이다.

그들은 각기 의관을 정제하고 칼을 차고 환패環佩 소리를 내며 반열을 나누어 늘어선다.

조금 지나서 주유가 들어와 손권을 뵙는다. 손권은 위로하는 말을 한다.

주유는 정색하며 묻는다.

"요즘 들은즉 조조가 군사를 거느리고 한수 상류에 주둔한 채 우리에게 글을 보냈다 하니, 주공께서는 이 일을 어떻게 생각하십니까?"

손권은 조조의 격문을 가져오라고 하여 보인다.

주유는 격문을 보고 나서 웃는다.

"늙은 도둑이 우리 강동에 사람이 없는 줄로 착각하고 이렇듯 모독하는가?"

손권은 묻는다.

"그대 뜻은 어떠한가?"

주유는 되묻는다.

"주공께서는 그간 문무 여러 신하들과 함께 상의하셨습니까?"

"날마다 상의했으나 항복하라는 자도 있고, 싸움을 권하는 자도 있어 결정을 짓지 못한지라. 그래서 그대의 결단을 청하는 바라."

"누가 주공에게 항복을 권했습니까?"

"장소 등이 주장하는 바요."

주유는 장소에게 묻는다.

"바라건대 귀공이 항복을 주장하는 뜻을 들려주시오."

장소는 대답한다.

"조조는 천자의 분부를 받았노라며 사방을 정복할 때마다 조정을 명분으로 내걸고 있소. 더구나 전번에 또 형주를 얻은 후로 그 위세는 더욱 커졌소. 우리 강동이 조조를 막을 수 있는 유일한 방비는 장강인데, 이제 조조가 수천 수백의 전함을 상류에 집결시키고 수륙으로 동시에 내리밀 것인즉 우리가 어찌 대적하리요. 그러니 일단 항복한 다음에 다시 계책을 세우는 수밖에 없소."

주유는 말한다.

"그건 책이나 읽는 선비의 논리요. 우리 강동이 나라를 세운 지 이미 3대가 됐는데, 어찌 하루아침에 국토를 남에게 내준단 말이오?"

손권은 주유에게 묻는다.

"그렇다면 어떤 계책을 써야 할까?"

주유는 대답한다.

"조조는 비록 한나라 정승이라지만 실은 한나라 역적입니다. 주공은 신무神武한 웅재雄才로서 부친과 형님이 남기신 업적과 강동 땅을 계승하여 군사는 용맹하고 곡식도 충분하니, 이때야말로 천하를 종횡으로 달리며 국가를 위해 나머지 도둑들을 무찔러버려야 할 것이거늘, 어찌 도리어 도둑놈에게 항복하리요. 더구나 조조가 이번에 온 것은 병가로써 피해야 할 일을 여러 가지로 범했음이라. 그 첫째는 아직 북쪽을 완전히 평정하지 못했기 때문에 마등·한수가 뒤에서 기회를 노리는데도 남쪽을 치러 왔음이요, 둘째는 북쪽 군사는 수전을 모르건만 조조는 말 대신 배를 타고 우리 동오와 싸우려 함이요, 셋째는 지금이 겨울이라 한참 추워서 말 먹일 마초가 없음이요, 넷째는 중원 군사들이 멀리 강호江湖를 지나왔기 때문에 수토水土가 맞지 않아서 많은 병에 걸릴 것이오. 조조의 군사가 여러 가지로 이런 계산 착오를 저질렀으니, 그들은 수효가 비록 많을지라도 반드시 패배할 것이오. 주공이 조조를 사로잡을 시기는 바로 지금입니다. 이 주유는 용맹한 군사 수천 명을 거느리고 하구로 나아가서 주둔하고 있다가 장군을 위해 적군을 쳐부수리다."

손권은 벌떡 일어나 말한다.

"늙은 역적 조조가 한나라를 없애고 천자가 되려 한 지 오래나, 원술·원소·여포·유표와 내가 무서워서 맘대로 못하더니, 이제 모든 영웅은 다 망하고 나만이 남았도다. 내 늙은 역적 놈과 맹세코 이 세상에서 함께 살지 않으리라. 그대가 적군을 치라고 하니 나의 뜻에 심히 합당하다. 이는 하늘이 그대를 나에게 주심이로다."

주유는 아뢴다.

"신이 대장이 되어 적군과 싸움을 하는 것은 만 번 죽는대도 사양하지 않겠으나, 주공께서 또 결심이 흔들릴까 그것이 두렵습니다."

손권은 칼을 뽑아 들고 앞에 놓인 책상을 쳐서 두 조각을 낸 뒤,

"모든 관리와 장수들 중에서 다시 항복하라는 말을 하는 자가 있으면, 이 책상처럼 참하리라!"

하고 즉석에서 주유를 대도독으로, 정보를 부도독으로, 노숙을 찬군교위贊軍校尉로 삼더니 하령한다.

"만일 문무 관원 중에서 호령을 듣지 않는 자가 있거든 이 칼로 참하라!"

주유는 칼을 받아 짚고 문무 관원들에게 말한다.

"내 주공의 명령을 받들어 군사를 거느리고 조조를 격파하리니, 모든 장수와 관리들은 내일 강가에 모여 출발 명령을 들거라. 시각을 어기거나 오지 않는 자는 칠금령七禁令에 의해서 54참斬을 하리라."

주유는 말을 마치자 손권에게 절한 다음에 부중을 나가니, 모든 문무 관원들도 각기 말없이 흩어져 돌아갔다.

주유는 처소로 돌아가 앞날을 상의하려고 공명을 초청했다.

주유는 공명을 영접하고 묻는다.

"오늘 부중에서 결정을 보았으니, 원컨대 조조를 쳐부술 계책을 들려 주시오."

공명은 대답했다.

"손장군(손권)이 아직도 마음을 정하지 못하고 있으니, 계책을 결정할 때가 아니오."

"마음을 정하지 못하다니, 그게 무슨 말이오?"

"손장군은 조조의 군사가 많은 데 겁을 먹고 강동 군사의 수효가 적기 때문에 싸움에 패할까 불안해한다는 뜻이오. 장군이 손장군에게 잘 설명해서 의심을 풀어준 후라야만 큰일을 성공할 수 있소."

"선생의 말씀이 그럴듯도 하오."

주유는 다시 부중으로 가서 손권을 뵈었다.

손권은 말한다.

"그대가 밤중에 왔으니, 필시 무슨 연고가 있음이로다."

"내일 군사를 일으키는데 주공께서는 아직도 마음이 놓이지 않으십니까?"

"조조의 군사는 너무나 많은데다가 우리 군사는 너무나 적기 때문이라. 그 외는 아무 염려가 안 되노라."

주유는 웃는다.

"이 주유는 그러실 줄 알고서 주공의 걱정을 풀어드리려 왔습니다. 주공께서는 조조가 보낸 격문에 수륙 대군이 백만 명이란 것만 보셨기 때문에 겁을 내시고 그들의 실정은 모르시니, 이제 사실을 비교해서 말씀 드리리다. 저들 중국 군사는 15, 6만 명에 불과하며 더구나 지칠 대로 지쳤습니다. 원소의 옛 군사가 함께 있다지만 그들은 7, 8만 명 정도에 불과하며, 할 수 없어서 조조에게 복종하는 무리입니다. 지칠 대로 지친 군사와 눈치만 보는 무리의 수효가 비록 많다지만 그런 따위는 조금도 두려울 것이 못 됩니다. 이 주유는 군사 5만 명만 있으면 넉넉히 적을 격파할 테니 바라건대 주공은 염려 마소서."

손권은 주유의 등을 계속 쓰다듬는다.

"그대의 말이 족히 나의 의심을 풀어주는도다. 장소는 지혜가 없어서 나를 실망시키더니, 그대와 노숙이 나와 한마음 한뜻이라. 경은 노숙, 정보와 함께 즉시 군사를 거느리고 출동하라. 내 또한 군사를 계속 보내고 많은 물자와 곡식을 싣고서 그대 뒤를 따르리라. 그대가 먼저 가서 만일 일이 뜻대로 잘 안 되거든 곧 나에게 알리라. 내 친히 싸움터에 나가서 역적 조조와 결판을 낼 테니 이젠 아무 의심할 것이 없도다."

주유는 손권에게 감사하고 돌아오는 길에 생각한다.

'공명은 이미 우리 주공의 속마음을 환히 들여다보듯이 알아맞혔으니, 그의 계책이 나보다 한 수 높구나! 공명을 살려뒀다가는 언젠가는 우리 강동의 큰 걱정거리가 될 것인즉, 차라리 죽여버리기로 하자.'

주유는 처소에 돌아오자 곧 사람을 보내어 노숙을 초청했다.

노숙이 방장房帳 안으로 들어오자, 주유는 공명을 죽여야 한다면서 의논한다.

노숙은 대답한다.

"그건 말도 안 되오. 지금 역적 조조를 격파하기도 전에 현명한 선비를 죽인다면, 이는 스스로 모든 도움을 끊는 것밖에 안 되오."

"그러나 그 사람이 유비를 끝까지 돕는다면, 결국은 우리 강동에 큰 불행이 닥쳐올 것이오."

"제갈근은 바로 그의 친형이니, 그 형으로 하여금 그 동생을 권유해서 형제가 함께 우리 강동을 섬기게 된다면 또한 묘한 일이 아니겠소?"

"참으로 좋은 생각이오."

주유는 연방 머리를 끄덕였다.

이튿날, 주유는 군영에 나아가서 중군中軍 장막 위에 높이 앉아 좌우로 도부수들의 호위를 받으며, 모여든 문관·무장들에게 영을 내리는데 정보가 보이지 않는다.

원래 정보는 주유보다 나이가 위였다. 그런데 이번에 주유가 자기보다 높은 벼슬에 오르자, 정보는 불쾌해서 이날 몸이 아프다는 핑계를 대고 맏아들 정자程咨를 대신 보냈던 것이다.

주유는 모든 장수들에게 명령을 내린다.

"나라의 법은 사정私情을 두지 않나니, 제군은 맡은바 책임에 충실하라. 이제 조조가 권력을 농락함이 동탁보다 심하여 천자를 허도에 감금하다시피 하고 사나운 군사를 거느리고 우리 경계 위에 와서 주둔했다. 내 주공의 명령을 받들어 그들을 토벌하노니 제군은 힘써 나아가되, 우리 대군大軍은 가는 곳마다 백성을 노략질하지 말 것이며, 상과 벌을 내리되 반드시 공평히 하라."

그리고 즉시 한당과 황개를 전부前部 선봉으로 삼더니,

"본부의 전함을 거느리고 오늘 중으로 출발하되, 삼강구三江口에 이르러 영채를 세우고 다음 명령을 기다리라."

하고 장흠蔣欽·주태周泰를 제2대로, 능통凌統·반장潘璋을 제3대로, 태사자太史慈·여몽을 제4대로, 육손陸遜·동습董襲을 제5대로, 여범·주치朱治를 사방순경사四方巡警使로 삼고, 6대의 관군官軍을 감찰하면서 수로와 육로로 일제히 진군하도록 했다.

이에 모든 장수들은 각기 전함을 수습한 뒤, 무기를 손질하여 동시에 출발한다.

정자는 집으로 돌아가서 부친 정보에게,

"주유가 명령을 내리는 것이 분명하여 법도에 어긋남이 없더이다."

하고 자세히 말했다.

謀謨惟幄計成先進手中籌

鎮壓邊疆時亂獨當江左事

周瑜定計破曹操

조조를 격파할 계책을 정하는 주유(오른쪽 위)

정보는 크게 놀란다.

"내 본시 주유가 나약해서 족히 큰 장숫감이 못 되는 줄로 알았는데, 네 말대로 그러하다면 참으로 큰 장숫감이로다. 내 어찌 복종하지 않으리요."

그는 친히 군영으로 가서 사과하니, 주유는 겸손히 감사했다.

이튿날 주유는 제갈근을 초청하고 말한다.

"아우 되시는 공명은 임금을 도울 만한 재능이 있건만 어째서 유비 따위를 섬기는지 모르겠소. 이제 다행히 우리 강동에 와 있으니, 선생은 수고롭지만 아우님이 유비를 버리고 우리 강동을 섬기도록 힘써주시오. 우리 주공은 훌륭한 인재를 얻게 되시고, 선생은 형제분이 함께 있을 수 있으니, 이 또한 아름다운 일이 아니겠소."

제갈근은 머리를 끄덕이며,

"내 강동에 온 뒤로 한치의 공로도 세우지 못해서 부끄럽던 차에, 이제 도독께서 그처럼 분부하시니 어찌 힘을 아끼리요."

하고 곧 말을 타고 관역으로 공명을 찾아갔다.

공명은 형님이 찾아왔다는 말을 듣고 나가서 울며 절하고 방으로 영접해 들인 뒤 각기 그리던 정을 편다.

제갈근은 울면서 서두를 낸다.

"아우는 옛 백이伯夷·숙제叔齊를 아는가?" 백이·숙제는 은나라가 망하자 수양산에 들어가서 고사리를 따먹으며 절개를 지키다가 굶어 죽은 형제다.

공명은 생각한다.

'주유가 우리 형님을 보냈구나. 나를 설복시킬 작정이로다.'

공명은 대답한다.

"백이·숙제는 고대의 성현이십니다."

"백이·숙제는 비록 수양산에 들어가서 굶어 죽었으나, 그들 형제는 끝까지 헤어진 일이 없었다. 그런데 나와 너는 한 어머님의 젖을 먹고 자란 형제간이로되 섬기는 주인이 각기 달라 아침저녁으로 서로 만나지도 못하니, 너는 백이·숙제를 생각할 때 부끄럽지 않으냐."

"형님 말씀은 인정人情이십니다. 제가 지키는 바는 의리입니다. 형님과 저는 다 한나라 사람이요, 유황숙(유현덕) 어른은 바로 한나라 황실의 친척이시니, 형님이 이곳 동오를 떠나 저와 함께 유황숙 어른을 섬긴다면, 위로는 한나라 신하로서 부끄럽지 않고 또한 형제가 한곳에 모여서 살 수도 있습니다. 이러고 보면 인정과 의리를 겸하여 갖출 수 있습니다. 그러나 형님 뜻이 어떠신지를 모르겠습니다."

제갈근은 꿀 먹은 벙어리가 됐다.

'내가 설복하러 왔다가, 도리어 설복을 당하는구나.'

제갈근은 아무 대답도 못하고 우두커니 앉았다가 싱겁게 나와버렸다. 그는 주유에게 가서 아우 공명의 말을 자세히 전한다.

　주유는 묻는다.

　"그래 귀공의 뜻은 어떠하오?"

　제갈근은 대답한다.

　"나는 손장군의 은혜를 많이 입은 사람이니, 어찌 배반하고 이곳을 떠나겠소."

　주유는 무엇을 생각했는지,

　"귀공이 우리 주공을 충성으로 섬기겠다면, 더 말할 것 없소. 내가 공명이 저절로 굴복하여 오게끔 할 테니 두고 보시오."

하고 장담하니,

　　지혜와 지혜가 만나면 서로 합치게 마련이나
　　재주와 재주가 다투면 서로 융합하지 않는다.

　　智與智逢宜必合
　　才和才角又難容

　주유는 어떤 계책으로 공명을 굴복시킬 것인가.

제45회

조조의 군사는 삼강구에서 꺾이고
장간은 군영회에서 계략에 빠지다

주유는 제갈근이 돌아와서 하는 말을 듣고, 더욱 공명을 시기하고 마음속으로 죽일 작정을 했다.

이튿날, 주유는 거느리고 떠날 장수와 군사들을 점검한 뒤 손권에게 하직하러 들어갔다.

손권은 말한다.

"그대는 먼저 가라. 나도 곧 군사를 일으켜 뒤따르리라."

주유는 하직하고 물러나와서 정보, 노숙과 함께 군사를 거느리고 출발 직전에 공명을 불러 함께 가기를 청한다. 공명은 흔쾌히 승낙하고 그들과 함께 배에 올랐다.

돛이 높이 오르니 배들은 열을 지어 하구를 향하여 나아간다. 삼강구를 떠난 지 5, 60리쯤에 이르러 계속 닻을 내리고 정박했다. 주유는 언덕위 서쪽 산을 의지하여 한가운데 영채를 세운 뒤 진영을 둥그렇게 세우고 주둔했다.

공명은 조그만 일엽편주—葉片舟 안에서 쉬었다.

주유는 지시를 마치자 사람을 시켜 공명을 데려와 장막 안에서 상의한다.

주유는 말한다.

"지난날에 조조는 군사가 적고 원소는 군사가 많았으나, 조조가 원소에게 이긴 것은 그때 허유의 계책을 써서 먼저 오소烏巢 땅을 습격하여 곡식을 모조리 불살라버렸기 때문이오. 그러나 이젠 조조의 군사가 83만 명이나 되는데, 우리 군사는 5, 6만 명밖에 안 되니, 어떻게 그들을 물리칠 수 있으리오. 우리도 또한 먼저 조조가 곡식을 옮겨둔 곳을 무찌른 연후에 격파해야 할 것이오. 내가 알아본 바에 의하면 조조의 군량과 마초가 취철산聚鐵山에 쌓여 있다고 하니, 선생은 한상漢上에 오래 계셨기 때문에 그곳 지리를 잘 아시리다. 선생은 수고롭지만 관운장·장비·조자룡들과 함께 밤낮없이 취철산에 가서, 조조의 곡식 쌓아둔 곳을 습격하십시오. 뭣하면 우리 군사 천 명쯤은 함께 가도록 해드리리다. 선생이나 나나 다 주인을 위해서 하는 일이니 사양 마시기 바라오."

공명은 생각한다.

'주유가 유인해도 내가 듣질 않으니까, 이젠 계책을 세워 나를 죽일 작정이로구나. 내가 사양하면 반드시 주유의 웃음거리가 될 것인즉, 차라리 승낙하고 따로 계책을 세우리라.'

공명이 흔연히 승낙하자 주유는 매우 기뻐한다.

공명이 하직하고 나간 뒤에 노숙은 주유에게 묻는다.

"하필이면 공명을 시켜 조조의 군량을 엄습하는 것은 무슨 뜻이오?"

주유는 대답한다.

"내 손으로 공명을 죽였다가는 세상 사람의 웃음거리가 되겠기에 그래서 조조의 손을 빌려 죽이자는 것이오. 공명이 없어야만 우리 강동은 장차 마음놓고 살 수 있소."

노숙은 그 말을 듣고, 공명이 주유의 속뜻을 아는지 모르는지를 살피러 갔다.

공명은 조금도 난처한 기색이 없이 군사와 말을 점검하며 떠날 준비를 한다. 노숙은 차마 공명이 죽으러 가게 버려둘 수가 없어서, 수작을 건다.

"선생은 이번에 가시면 성공할 자신이 있소?"

공명은 웃는다.

"나는 수전水戰 · 보전步戰 · 마전馬戰 · 차전車戰에 묘한 법을 다 알고 있으니, 어찌 성공 못할까 근심하리요. 나는 강동의 그대와 주유처럼 한 가지만 능한 사람은 아니오."

노숙이 묻는다.

"나와 주유는 한 가지만 능하다니, 그 한 가지란 뭐요?"

공명은 대답한다.

"내 이곳에 온 뒤로 강남 아이들이 부르는 동요를 들으니,

험한 곳에 매복하여 관을 지키는 것은 노숙이 잘하며
강에 배를 띄워 수전하는 데는 우리 주랑(주유)만한 이가 없네.
伏路把關饒子敬
臨江水戰有周郎

라고 합디다. 귀하는 육지에서 싸울 줄만 알고, 주유는 수전만 알 뿐이지 육지에서 싸우는 법을 모르오."

노숙은 돌아가 공명에게서 들은 말을 주유에게 고했다.

주유는 노한다.

"내가 어찌 육지에서 싸우는 법을 모른단 말인가? 그를 보낼 것 없이

내가 친히 군사 만 명을 거느리고 취철산에 가서 조조의 곡식을 없애버리리라."

노숙은 다시 공명에게 가서 주유의 말을 고했다.

공명은 웃는다.

"주유가 나에게 조조의 곡식을 습격하도록 한 것은 실은 나더러 조조에게 가서 죽으라는 것이었소. 그래서 내가 몇 마디 말로 희롱했더니, 주유는 과연 화가 났구려. 오늘날 위기에 처하여 오후吳侯(손권)와 유사또(유현덕)가 뜻을 함께하여 서로 도우면 성공할 것이요, 서로 시기하여 죽이려 들면 우리는 다 함께 망하고 마오. 역적 조조는 꾀가 많아서 곡식을 약탈하는 데 이골이 난 자인데, 취철산 곡식 저장한 곳을 허술히 할 리 있겠소. 주유가 가면 반드시 적에게 사로잡힐 터이니, 그러지 말고 먼저 수전으로 적군의 날카로운 기세부터 꺾은 뒤에, 또 묘한 계책을 궁리해서 적군을 완전히 격파하기로 합시다. 그러니 귀하는 주유에게 가서 좋은 말로 타이르시오."

노숙은 그날 밤으로 주유에게 가서 공명의 말을 자세히 전했다. 주유는 발을 구르며 분해한다.

"앞을 내다보는 공명의 안목은 나보다 열 배나 높구나. 그를 살려뒀다가는 이후에 우리 나라가 불행하리라."

노숙은 충고한다.

"오늘날은 국가에 중점을 두고 사람을 써야 하오. 우선 급한 일은 조조를 격파하는 것이니, 공명은 천천히 없애버려도 늦지 않소."

주유는 말없이 머리만 끄덕였다.

한편, 유현덕은 유기에게 강하를 지키도록 분부하고 친히 모든 장수들을 거느리고 하구에 가서, 아득히 강남 언덕을 바라보니 기旗와 번幡

은 은은한데 창과 무기가 반짝인다.

"동오가 이미 군사를 출격시켰구나!"

유현덕은 짐작하자, 이에 강하의 군사를 모조리 이동시켜 번구樊口에 이르러 주둔했다.

유현덕은 모든 사람들을 모으고 말한다.

"공명은 한 번 동오로 가더니 소식이 없구나. 그러니 일이 어찌 되어가는지를 모르겠다. 누가 가서 그곳 사태를 알아오겠느냐?"

미축이 자원한다.

"제가 갔다 오겠습니다."

유현덕은 예물로 염소와 술을 내준다.

"동오에 가서 군사를 위로하러 왔다는 명목으로 이 예물을 바치고 그들의 내막을 알아오라."

미축은 명령을 받자 조그만 배를 타고 강물을 따라 내려가서 바로 주유가 있는 대채大寨 앞에 이르렀다.

군사가 들어가서 고하니, 주유는 곧 미축을 접견한다. 미축은 주유에게 두 번 절한 다음에 유현덕의 간곡한 뜻을 전하고 가져온 술을 바친다. 주유는 술을 받아두고 잔치를 차려 미축을 대접한다.

미축은 청한다.

"공명이 여기 온 지도 오래니, 이번에 함께 돌아갈까 합니다."

"공명은 나와 함께 조조를 격파할 일을 상의해야 하니, 돌아갈 수 없소. 차라리 내가 유사또와 만나 함께 앞일을 상의하고 싶으나 아시다시피 지금 많은 군사를 통솔하는 몸이라, 잠시도 떠날 수 없는 처지요. 그러니 유사또께서 이곳으로 왕림해주신다면 매우 고맙겠소."

미축은 응낙하고 주유에게 하직한 뒤 돌아갔다. 노숙은 주유에게 묻는다.

"귀공이 유현덕과 만나고 싶다니, 무슨 의논할 일이라도 있소?"

주유는 대답한다.

"유현덕은 만만치 않은 인물이오. 결국은 그를 없애버려야 하오. 그럴 바엔 내 이번 기회에 그를 유인해서 죽일 작정이니, 이는 우리 나라를 위해서 미래의 불행을 미리 뿌리뽑는 것이오."

노숙은 거듭거듭 그래서는 안 된다며 말리나 주유는 드디어,

"만일 유현덕이 오거든, 도부수 50명은 장막 뒷벽에 숨어 있다가 내가 술잔을 던지는 것을 신호로 즉시 뛰어나와서 유현덕을 죽이라."

하고 은밀히 명령을 내렸다.

한편, 미축은 돌아가서 유현덕에게 이렇게 전했다.

"주유는 주공께서 와주시면 따로 상의할 일이 있다며 청합디다."

유현덕은 빠른 배 한 척을 내게 하여 떠날 준비를 하는데, 관운장이 간한다.

"주유는 꾀가 많은 사람입니다. 더구나 공명한테서 아무 서신도 없으니 경솔히 가지 마십시오. 잘못하면 주유의 속임수에 걸려듭니다."

유현덕은 대답한다.

"우리는 이제 동오와 손을 잡고 함께 조조를 쳐부술 판국이다. 이럴 때 주유가 나를 만나자는데 가지 않는다면, 이는 서로 동맹한 본의에 어긋나며 서로 시기하는 것밖에 되지 않으니 그러고야 무슨 일을 하리요."

관운장은 청한다.

"형님께서 굳이 가시겠다면, 저도 함께 가겠습니다."

장비도 나선다.

"나도 따라가겠소."

유현덕은 분부한다.

"관운장만 나를 따르라. 익덕은 조자룡과 함께 진영을 지켜라. 간옹은

악현鄂縣을 굳게 지켜라. 내 갔다가 곧 돌아오리라."

유현덕은 관운장과 함께 조그만 배에 올라타자 시종하는 자 20여 명만 거느리고 나는 듯이 강동으로 간다.

점점 가까워지는 강동을 보니, 큰 전함들은 강 위에 가득히 떠 있다. 정기旌旗와 무장한 군사들은 좌우로 나뉘어 있어 매우 정연整然하였다.

유현덕이 마음속으로 매우 기뻐하는 동안에, 배는 어느덧 언덕에 닿는다.

군사가 말을 달려가서 주유에게 고한다.

"유사또가 왔습니다."

"음, 배를 몇 척이나 거느리고 왔더냐?"

"배 한 척에 시종하는 자 20여 명만 데려왔더이다."

주유는 빙그레 웃으며,

"이제 그가 내 손에 죽으러 왔구나."

하고 먼저 도부수부터 매복시키고 대채에서 나와 유현덕을 영접한다. 유현덕은 관운장 등 20여 명을 거느리고 바로 중군中軍 장막 안으로 들어가서 주유와 다시 정식으로 인사했다.

주유는 유현덕에게 윗자리에 앉도록 청한다.

유현덕은 굳이,

"장군은 천하에 이름이 높거늘, 나 같은 사람이 어찌 융숭한 대접을 받을 수 있겠소."

하고 사양한다. 이에 손님과 주인으로서 자리를 정하고 앉는다.

주유는 잔치를 벌여 유현덕을 대접한다.

한편, 공명은 강변에 우연히 나왔다가 유현덕이 지금 주유와 함께 있다는 말을 듣고 깜짝 놀라, 급히 중군 장막으로 들어가서 잔치 광경을 엿본다.

주유의 얼굴에는 살기가 가득하다. 양쪽 장막 뒷벽에는 도부수들이 빽빽히 숨어 있었다. 공명은 소스라치게 놀란다.

'이 일을 어찌할꼬!'

유현덕은 태연히 웃으며 말하는데, 그 뒤에 한 사람이 칼을 짚고 서 있으니, 바로 관운장이었다. 공명은 기뻤다.

'우리 주공은 위험하지 않도다.'

공명은 더 들어가지 않고 곧 몸을 돌려 강변으로 나와서 거닐며 기다린다.

이때 주유는 유현덕과 함께 술을 마시는 동안에 어느덧 여러 순배가 돌았다. 주유는 술잔을 던지려고 일어서다가 유현덕의 등뒤에 우뚝 서 있는 한 장수를 보고 황망히 묻는다.

"저 사람은 누군지요?"

유현덕은 대답한다.

"나의 동생 관운장입니다."

주유는 놀란다.

"지난날에 안양顔良·문추文醜를 참한 사람이 아닙니까?"

"그러하오."

주유는 등에서 식은땀이 흐른다. 그는 들었던 잔에 술을 따라, 관운장에게 준다.

조금 지나자 노숙이 들어온다.

유현덕은 묻는다.

"공명은 어디 계시오? 귀하는 수고롭지만 나를 위해 공명을 이곳으로 데려와주오."

주유는 대신 대답한다.

"조조를 격파한 뒤에 공명과 만나도 늦지는 않을 것이오."

유현덕은 감히 더 말을 못하는데, 관운장이 거듭 눈짓을 한다. 유현덕은 눈짓하는 뜻을 알아차리고 곧 일어나 주유에게 하직한다.

"잠시 이별을 고해야겠소. 멀지 않은 앞날에 적군을 격파하면 그때 다시 와서 깊이 축하하리다."

주유는 더 붙들어둘 수도 없어서 원문轅門 밖까지 전송한다. 유현덕은 주유와 작별하고 관운장 등과 함께 강가에 이르렀다.

어느새, 공명은 배 안에서 기다린다. 유현덕은 몹시 반갑고 기뻤다.

공명은 묻는다.

"주공은 오늘 큰일날 뻔하신 것을 아십니까?"

유현덕은 어리둥절해한다.

"모르겠소."

"만일 관운장이 없었다면 주공은 주유의 손에 죽음을 당하셨을 것입니다."

유현덕은 그제야 크게 깨달으며, 공명에게 청한다.

"나와 함께 번구로 돌아갑시다."

공명은 대답한다.

"나는 비록 범의 입 속에 있으나 태산처럼 편안하니 염려 마십시오. 주공은 이제 돌아가셔서 배와 군사와 말을 수습하고 때를 기다리십시오. 부탁 드릴 일은 11월 스무날 갑자일甲子日이 지나거든 조자룡이 조 그만 배를 저어 이곳 남쪽 언덕에 와서 나를 기다려야 합니다. 이것만은 잊으시면 안 됩니다."

유현덕이 그 뜻을 물으니, 공명은 대답한다.

"동남풍이 불거든 이 제갈양이 돌아오는 줄로 아십시오."

유현덕이 그 뜻을 알 수 없어 다시 물으려 하는데 공명은 즉시,

"주공은 타고 온 배에 올라 어서 떠나십시오."

하고 표연히 가버린다.

유현덕이 관운장과 함께 시종하는 자들을 데리고 배를 달려 몇 리쯤 갔을 때였다.

상류 쪽에서 5, 60척의 배가 내달아오는데 맨 앞 뱃머리에 한 장수가 창을 짚고 서 있다. 점점 가까워지면서 보니, 그 장수는 바로 장비였다.

장비는 유현덕에게 혹 무슨 일이 일어난다면, 관운장 혼자 힘으로는 어렵지 않을까 염려하고 마음이 놓이질 않아서 오고 있는 중이었다. 이에 유현덕·관운장·장비는 서로 만나 함께 대채로 돌아갔다.

한편, 주유는 유현덕을 전송하고 진영으로 돌아왔다. 노숙이 들어와서 묻는다.

"귀공이 이곳까지 유현덕을 유인했는데, 왜 죽이지 않고 돌려보냈소?"

주유는 대답한다.

"관운장은 범 같은 장수요. 그가 유현덕 곁에 붙어 있으니, 내가 유현덕을 죽이면 그는 나를 죽였을 것이오."

노숙은 관운장이 왔던 것을 몰랐기 때문에 깜짝 놀란다.

부하 한 명이 들어와서 고한다.

"조조가 사자를 보내왔습니다."

주유가 데려오라고 하니, 사자는 들어와서 서신을 바친다. 겉봉에는 '한나라 대승상은 주도독周都督에게 보내노라'라고 적혀 있었다.

주유는 그 건방진 말투에 격분하여 뜯어볼 것도 없이 서신을 박박 찢어버리면서, 추상같이 호령한다.

"사자를 끌어내어 참하여라."

노숙은 당황하여 말린다.

"두 나라가 싸울 때에는 서로 사자를 죽이지 않는 법이오."

"사자를 죽이는 것은 우리의 위엄을 보이기 위함이라!"

주유는 사자를 죽이고 그 목을 베어, 따라온 자에게 내주고 조조에게 보냈다.

주유는 잇달아,

"감영은 선봉이 되고 한당은 좌익이 되고 장흠은 우익이 돼라. 나는 모든 장수들을 거느리고 뒤를 댈 테니, 내일 4경에 식사하고 5경에 일제히 자기 배에 올라타서 북을 울리고 함성을 지르면서 출발하라."
하고 마침내 명령을 내렸다.

한편, 조조는 주유가 서신을 찢어버리고 사자까지 죽였다는 보고를 듣자, 분기 탱천하여 즉시 채모·장윤張允 등 형주 장수로서 항복한 일반 장수들을 전부前部 선봉으로 삼았다. 조조 자신은 후군이 되어 전함을 독촉하여 삼강구로 나아간다.

삼강구에 이르러 보니 저편에서 동오의 배들이 강을 뒤덮다시피 오는데, 맨 앞 뱃머리에 한 장수가 앉아 큰소리로 외친다.

"내가 바로 감영이다. 누가 감히 와서 싸움을 결판내려느냐!"

이에 채모는 자기 친동생 채훈蔡壎을 내보낸다.

두 배가 접근하자 감영은 활에 살을 먹여 채훈을 바라보고 쐈다. 채훈은 화살을 맞고 거꾸러진다.

감영은 모든 배를 몰아, 크게 나아가며 일제히 노弩를 쏘아대니, 조조의 수군은 감당을 못한다. 이와 때를 같이하여 오른쪽에서는 장흠이, 왼쪽에서는 한당이 곧장 조조의 수군을 무찌르며 쳐들어간다.

원래 조조의 군사는 태반이 청주靑州와 서주徐州 출신이라, 평소 수전을 익히지 못했기 때문에 강 위의 전함들이 일단 흩어지기 시작하자, 정신을 차리지 못한다.

이에 감영·장흠·한당이 거느린 세 방면의 전함들은 강물 위를 종횡

삼강구에서 채모 일당을 격퇴하는 감영(왼쪽 중앙의 배)과 그의 수군

으로 달리며 공격을 가하는데, 마침 주유가 또한 친히 배를 거느리고 와서 싸움을 도왔다.

화살에 맞거나 포에 맞아 죽는 조조의 군사는 이루 다 수효를 헤아릴 수 없을 정도로 많았다.

사시에 시작한 싸움이 미시에 이르자, 주유는 크게 이기기는 했으나 워낙 많은 적군을 감당하기 어려울까 염려한 나머지, 징을 울려 모든 전함을 거두도록 명령했다.

한편, 조조의 군사가 패하고 돌아오자, 조조는 육지의 진영에 올라가서 다시 모든 군사를 정돈하고 채모와 장윤을 꾸짖는다.

"동오 군사는 수효가 적은데 도리어 우리의 많은 군사가 패했으니, 이는 너희들이 정신을 차리지 않았기 때문이다."

채모는 변명 겸 대답한다.

"형주 수군은 오랫동안 훈련을 하지 않았으며, 청주·서주 출신 군사는 원래 수전을 모르기 때문에 패했습니다. 그러니 이제 강에 수채水寨를 세우고 청주·서주 군사는 수채 안에서, 또 형주 군사는 수채 밖에서 날마다 훈련하여, 수전하는 법에 익숙해지면 가히 쓸 수 있습니다."

"네가 이미 수군도독이 됐으니, 형편 따라 알아서 할 일이지, 나에게 일일이 아뢸 것 없다."

이에 채모와 장윤 두 사람은 몸소 나가서 수군을 훈련시키는데, 강변을 따라 그 일대에 24개의 수문水門을 나누어 세웠다. 큰 배는 바깥에 두어 성을 삼았다. 조그만 배는 안에서 왕래한다. 밤이면 배마다 등불을 켜서 하늘을 비추니 강물이 온통 붉게 빛난다. 3백 리에 달하는 육지의 영채에서도 모닥불과 연기가 끊이지를 않았다.

한편, 주유는 이기고 영채로 돌아와서, 삼군을 호궤犒饋하고 상을 주고, 한편으론 사람을 오후(손권)에게 보내어 승리를 보고했다. 그날 밤에 주유가 높은 곳에 올라가서 바라보니, 서쪽에 무수한 불빛이 하늘에 잇닿았는지라.

좌우에서 고한다.

"저것은 다 북군北軍의 등불들입니다."

주유는 마음속으로 적잖이 놀랐다.

이튿날 주유는 친히 조조의 수채를 정탐하려고 누선樓船 한 척을 내게 하였다. 그는 악기를 가진 악인樂人들과 씩씩한 장수 몇 명에게 강한 활을 들게 하고 일제히 누선을 타고 떠나간다.

누선이 조조의 수채 가까이 이르자, 주유는 정석碇石(오늘날의 닻)을 내리게 한 다음에 일제히 풍악을 울리며 적군의 수채를 엿본다.

주유는 놀란다.

'수군의 묘한 법을 깊이 터득한 자의 솜씨로다!'

"적의 수군도독은 누구냐?"

좌우에서 대답한다.

"채모와 장윤입니다"

'채모와 장윤은 전에 강동에 오래 있어서, 수전하는 법을 몰래 익힌 것이다. 내 반드시 계책을 써서 그 두 사람부터 없애버려야만 조조를 격파할 수 있을 것이다.'

주유는 생각하며 한참 엿보는 중이었다.

이때 조조의 군사는 벌써 조조에게 달려가서 고한다.

"주유가 우리 수채를 엿보러 왔습니다."

조조는 즉시 주유를 사로잡으라는 명령을 내렸다.

주유는 수채 안에서 갑자기 깃발이 흔들리며 서로 신호하는 것을 보자, 급히 정석을 걷어 올리게 한 다음에 배의 양쪽 군사에게 일제히 노를 젓게 하여, 나는 듯이 달아난다.

조조의 군사가 배를 몰아 수채에서 나왔을 때는 주유의 누선은 이미 10여 리나 달아났기 때문에 뒤쫓을 수가 없었다. 그들은 돌아와서 조조에게 보고했다.

조조는 모든 장수들에게 묻는다.

"어제 첫 싸움에 져서 우리는 기세를 꺾이었다. 오늘은 또 적군이 와서 우리 수채를 깊이 엿보고 갔으니 내 장차 무슨 계책으로 강동을 격파할까?"

조조의 말이 끝나기도 전에 장하에서 한 사람이 나선다.

"나는 어렸을 때부터 주유와 함께 한 선생님 밑에서 글을 배웠습니다. 바라건대 강동에 가서 이 세 치 혀를 휘둘러, 주유를 설복하고 항복하게 하리다."

조조가 크게 반기며 보니, 그는 원래 구강九江 출신으로 성명은 장간蔣幹이요 자는 자익子翼이며, 현재 진영에서 막빈幕賓으로 있는 사람이었다.

조조는 묻는다.

"그대는 주유와 서로 친한 터인가?"

장간은 대답한다.

"승상은 안심하십시오. 내가 강동에 가면 반드시 성공합니다."

"그럼, 무슨 물건을 가지고 가려는가?"

"나를 따라다닐 동자 아이 하나와 배 저을 종놈 둘만 있으면 됩니다. 그 외에는 아무것도 소용이 없습니다."

조조는 매우 유쾌해져서 술상을 차려오라고 하여 함께 마시고 장간을 전송한다.

장간은 갈건葛巾과 무명베 도포 차림으로 조그만 배를 타고, 주유의 진지로 떠나간다. 그는 주유의 영채에 이르자, 번番을 보는 군사에게 말한다.

"들어가서 옛 친구 장간이 왔다고 도독에게 전하여라."

이때 주유는 장막 안에서 작전 계획을 의논하다가,

"장간이란 분이 찾아왔습니다."

하는 보고를 듣자 웃으며 말한다.

"세객說客이 왔도다."

주유는 모든 장수의 귀에 대고 이러이러히 하라는 비밀 지시를 내렸다. 장수들은 고개를 끄덕이며 물러갔다.

주유는 의관을 정제하자, 비단옷 차림으로 꽃모자를 쓴 시종자 수백 명의 호위를 전후 좌우로 받으면서 나간다.

장간이 푸른 옷을 입은 조그만 동자 하나를 거느리고 앙연히 들어온다.

주유는 반가이 영접한다.

장간은 인사말을 한다.

"주유는 그간 별고 없었는가?"

"장간은 넓은 강물을 수고로이 건너와 조조를 위해서 나에게 세객 노릇을 하자는 거로군."

장간은 속으로 깜짝 놀랐으나 겉으로는 태연한 체한다.

"내 그대와 이별한 지가 하도 오래되었기에, 특히 옛 회포를 풀러 왔는데, 어찌 나를 의심하고 세객이라 하는가."

주유는 껄껄 웃는다.

"내 비록 사광師曠(춘추 시대 진나라 악성樂聖) 같은 총명은 없으나, 음악과 노래를 들으면 대충은 짐작할 줄 아노라."

장간은 화를 낸다.

"그대가 옛 친구를 이렇듯 괄시하니, 나는 이만 돌아가겠네."

주유는 웃으며 장간의 팔을 잡고,

"나는 형이 조조를 위한 세객인가 하고 겁이 나서 그런 말을 했네만, 사실이 그렇지 않다면야 어찌 갑자기 돌아갈 것 있으리요."

하고 드디어 장막 안으로 안내한 다음에 새로이 인사를 나누고 각기 자리를 정하고 앉았다.

주유는 아랫사람에게 분부한다.

"우리 강동의 모든 영웅 호걸은 들어와서 장간과 인사하라고 하여라."

잠시 후에 모든 문관과 장수들은 각기 비단옷 차림으로, 장하의 장교들은 다 은빛 나는 투구 차림으로 두 줄로 나뉘어 들어온다.

주유는 그들을 일일이 장간과 인사시키고 양쪽으로 열을 지어 늘어앉게 한 뒤에, 크게 잔치를 벌여 군중의 승리곡勝利曲을 아뢰게 한다. 그는 계속 술을 좌중에 돌리며 모든 문관과 장수들에게,

"이분은 나와 동창으로 친한 벗이라, 비록 강북江北에서 오기는 했지만, 조조의 세객은 아니니 여러분은 조금도 의심하지 마시오."

하고 드디어 허리에 찬 칼을 풀어 태사자에게 내준다.

"그대는 나의 칼을 차고 술자리를 감독하라. 오늘 잔치는 친구와 우정을 즐기기 위한 것이니, 만일 조조와 우리 강동 간의 군사에 관한 말을 꺼내는 자가 있거든 즉시 참하라."

태사자가 주유의 칼을 받고 자리 위에 앉으니, 장간은 기가 질려 감히 말도 제대로 못한다.

주유는 크게 웃으며,

"내가 군사를 거느린 뒤로 전혀 술을 입에 대지 않았는데, 오늘은 옛 친구와 만났으며, 또 의심할 것이 없으니 마땅히 한번 취하리라."

하고 유쾌히 계속 마신다.

어느덧 잔치 자리는 흥겨워진다. 모두가 얼근히 취하자, 주유는 장간의 손을 잡고 장막 밖으로 걸어 나간다. 밖에는 군사들이 좌우로 늘어섰는데, 다 무장하고 칼과 창을 짚고 있었다.

주유는 묻는다.

"우리 군사가 매우 웅장하지 않은가?"

장간은 대답한다.

"참으로 범 같은 군사로다."

주유는 장간을 장막 뒤로 데려간다. 바라보니 곡식과 마초가 산처럼 쌓여 있다.

주유는 묻는다.

"우리 곡식과 마초가 이만하면 충분하지 않은가?"

장간은 감탄한다.

"군사는 씩씩하고 곡식은 넉넉하다더니 과연 거짓말이 아니로다."

群英會上觥籌交錯讌長歌 　萬馬營中刀斗襪陳排晴陣

군영회에서 장간을 속이는 주유

주유는 취한 체하며 크게 웃는다.

"지난날 그대와 함께 공부할 때는, 내가 오늘날 이렇게 될 줄은 생각도 못했었노라."

"형과 같은 높은 재주로써는 조금도 과분한 일이 아니로다."

주유는 장간의 손을 잡으며,

"대장부가 이 세상에 나서 자기를 알아주는 주인을 만나 겉으로는 임금과 신하의 의리를 맺고 안으로는 부모와 자식 같은 은정恩情으로 결합하여, 말하면 반드시 실행하는 동시에 계책을 세우면 반드시 좇아서 길흉화복을 함께한다면, 가령 소진蘇秦 · 장의張儀 · 육가陸賈 · 여생酈生이 다시 나와 도도히 흐르는 강물 같은 웅변을 토하거나 칼날 같은 혓바닥을 휘두른다 할지라도, 어찌 내 마음을 흔들 수 있으리요."

하고 호탕하게 껄껄 웃는다. 장간은 더욱 기가 질려 얼굴이 흙빛으로 변한다. 주유는 장간을 데리고 다시 장막 안으로 돌아와서 장수들과 함께 계속 술을 마시며,

"여기에 우리 강동 영웅 호걸이 다 모였으니, 오늘날 이 모임을 군영회群英會라고 하리로다."
하고 흥취가 도도하였다.

해가 저물어 밤이 되자 등불을 밝히고 계속 술을 마신다. 주유는 일어나 칼춤을 추며 노래를 지어 부르니,

대장부가 세상에 남이여
공명을 세움이로다.
공명을 세움이여
평생을 위로하리로다.
평생을 위로함이여
내 장차 취하리로다.
내 장차 취함이여
미친 듯이 노래하리로다.
丈夫處世兮　立功名
立功名兮　慰平生
慰平生兮　吾將醉
吾將醉兮　發狂吟

주유가 노래를 마치자, 좌중의 모든 사람들은 환성을 올리며 웃는다. 밤이 깊자 장간은 사양한다.

"너무 취해서 더 견딜 수 없네."

주유가 잔치 자리를 거두게 하니, 모든 장수들은 하직하고 물러간다. 주유는 말한다.

"오랫동안 그대와 함께 한 침상에서 자보지 못했으니, 오늘 밤은 우리가 옛날 공부하던 시절에 함께 잤듯이 서로 다리를 올려놓고 자세."

주유는 일부러 크게 취한 체 비틀거리며, 장간을 데리고 방장 안으로 들어갔다. 주유는 옷도 벗지 못하고 입은 채로 쓰러져 꽥꽥 먹은 것을 토하니, 장간이 어찌 잠을 잘 수 있으리요.

장간은 베개에 엎드려 잠을 이루지 못하는데, 어느덧 군중에서 2경을 알리는 북소리가 들려온다. 자리에서 일어나보니, 쇠잔한 등불은 아직 밝은데 주유의 코고는 소리가 우레 같다.

장간이 쓱 사면을 둘러보니, 책상 위에 책과 여러 가지 문서가 쌓여 있다. 그가 침상에서 가만히 빠져 나와 그 문서들을 몰래 보니, 모두가 왕복 서신이요, 그 중에 한 봉서封書가 있는데,

장윤·채모는 삼가 올리나이다.

라고 적혀 있었다. 장간이 크게 놀라, 그 속을 뽑아 가만히 읽어보니,

저희들이 조조에게 항복한 것은 벼슬과 녹祿을 얻기 위해서가 아니며, 부득이한 사태 때문이었습니다. 이제 북쪽 군사를 속이고 영채 속에 머물게 되었으니, 기회만 있으면 즉시 역적 조조의 목을 베어서 휘하에 바치겠습니다. 조만간에 사람을 보내어 또 통지하겠으니, 바라건대 결코 우리를 의심하지 마십시오. 우선 이 정도로 삼가 답장을 드립니다.

'채모와 장윤이 전부터 동오와 내통하였구나!'

장간은 더욱 놀라, 그 서신을 가만히 자기 품속에 넣고 다시 다른 문서들을 살펴보려는데, 침상에서 주유가 몸을 뒤집는다.

장간은 급히 등불을 끄고 침상에 돌아와서 드러누웠다. 주유는 잠꼬대를 한다.

"장간아, 내 수일 내에 너에게 역적 조조의 목을 보여주마."

장간도 잠꼬대를 하듯이,

"그러게나."

하고 응수한다.

주유는 계속 잠꼬대를 한다.

"장간은 여기에 머물러 있으라. 너에게 조조의 목을 보여주마."

장간은 슬쩍 묻는다.

"그게 도대체 무슨 뜻인가?"

그러나 주유는 대답 없이 잠만 잔다. 장간은 잠이 오지 않아서 베개에 엎드렸다.

어느덧 4경쯤 됐을 때였다. 밖에서 사람이 들어오더니 묻는다.

"도독은 잠이 깨셨습니까?"

주유는 깊이 자다가 깜짝 놀라 깨는 체하며, 그 사람에게 묻는다.

"내 침상에서 이렇게 자는 자는 누구냐!"

"도독께서 장간에게 함께 자자고 하신 말을 그새 잊으셨습니까?"

주유는 크게 후회하는 척한다.

"내 평소에 술을 입에 대지도 않다가 어제 취하여 실수를 했으니 무슨 소리를 했는지 모르겠구나."

"지금 강 북쪽에서 사람이 왔습니다."

"쉿! 목소리가 너무 크다!"

주유는 그 사람을 꾸짖고 나서,

"장간은 아직도 자는가?"

하고 부른다. 장간은 깊이 자는 체를 한다. 그제야 주유는 그 사람을 데리고 방장 밖으로 빠져 나간다. 장간은 귀를 기울여 엿듣는다.

밖에서 그 사람의 말하는 소리가 나는데,

"채모와 장윤 두 도둑은 기회를 얻지 못해서, 아직 손을 쓰지 못한다고 합니다."

하고 그 뒤는 무슨 말을 하는지, 목소리가 낮아서 들리지 않는다.

잠시 동안 서로 수군거리더니 주유는 방장 안으로 들어와서 또 부른다.

"장간은 아직도 자는가?"

장간은 여전히 시침을 떼고 자는 체를 한다. 그제야 주유도 옷을 벗더니 침상에 올라가 다시 잔다.

장간은 생각한다.

'주유는 꼼꼼해서 빈틈없는 사람이다. 날이 밝은 뒤 책상 위에 뒀던 서신이 없어진 것을 알면 단박에 훔친 줄 눈치채리라. 반드시 나를 죽일 것이다.'

5경이 되자 장간은,

"주유는 아직도 자는가?"

하고 불러본다. 주유는 깊이 잠들어 있다. 장간은 살며시 일어나 갈건을 쓰고 베 도포를 입고 가만가만 장막을 나와 동자 아이를 불러서 원문轅門으로 나간다.

원문을 지키는 군사가 묻는다.

"선생은 어디로 가시나이까?"

장간은 대답한다.

"내가 여기 있어도 도독이 하려는 일에 도움이 되지 못할 것 같아서 말없이 떠난다."

군사는 막지 않고 비켜선다.

장간은 급히 강변으로 가 배에 올라타자 나는 듯이 떠나간다.

장간은 돌아와서 조조를 뵈었다. 조조는 묻는다.

"그래, 그대는 무슨 성과라도 얻어왔소?"

"주유는 워낙 특출한 인물이어서 말만으로는 움직일 수 없더이다."

조조는 화가 난다.

"그래 아무 성과도 거두지 못한 채 도리어 웃음거리가 되어 왔단 말이냐!"

"비록 주유는 설복하지 못했지만 중대한 사실을 알아왔으니, 바라건대 좌우 사람들을 내보내십시오."

사람들이 물러가자, 장간은 품속에서 그 서신을 내어 조조에게 보이고 듣고 온 바를 소상히 설명한다.

조조는 화가 치밀어 분부한다.

"그래, 두 놈이 이렇듯 무례하단 말이냐! 즉시 채모와 장윤을 불러들여라."

이윽고 채모와 장윤이 들어왔다.

조조는 하령한다.

"너희들 둘은 곧 출전하도록 하여라."

채모는 고한다.

"아직 군사들이 수전 훈련을 마치지 못했으니, 경솔히 싸우러 가서는 안 됩니다."

조조는 버럭 소리를 지른다.

"군사들이 훈련을 마치면, 내 목을 주유에게 바치겠지!"

채모와 장윤은 갑작스런 말뜻을 알 수가 없어 놀란 나머지 당황하여 대답을 못한다.

"두 놈을 끌어내어 참하여라!"

조조는 무사들에게 추상 같은 영을 내렸다. 무사들이 두 사람을 끌고 나가, 잠시 뒤에 채모와 장윤의 머리를 베어 조조에게 바쳤다.

그제야 조조는 속으로,

'아뿔사! 내가 적의 계책에 속았구나!'

하고 정신이 났다.

후세 사람이 이 일을 탄식한 시가 있다.

세상에 간웅 조조를 대적할 사람이 없더니
주유의 한때 속임수에 넘어갔도다.
채모와 장윤은 주인을 팔아 살길을 찾더니
오늘날 칼에 맞아 죽을 줄이야 뉘 알았으리요.
曹操奸雄不可當
一時詭計中周郎
蔡張賣主求生計
誰料今朝劍下亡

모든 장수들은 채모와 장윤이 죽어 자빠진 꼴을 보자, 들어가 조조에게 그 까닭을 물었다.

조조는 자기가 속은 것을 알면서도 자기 잘못을 말하기가 싫어서,

"두 사람이 군법을 지키지 않기에 죽였노라."

하고 모든 장수들에게 대답했다.

장수들은 모두 슬피 탄식하여 마지않았다.

조조는 장수들 중에서 모개와 우금을 수군도독으로 삼고, 죽은 채모와 장윤의 직을 대신 맡아보게 했다.

이 일은 즉시 첩자에 의해서 강동으로 보고됐다. 주유는 뛸 듯이 기뻐한다.

"채모와 장윤은 나의 근심거리더니, 이제 없애버렸으니 나는 아무 걱정이 없다."

노숙은 칭송한다.

"도독의 군사 쓰는 법이 이렇듯 묘하니, 역적 조조를 격파하지 못할까 근심할 것은 없소."

"내가 이번에 쓴 계책을 모든 장수들은 모르지만, 저 제갈양은 나보다도 보는 눈이 높으니, 이번 일을 미리 눈치챘는지 어쩐지, 노숙은 가서 슬쩍 그 속을 떠보고 나에게 알려주시오."

주유가 초조한 듯 말을 하니,

이간을 붙이고 성공한 일을
곁에 사람이 아는가 모르는가 알아본다.
還將反間成功事
去試從旁冷眼人

노숙이 공명에게 가서 알아본 결과는 어떨까?

제46회

공명은 기이한 꾀를 써서 많은 화살을 얻고
황개는 은밀히 계책을 말하고 형벌을 받다

노숙은 주유의 말을 듣고, 곧장 배가 있는 강변으로 가서 공명이 어디에 있나 찾았다.

공명은 노숙을 조그만 배로 영접하고 서로 마주앉는다.

노숙은 인사한다.

"날마다 군사 일에 바빠서, 그만 가르침을 받지 못했소이다."

공명은 대꾸한다.

"그럴 것이오. 나도 또한 도독에게 가서 축하하고 함께 기뻐하지를 못했소이다."

"무엇을 축하하며 기뻐한단 말이오?"

"주유가 선생을 보내어 내가 아는지 모르는지를 알아오도록 한 바로 그 일을 축하하고 기뻐할 따름이오."

노숙은 깜짝 놀라며 묻는다.

"선생은 어떻게 그걸 아시오?"

"이번 일은 장간을 잘 농락해서 조조를 한때 속이기는 했지만, 조조는 반드시 속은 걸 깨닫고 자기 실수를 입 밖에 내어 말하지는 않을 것이오. 이제 채모와 장윤 두 사람이 죽었으니 강동은 근심이 없어졌소. 어찌 축하하고 기뻐하지 않을 수 있으리요. 내 들으니 조조가 모개와 우금을 새로 수군도독으로 삼았답디다. 장차 모개와 우금 두 사람에 의해서 조조의 수군은 다 물 속 귀신이 될 것이오."

노숙은 그 말을 듣고 넋빠진 사람처럼 앉았다가, 겨우 몇 마디 말을 하고는 하직하고 일어섰다.

공명은 부탁한다.

"그대는 주유에게 가서 내가 미리 알고 있었다는 말은 하지 마시오. 주유가 질투하면 또 무슨 트집을 잡아 나를 죽이려 들지 무섭소."

노숙은 그러마 하고 돌아갔다. 그러나 노숙은 주유 앞에 가서는 사실대로 말하지 않을 수 없었다.

주유는 노숙의 말을 듣고 크게 놀란다.

"공명을 그대로 놔둘 수는 없다. 내 반드시 그자를 죽이리라."

노숙은 말린다.

"공명을 죽이면 도독은 조조의 웃음거리가 되오."

"내 반드시 구실을 만들어 그자를 죽이겠소. 즉 죽어도 원망을 못하게끔 하겠소."

"어떤 구실로 죽인단 말이오?"

"그대는 구경만 하시오. 내일이면 알 것이오."

주유는 대답했다.

이튿날 주유는 모든 장수들을 장하로 불러들이고 분부한다.

"장차 싸울 일을 의논해야겠으니, 공명을 초청해오라."

얼마 지나서 공명은 기별을 받고 흔쾌히 왔다. 각기 자리에 앉자 주유는 공명에게 묻는다.

"우리는 머지않아 조조의 군사와 싸울 작정이오. 강물 위에서 서로 싸우자면 먼저 무슨 무기가 당장에 필요할까요?"

공명은 대답한다.

"큰 강 위에서 접전하자면 무엇보다도 화살이 제일 필요하오."

"선생의 말씀이 바로 내 어리석은 생각과 같소이다. 그러나 지금 군중엔 화살이 매우 부족하니, 수고롭지만 선생은 친히 감독해서 화살 10만 대만 만들어 우리를 도와주시오. 이는 우리 양가兩家의 공사公事니 선생은 거절하지 마시오."

"도독이 특히 부탁하는 일을 내 어찌 거절하리요. 내 힘써보리다마는 감히 묻노니 화살 10만 대를 언제까지 준비하면 되겠소?"

"열흘 안에 장만해주면 좋겠는데, 어떠시오?"

"조조의 군사가 오늘이라도 밀어닥칠 수 있는데, 열흘까지 기다린다면 큰일을 망치고 말 것이오."

"그럼 선생은 며칠이면 다 마련할 수 있소?"

"사흘이면 화살 10만 대를 갖다 드리지요."

"군중에서는 농담을 못하게 되어 있소."

"어찌 도독에게 농담을 하겠소. 바라건대 군령장軍令狀을 쓰리다. 사흘 동안에 마련하지 못하면 엄한 형벌을 받지요."

주유는 매우 기뻐하며 군정사軍政司를 불러 제갈양이 약속하는 군령장을 받아두게 한 다음에 술상을 차려 대접한다.

"이번에 큰일을 마치고 나서 선생의 수고에 보답하리다."

"오늘은 이미 늦었으니 내일부터 시작하겠소. 사흘째 되는 날 군사 5백 명만 강변으로 보내어 화살을 운반해가시오."

공명은 술을 몇 잔 마신 뒤 작별했다.

노숙은 말한다.

"그 사람이 거짓말한 것 아니겠소?"

주유는 자신만만하다.

"그가 스스로 죽으려 들 뿐, 내가 죽으라고 하지는 않았소. 그가 여러 사람 앞에서 서약하는 글을 써놓고 갔으니, 양쪽 겨드랑이에 날개가 돋친대도 벗어나지는 못할 것이오. 나는 화살장이들에게 일부러 일을 늦추도록 분부하고 필요한 모든 재료를 제때에 대주지 않을 작정이오. 그러면 틀림없이 기일 내에 그 많은 화살을 만들지는 못할 것이니, 그때에 그 죄를 따지면 그를 죽인다 한들 무슨 변명할 도리가 있으리요. 귀하는 곧 가서 그의 하는 짓을 염탐하고 돌아와 나에게 알려주시오."

노숙은 분부를 받고 공명을 찾아갔다. 공명은 노숙을 영접하며 원망한다.

"내 그대에게 부탁하기를 '내가 한 말을 말하지 말라. 주유가 반드시 나를 죽이려 들 것이라'고 그처럼 신신당부했는데, 귀공이 내 말을 그대로 주유에게 일러바쳤기 때문에 과연 오늘날에 이런 일이 생겼구려. 글쎄 사흘 만에 무슨 재주로 화살 10만 대를 만든단 말이오? 그대는 책임지고 나를 살리시오."

노숙은 대답한다.

"귀공이 스스로 불행을 끌어들였으니, 난들 어떻게 도울 수 있겠소."

"그럼 이번만은 내 부탁을 들어주시오. 나에게 배 20척만 빌려주되 배마다 군사 30명씩 태우고, 배마다 푸른 무명베를 둘러 가리고, 배마다 풀다발을 천 개씩 양쪽으로 쌓아두시오. 그러면 내가 그 배들을 잘 써서 사흘째 되는 날에 화살 10만 대를 어김없이 바치겠소. 이것만은 주유에게 비밀로 해주시오. 만일 주유가 알게 되면 내 계책은 수포로 돌아가오."

노숙은 응낙하였지만 그러나 공명의 뜻을 알 수가 없었다. 노숙은 돌아가 주유에게 보고하는 자리에서 공명이 '배 20척을 빌려달라'던 말은 하지 않는다.

"공명은 화살을 만들 대[竹]도 깃[翎]도 아교도 칠도 장만하지 않습니다. 스스로 약속을 지킬 도리가 있다고만 합디다."

"그가 사흘 뒤에 내게 와서 뭐라 말하나 어디 두고 봅시다."

주유는 크게 의심하면서도 확고한 음성으로 말했다.

노숙은 그날부터 사사로이 쾌속선 20척에 배마다 군사 30여 명씩을 태웠다. 배마다 포장을 둘러치고, 배 양쪽에 풀 다발을 잔뜩 쌓아 올렸다. 그리고 공명에게서 기별이 오기만 기다렸다.

첫째 날은 아무 기별이 없었다. 둘째 날도 공명에게서는 아무 기별이 없었다.

3일째 되는 날 4경(밤 2시 전후) 무렵이었다. 공명은 사람을 보내 은밀히 노숙을 자기 배로 초청했다.

노숙은 와서 묻는다.

"귀공이 나를 부른 것은 무슨 뜻이오?"

공명은 대답한다.

"특히 귀공을 청한 것은 함께 화살을 가지러 가기 위해서요."

"어디로 화살을 가지러 간단 말이오?"

"귀공은 아무 말 마시오. 준비해둔 배 20척을 거느리고 내가 가자는 데로 갑시다."

마침내 공명은 배 20척을 긴 쇠사슬로 서로 연결하게 하고, 바로 북쪽 언덕을 향하여 일제히 나아간다. 이날 밤에 안개는 하늘을 뒤덮었다. 장강은 안개가 자욱해서 바로 옆에 있는 사람과도 서로 얼굴을 못 알아볼 지경이었다.

공명이 배를 재촉하여 나아가니, 짙은 안개 외에는 보이는 것이 없었다.

옛 사람이 지은 「대무수강부大霧垂江賦」가 있다.

　크구나, 장강이여. 서쪽으로 민산과 아산이 접했는데, 남쪽으론
삼오를 두고 북쪽으론 구하가 둘렀으니, 모든 냇물을 모아 바다로
들어가며, 예부터 영원한 물결을 드날리는도다. 뿐만 아니라, 용백
· 해약 · 강비 · 수모와 천 길이나 되는 큰 고래와 머리가 아홉이나
달린 천오(지네) 등 괴상한 것과 이상한 것들이 다 모여 있으니, 말
하자면 귀신들이 의지하는 곳이요, 영웅들이 싸워서 지키는 곳이
로다. 때에 음과 양이 이미 산란하고 어두움과 밝음이 나누어지지
않아서 하늘이 한 빛깔임을 의아해했더니, 홀연히 짙은 안개가 사
방에 주둔한지라. 비록 큰 수레가 온대도 보이지 않을 것이요, 징소
리와 북소리만 들릴 것이다. 처음은 몽롱해서 겨우 남산 표범의 자
태를 감출 정도더니, 점점 가득히 짙어져서 북해의 곤(붕새로 변
한다는 큰 고기)도 방향을 잡지 못할 지경이라. 그러한 뒤에 위로
는 높은 하늘에 접하고, 아래로는 두터운 땅에 드리워져 그 아득함
은 창망하고 그 넓음이 끝이 없으니, 고래는 물에서 솟아나와 파도
를 흩날리며, 교룡은 깊이 잠복하여 그 기운을 토하는도다. 또 마
치 매화꽃 필 무렵의 이슬비가 후텁지근한 기온을 거두어 흐린 봄
날이 쌀쌀한 추위를 이루는 것과 같아서 어둡고 몽롱하고 넓고 느
리니, 동쪽으로는 시상 땅 언덕이 보이지 않으며 남쪽으로는 하
구 땅 산이 숨어버렸도다. 이에 전함 천 척이 다 바위와 구렁에 침
몰하고 고기잡이 일엽편주는 억센 파도에 놀라, 들쭉날쭉하는도
다. 심할 때는 둥근 하늘에 광명이 없어서 아침 햇볕도 빛을 잃으
며 흰 대낮을 도리어 황혼으로 바꾸어놓고 단사로 이루어진 산을
푸른 수정으로 변경시키는도다. 비록 우임금(치산 치수한 고대 성

군)의 지혜로도 이 안개의 깊이는 측량하지 못할 것이요, 이루(앉아서 천리를 내다보았다는 고대 사람)의 총명으로도 어찌 지척을 분별하겠는가. 이에 풍이(수신水神)는 물결을 쉬게 하고, 병예(풍신風神)는 그 공로를 거두니, 고기와 자라는 흔적을 숨기고, 날짐승과 맹수는 자취를 감춤이라. 이에 봉래도(신선이 사는 섬)는 아련히 나타나서 가만히 창합궁(하늘의 궁)을 감싸니 황홀히 날아올라서 즉시 소나기라도 올 것 같고 산란스레 뒤섞여 싸늘한 구름과 함께하려는 듯하도다. 이쯤 되면 능히 독한 뱀을 가두어 그로 인하여 괴상한 전염병이 번지고 안으로 요사한 잡귀신을 숨겨서 그로 인하여 재앙이 생기도다. 이리하여 인간에게 질병과 액난을 내리고 저 국경 지대에 난리가 일어나거니, 보잘것없는 백성은 이를 당하면 몹시 상하고, 큰 인물은 이를 보면 탄식하는도다. 그러나 근본 기운을 우주에 환원함으로써 하늘과 땅은 혼합하여 지구를 이룸이로다.

大哉長江 西接岷峨 南控三吳 北帶九河 磴百川而入海 歷萬古以揚波 至若龍伯海若 江妃水母 長鯨千丈 天蜺九首 鬼怪異類 咸集而有 蓋夫鬼神之所憑依 英雄之所戰守也 時而陰陽旣亂 昧爽不分 訝長空之一色 忽大霧之四屯 雖輿薪而莫覩 惟金鼓之可聞 初若溟濛 彷隱南山之豹 漸而充塞 欲迷北海之鯤 然後上接高天 下垂厚地 渺乎蒼茫 浩乎無際 鯨罹出水而騰波 蛟龍潛淵而吐氣 又如梅霖收飯 春陰釀寒 溟溟濛濛 浩浩漫漫 東失柴桑之岸 南無夏口之山 戰船千乾 俱苞淪於岩壑 漁舟一葉 驚出沒於波瀾 甚則穹昊無光 朝陽失色 返白晝爲昏黃 變丹山爲水碧 雖大禹之智 不能測其淺深 離婁之明 焉能辨乎咫尺 於是馮夷息浪 屛楞收功 魚鱉遁跡 鳥獸潛懿 隔斷蓬萊之島 暗圍煥闔之宮 恍惚奔騰 如驟雨之將至 紛秉雜沓 若寒雲之欲同 乃能中隱毒蛇 因之而爲秧馭 內藏妖魅 憑之而爲禍害 降疾厄於人間 起風塵於塞外 小民遇之大傷 大

人觀之感慨 蓋將返元氣於洪荒 混天地爲大塊

그날 밤, 5경(밤 4시 전후) 때쯤이었다. 20척의 배들은 조조의 수채水
寨 가까이 이르렀다.

공명은 모든 배에 명령하여 뱃머리를 서쪽으로, 배 꼬리를 동쪽으로
돌려 일자로 늘어세우고 일제히 북을 울리며 크게 함성을 지르도록 하
였다.

노숙은 깜짝 놀란다.

"조조의 군사가 한꺼번에 쏟아져 나오면 어쩌려고 이러시오!"

공명은 태연히,

"내가 생각건대 조조는 워낙 안개가 깊어서 감히 군사를 내보내지
못할 것이니, 우리는 술이나 마시며 즐기다가 안개나 걷히거든 돌아갑
시다."

하고 웃었다.

한편, 조조의 수채에서는 갑자기 요란한 함성과 진동하는 북소리를
듣자, 모개와 우금 두 사람은 황망히 조조에게 사람을 보내어 이 사실을
고한다.

조조는 보고를 듣자,

"안개가 짙게 끼어 강물도 보이지 않는 이때 적군이 홀연히 들이닥쳤
으니, 반드시 사방에 매복한 적군도 있을 것이다. 그러니 절대 경솔하게
행동하지 말라. 속히 수군과 궁노수를 모조리 동원하여 활을 쏘아 격퇴
시켜라."

명령한다. 또한 사람을 육지의 진지陣地로 보내어, 장요와 서황 두 장
수를 오라고 하여,

"각기 궁노수 3천 명씩 거느리고 속히 강변에 나가서 활을 쏘아 원조

하여라."

하고 영을 내렸다.

조조의 명령이 전달됐을 때였다. 모개와 우금은 이미 강동 수군이 수채로 들입다 쳐들어오지나 않을까 겁을 먹고, 모든 궁노수를 수채 밖으로 내보내어 활을 쏘아대는 참이었다.

이윽고 육지의 진지에서도 궁노수 만여 명이 모조리 강변으로 몰려나와, 안개에 싸인 강 한복판을 향하여 마구 활을 쏘니, 화살은 빗발치듯한다.

20척의 배가 한 쪽으로 기울어지자, 공명은 이번에는 모든 뱃머리를 동쪽으로, 배 꼬리를 서쪽으로 돌려 대게 하고, 더욱 수채 가까이 다가간다. 날아오는 화살이 모조리 배에 들이박힌다. 동시에 군사들은 더욱 급히 북을 치며 함성을 지른다.

이윽고 해가 뜬다. 안개가 흩어지기 시작하자, 공명은 배들을 거두어 급히 돌아가니, 20척 배의 양쪽에 높이 쌓여 있는 풀 다발에는 화살이 가득히 꽂혀 있어, 마치 고슴도치 같은 괴물로 변하였다. 공명은 모든 배의 군사들에게 일제히 고함을 지르도록 명령을 내린다.

군사들은 각기 배 위에 나와서 소리를 지른다.

"승상이 준 화살을 잘 받아가니 감사하노라!"

조조의 군사들이 이 사실을 조조에게 보고했을 때 공명의 배들은 급한 물길로 나와 가벼이 20여 리 전방을 가고 있었다. 조조는 그 배들을 뒤쫓았으나 따르지 못하고 분을 참지 못하였다.

한편, 공명은 돌아오며 배 안에서 노숙에게 말한다.

"배 한 척마다 꽂힌 화살만도 5,6천 대씩은 되리니, 강동은 반푼의 힘도 들이지 않고 이미 10만여 대의 화살을 얻었소. 내일이라도 그 화살로 조조의 군사를 쏘면 매우 편리할 것이오."

짙은 안개 속에서 유유히 화살을 모으는 공명(맨 왼쪽)

노숙은 감탄하며 묻는다.

"선생은 참으로 신인神人이십니다. 오늘 이렇듯 큰 안개가 낄 줄을 어떻게 미리 아셨습니까?"

"장수 된 사람이 천문을 통달하지 못하고, 지형의 이로움을 식별하지 못하고, 기문奇門(고대 병법의 8진陣 중에 용龍 · 호虎 · 조鳥 · 사蛇를 기문이라 한다)을 모르고, 음양의 이치에 밝지 못하고, 진도陣圖를 볼 줄 모르고, 병세兵勢를 분명히 못한다면, 이는 보잘것없는 인재요. 나는 3일 전에 오늘 안개가 크게 낄 것을 계산하였소. 그래서 3일 간 말미를 청했던 것이오. 주유는 나에게 열흘 동안에 맡은 바를 다하라고 했소. 일부러 화살 만드는 장인들과 필요한 모든 물자도 대주지 않다가 기일이 넘기만 하면, 나의 풍류風流 넘치는 약속을 죄목으로 옭아넣어 나를 죽일

266

작정이었소. 그러나 나의 목숨은 하늘이 관리하는 바라, 주유가 어찌 죽일 수 있으리요."

노숙은 크게 감복한 나머지 일어나 공명에게 너부시 절한다.

언덕에 20척의 배가 당도하자, 주유가 보낸 5백 명 군사는 이미 강변에 나와서 화살을 운반할 준비를 하고 있었다. 공명은 그들 군사에게 분부한다.

"저 배들의 풀 다빌에 꽂힌 화살을 가져가거라. 아마 10만 대는 더 될 것이다. 중군 장막으로 운반하되 어김없게 하여라."

노숙은 주유에게 가서 공명이 화살 10만 대를 얻은 경위를 소상히 설명했다. 주유는 크게 놀라며 개연히 탄식한다.

"공명의 신기 묘산神機妙算은 내가 따를 수 없는 바로다!"

후세 사람이 이 일을 찬탄한 시가 있다.

온 하늘의 짙은 안개가 장강에 가득한데
멀고 가까운 거리를 알 수 없으니, 물만 아득하더라.
화살이 소낙비와 메뚜기 떼처럼 전함으로 날아드니
공명이 오늘에서야 주유를 눌렀도다.
一天濃霧滿長江
遠近難分水渺茫
驟雨飛蝗來戰艦
孔明今日伏周郎

잠시 뒤에 공명은 진영으로 주유를 찾아갔다. 주유는 장막에서 내려와 영접하고 칭송하며 부러워한다.

"선생의 신인다운 계책은 사람을 감복하게 하셨소."

공명은 겸사한다.

"그런 조그만 속임수를 어찌 기이하다 할 것 있겠소."

주유는 공명을 장막으로 안내하고 함께 술을 마시며 청한다.

"어제 우리 주공께서 내게 사람을 보내어, 군사를 진격시키라는 재촉이 왔소. 그러나 아직 묘한 계책이 없으니, 바라건대 선생은 지도해주시오."

"나는 원래 보잘것없는 재주뿐이니, 어찌 묘한 계책이 있겠소?"

"내가 전번에 조조의 수채를 엿보았는데, 그 엄격하고 정연함이 다 법도가 있어, 등한히 공격할 바가 아니오. 그래서 한 계책을 생각해냈으나 과연 적절할지 어떨지 선생께서 결정을 지어주시오."

"도독은 그 계책을 말하지 마시오. 각자 손바닥에 뜻한바 계책을 써서, 우리 의견이 같은지 다른지를 알아보기로 합시다."

주유는 반색을 하며 벼루와 붓을 가져오라고 하여 돌아앉아 먼저 손바닥에 쓰고 공명에게 붓을 넘겨준다.

공명이 또한 돌아앉아 쓴 뒤에 각기 의자를 접근하고 서로 손바닥을 내밀어 펴 보인다.

두 사람은 상대의 것을 보자 함께 크게 웃는다. 주유의 손바닥에 적혀 있는 글자도 불 화火 자요, 공명의 손바닥에도 역시 불 화 자가 적혀 있었다.

주유는 당부한다.

"우리 두 사람의 의견이 같으니, 이젠 다시 의심할 것이 없소. 바라건대 이 일을 누설하지 마시오."

공명은 대답한다.

"우리 양가兩家의 공사公事를 어찌 누설할 리 있으리요. 조조가 두 번이나 우리 계책에 걸려들었지만, 우리의 이번 계책만은 방비하지 못할 것이니 이제부터 도독은 마음대로 실천하는 것이 좋소."

이리하여 함께 술을 마시고 주유와 공명은 작별했다. 그러니 모든 장수들도 이 일만은 알지 못했다.

한편, 조조는 15,6만 대의 화살을 멀쩡히 잃은지라, 괴로웠다.

순유가 들어와 계책을 고한다.

"강동에선 주유와 제갈양이 계책을 세우니, 그들을 갑자기 격파하기는 어려울 것 같습니다. 그러니 사람을 한 명 강동으로 보내어 거짓 항복을 시키고, 그 사람으로 하여금 적의 내막을 탐지해서 우리에게 내통하도록 한 뒤라야만, 가히 일을 도모할 수 있습니다."

조조는 대답한다.

"그 말이 나의 생각과 같도다. 그럼 우리 편에서 누구를 보내는 것이 적당할까?"

"전번에 채모가 죽음을 당했지만, 채씨 종족이 다 우리 군중에 있어, 채모의 친척 동생뻘 되는 채중蔡中과 채화蔡和가 지금 부장副將으로 있습니다. 승상께서는 후한 상을 베풀기로 하고, 그들을 동오로 보내어 거짓 항복을 하게 하면, 적들이 반드시 의심하지 않으리다."

조조는 순유의 말을 좇아 그날 밤에 채중, 채화 두 사람을 비밀히 장막으로 불러들여 부탁한다.

"너희들 두 사람은 약간의 군사를 데리고 동오에 가서 거짓 항복을 하여라. 그리고 적군의 동태를 조사해서, 사람을 시켜 나에게 은밀히 보고하여라. 일이 성공한 뒤에 큰 상賞을 너희들에게 줄 테니, 두 마음을 품지 말라."

채중, 채화 두 사람은 대답한다.

"우리 처자가 다 형주에 있는데, 어찌 딴생각을 품겠습니까. 승상은 조금도 의심하지 마십시오. 우리 두 사람이 가서 반드시 주유와 제갈양의 목을 끊어 휘하에 바치오리다."

조조는 채중, 채화 두 사람에게 우선 많은 상을 주었다.

이튿날, 채중과 채화는 군사 5백 명을 거느리고 수척의 배에 나누어 탔다. 그들은 순풍에 밀려가듯이 동오 땅 남쪽 언덕에 당도했다.

이때 주유는 군사를 진격시킬 일을 궁리하는데, 수하 사람이 들어와서 고한다.

"강 북쪽에서 수척의 배가 강 어귀에 왔습니다. 그들은 채모의 동생 채중과 채화로서 항복하러 왔다고 합니다."

주유는 곧 두 사람을 데려오도록 했다. 채중, 채화 두 사람은 들어와서 울며 주유에게 절한다.

"우리 형님 채모는 아무 죄도 없이 조조에게 죽음을 당했습니다. 우리 두 사람은 형님의 원수를 갚고자 귀순해왔으니, 바라건대 저희들을 거두어 전방前方 부대에 넣어주십시오."

주유는 흡족한 표정으로 두 사람에게 많은 상을 주었다. 그리고 감영에게 그들을 전방 부대에 편입시키도록 분부했다.

채중과 채화는 주유에서 거듭 절하여 감사하고, 자기들의 계책이 들어맞은 줄로만 알았다.

그날 저녁 무렵에, 주유는 다시 감영을 불러들여 은밀히 분부한다.

"채중·채화 두 사람이 가족과 함께 오지 않았으니, 진정으로 항복해온 놈들이 아니다. 조조가 첩자로 보낸 것들이니, 내 그들의 계책을 역이용하는 계책을 써서, 그 두 놈으로 하여금 이곳 정보를 통지하게끔 하리라. 그러니 그대는 두 놈을 은근히 대우해서 눈치채지 못하게 하라. 우리 군사가 출발하는 날에 먼저 그 두 놈부터 죽여서 기旗에 제사를 지내리니, 조심하고 실수 없도록 하라."

감영이 분부를 받고 나간 뒤에 노숙이 들어와서 경고한다.

"채중·채화가 항복해온 것이 암만 봐도 속임수 같소. 함부로 거두어두지 마시오."

주유는 대뜸 꾸짖는다.

"그들은 형이 조조에게 죽음을 당했기 때문에 그 원수를 갚으려고 우리에게 항복해온 것이다. 무슨 속임수가 있으리요. 그대처럼 의심이 많아서야 어찌 천하의 유능한 인재를 용납할 수 있겠는가!"

노숙은 아무 대답도 못하고 공명에게 가서 그 말을 했다. 공명은 웃기만 한다.

노숙은 묻는다.

"웃긴 왜 웃소?"

"그대가 주유의 계책을 모르기에 그래서 웃었소. 큰 강이 서로의 사이를 멀리 가로막았기 때문에 피차간에 첩자가 왕래하기가 매우 어렵게 되어 있소. 그래서 조조가 채중·채화를 보내어 우리에게 거짓 항복을 시키고 우리 군중 내막을 염탐하려는 것인데, 주유는 조조의 그 계책을 역이용해서 우리에게 유리하도록 일을 꾸미자는 것이지요. 원래 군사를 쓰자면 서로 속임수를 쓰게 마련이니, 주유의 계책이 바로 맞아들어갈 것이오."

노숙은 그제야 모든 것을 깨달았다.

한밤중이었다. 장막 안에 주유가 앉아 있는데, 황개가 아무 선통도 없이 몰래 들어온다.

주유가 묻는다.

"황개가 한밤중에 왔으니, 반드시 나에게 좋은 계책을 일러주려는 것이 아니냐?"

황개는 말한다.

"적군은 많은데 우리 군사는 수효가 적으니, 시일이 오래 걸릴수록 우리에게 불리합니다. 어째서 적을 불로 공격하지 않으시오?"

주유는 묻는다.

"누가 그대에게 그런 계책을 일러주었소?"

"내 스스로 생각해낸 계책이오. 누가 시켜서 온 것은 아니오."

"나도 바로 그럴 작정으로 이번에 거짓 항복해온 채중과 채화를 역이용해서 우리 편 소식을 조조에게 전하고는 싶으나, 그렇게 하려면 우리 편에서도 조조에게 가서 거짓 항복을 할 사람이 있어야겠는데 그런 적당한 인물이 없어서 한이오."

"그렇다면 내가 가서 그 계책을 실천하겠소."

"그러나 그대가 큰 고통을 겪지 않으면 조조가 어찌 선뜻 믿으리요."

"나는 손씨(손권의 집안)로부터 많은 은혜를 입은 몸이오. 이제 오장육부를 땅에 뿌린대도 아무 여한이 없소."

주유는 일어나 황개에게 절하고 감사한다.

"그대가 만일 이 고육지계苦肉之計를 실천해준다면, 이는 우리 강동의 천만다행이오."

"염려 마시오. 나는 죽는대도 원망하지 않겠소."

황개는 도리어 감사하고 나갔다.

이튿날, 주유는 북을 크게 울린 후 모든 장수들을 장하로 모았다. 공명도 그 자리에 참석했다.

주유는 모든 장수들에게 말한다.

"조조는 지금 백만 대군을 거느리고 3백여 리 사이를 연결하였으니, 우리가 하루아침에 그들을 격파할 수는 없다. 그러므로 이제 모든 장수들에게 3개월 동안 먹을 양식과 마초를 나누어줄 테니 각기 적군을 막을 준비를 하여라."

주유의 말이 미처 끝나기도 전이었다. 황개가 앞으로 썩 나서며 외친다.

"3개월이라니 그런 소리 마시오. 30개월 먹을 곡식과 마초를 분배받는데도, 이러다가는 아무 일도 못하오. 당장 이달 중에 적을 격파하겠거든 격파하고, 만일 이달 중에 적을 격파할 자신이 없거든 애초에 장소가 말하던 대로 모두 다 갑옷과 창을 버리고 북쪽을 향하여 조조에게 항복하는 것이 낫소!"

주유는 벌컥 얼굴빛이 변하여 꾸짖는다.

"나는 주공의 명령을 받들어 모든 군사를 지휘하여 조조를 격파하려는데, 감히 항복하자는 자가 있으면 반드시 참하겠다고 말했거늘, 더구나 적군과 아군이 서로 맞바라보는 이제, 네가 이런 말을 하여 우리 군사의 씩씩한 기상을 꺾으려 드느냐! 네 목을 참하지 않고는 모든 군사를 거느릴 수 없으리라."

주유는 좌우 부하들에게 추상같이 명령한다.

"어서 황개를 참하여라!"

황개가 또한 노기 띤 목소리로 외친다.

"나는 파로장군破虜將軍(손견)을 섬기면서부터 동쪽 남쪽을 종횡으로 달려 싸우며 이미 3대를 섬긴 사람이다. 네가 나를 어찌겠다는 거냐!"

주유는 속히 황개를 참하도록 소리를 지른다. 감영은 주유 앞에 나아가 고한다.

"황개는 우리 동오의 옛 신하니 바라건대 너그러이 용서하시오."

주유는 더욱 노하여,

"너는 어찌 감히 여러 소리로 나의 법을 어지럽히려 드느냐?"

꾸짖고 좌우에게 호령한다.

"감영부터 곤장으로 매우 쳐라."

이에 감영은 곤장을 맞고 내쫓겼다. 모든 관리들은 무릎을 꿇고 주유

조조를 무찌르기 위해 주유와 모의하고 곤장을 맞는 황개

에게 고한다.

"황개의 죄는 죽어 마땅하나 그를 죽이면 우리 군사들에게 이롭지 못
하니, 바라건대 도독은 너그러이 용서하시오. 그의 죄를 기록해뒀다가
조조를 격파한 뒤에 참해도 늦지 않으리다."

그래도 주유는 노기가 풀리지 않는다. 모든 관리들은 애걸한다. 주유
는 그제야 분부를 내린다.

"내 저놈의 목을 꼭 끊겠으나 모든 관리들의 체면을 보아 특별히 죽
음만은 면해주겠다. 어서 저놈을 끌어 엎치어라. 곤장 백 대만 쳐서 그
죄를 밝혀라."

모든 관리들이 또 사정하자 주유는 안상을 뒤집어엎으며 추상같이
호령한다.

274

"어서 곤장으로 그놈을 매우 쳐라!"

황개가 옷이 벗겨지고 땅바닥에 엎쳐진 채 곤장 50대를 맞았을 때였다. 모든 관리들은 또다시 그만 용서해주라며 애걸복걸한다.

주유는 벌떡 일어나더니 황개를 손가락질하며,

"네 이놈! 그래도 나를 깔볼 테냐. 남은 곤장 50대는 당분간 맡아두기로 하겠다. 한 번만 더 무엄하게 굴면 그때는 당장에 죽을 줄 알아라."

하고 한참을 저주하다가 장막 안으로 들어가버렸다.

모든 관리들은 황개를 부축해 일으켰다. 황개의 살은 온통 찢겨져, 시뻘건 피가 줄줄 흘러내린다. 황개는 부축을 받으며 본채本寨로 돌아가는 동안에도 몇 번씩 기절하고는 했다. 모든 사람들은 그 참혹한 꼴을 보고 눈물을 흘리지 않는 이가 없었다.

노숙도 따라가서 황개를 위문하고 돌아오는 길에 공명이 있는 배를 찾아갔다. 노숙은 공명에게 원망조로 말한다.

"오늘 주유가 크게 노하여 황개를 꾸짖을 때 우리는 다 그의 부하이기 때문에 감히 더 간하지 못했지만, 선생은 손님으로서 그 자리에 참석했거늘 어째서 팔짱만 끼고 구경만 하면서 말리지 않았소?"

공명은 웃으며 대답한다.

"그대가 나의 속을 떠보려는 것이로다."

"선생이 강을 건너온 뒤로 나는 한 번도 속인 일이 없는데 무슨 그런 말씀을 하시오!"

"그대는 오늘 주유가 황개를 모질게 때린 것이 바로 계책이었다는 것을 어찌 모르리요. 그런데 내가 어떻게 주유를 말린단 말이오?"

노숙은 그제야 깨달았다.

공명은 계속 말한다.

"그렇듯 괴로운 고육계苦肉計를 쓰지 않고는 어찌 조조를 속일 수 있으리요. 이제 황개가 반드시 조조에게 거짓 항복하러 갈 것이며, 따라서 채중과 채화는 이번 일을 반드시 조조에게 보고할 것이오. 부탁하노니, 그대는 제갈양이 이번 계책을 다 알더라고 결코 주유에게 일러바치지 마시오. 다만 제갈양도 또한 이번 처사는 도독이 너무 심했다고 원망하더라고만 하시오. 그러는 것이 여러 가지로 좋을 것이오."

노숙은 공명에게 하직하고 그길로 주유를 보러 갔다. 주유는 노숙을 장막 안으로 맞이하여 들인다.

노숙은 묻는다.

"오늘 도독은 어째서 황개를 그처럼 혹독하게 꾸짖었소?"

주유는 되묻는다.

"그래 모든 장수들은 뭐라 합디까?"

"마음속으로 불안해하는 자가 많습디다."

주유는 다시 묻는다.

"그래 공명의 의견은 어떠합디까?"

노숙은 대답한다.

"공명도 도독이 너무 박정한 사람이라면서 원망합디다."

주유는 껄껄 웃는다.

"이번에야, 내 계책에 공명이 속아넘어갔구나!"

"그게 무슨 말이오?"

"오늘 황개를 매우 때린 것은 바로 계책이었소. 나는 황개를 조조에게 보내어 거짓 항복을 시키기 위해서, 그렇듯 고육계를 쓴 것이오. 이렇게 해서 먼저 조조를 속이고 난 뒤에, 불로 공격해야만 이길 수 있소."

노숙은 마음속으로 공명의 뛰어난 통찰력을 감탄하였으나, 사실을 말하지는 않았다.

한편, 황개는 장중에 누워 신음하는데, 모든 장수들이 와서 위문한다.

그러나 황개는 아무 말도 않고 길이 탄식만 한다.

수하 사람이 문득 들어와서 고한다.

"참모로 계시는 감택(闞澤)이 위문 오셨습니다."

황개는,

"이리로 모셔라."

하고 좌우 사람들을 꾸짖어 밖으로 내보낸다. 이윽고 감택은 들어와서 묻는다.

"장군은 도독과 무슨 원수 산 일이라도 있소?"

"그런 일은 없소."

"그렇다면 오늘 귀하가 혹독한 곤장을 맞은 것은 고육계가 아니오?"

"어찌 그것을 아셨소?"

"내, 오늘 도독의 거동을 보고, 십중팔구는 짐작했소."

황개는 정중히 말한다.

"나는 우리 오나라의 3대를 섬기고 많은 은혜를 입었으나 보답할 길이 없어서, 이번에 계책을 바치고 조조를 격파하기로 했으니, 내 아무리 괴로울지라도 아무 여한이 없소. 내 우리 군중을 둘러봐도 가히 심복할 만한 사람이 없건만 귀공이 평소 충성과 의리가 대단하기에 감히 사실대로 털어놓는 바이오."

감택은 묻는다.

"귀하가 나에게 사실을 털어놓는 것은 나에게 거짓 항서(降書)를 바치라는 뜻이 아닌지요?"

황개는 머리를 끄덕인다.

"바로 그걸 부탁하려는 것이오."

감택은 그 당장에서 흔쾌히 승낙하니,

용맹한 장수가 몸을 던져 주인에게 보답하려고 드니

참모하는 신하도 나라를 위하여 뜻을 함께한다.

勇將輕身思報主

謀臣爲國有同心

감택은 무슨 말을 할 것인가.

【5권에서 계속】

三國志
演義 부록
(4)

나오는 사람들

감영甘寧 자는 흥패興覇. 손권의 맹장. 원래 황조의 수하에 있다가 손권을 섬겼다. 유수구에서 조조군을 백 명의 기병으로 무찔러 이름을 떨쳤으나, 후일 남만왕 사마가의 화살에 맞아 죽는다.

감택甘澤 | **?-243** | 자는 덕윤德潤. 손권의 모사. 황개와 함께 적벽 대전에서 공을 세운다. 학문에도 능하여 많은 저작을 남겼으며, 벼슬이 태자태부에 이른다.

낙통駱統 | **193-228** | 자는 공서公緖. 손권의 모사. 일찍이 손권을 도와 백성을 다스림에 은혜를 베풀었으며, 효성 또한 지극하였다. 육손을 도와 촉군을 격파하고, 이어 위의 조인이 침입했을 때에도 공을 세운다.

노숙魯肅 | **172-217** | 자는 자경子敬. 오의 장수. 주유를 도와 유비와 우호를 맺는 데 힘썼으며, 적벽 대전에서 조조를 물리치는 데 큰 역할을 한다. 주유의 뒤를 이어 군마를 통솔하여 오의 기반을 닦는다.

방통龐統 | **?-200** | 자는 사원士元. 유비의 군사. 일찍이 사마휘가 말한 복룡(제갈양)과 봉추(방통) 중 한 사람이다. 유비가 형주를 차지한 뒤에 찾아가 제갈양과 함께 군사가 된다. 촉을 칠 때 유비와 함께 출전했으나 낙봉파에서 화살에 맞아 36세로 죽는다.

사마휘司馬徽 | **?-208** | 자는 덕조德操. 호는 수경水鏡. 고명한 은사이자 당대 기인이다. 일찍이 유비와 만나서, 복룡(제갈양)·봉추(방통) 중 하나만 얻어도 천하를 얻을 수 있다고 말한 것으로 유명하다.

서서徐庶 자는 원직元直. 일명 단복單福. 한때 몸을 숨겨 떠돌아다니다가, 유비를 만나 잠시 그를 돕는다. 하후돈이 신야의 유비를 칠 때 서서의 계략으로 패주하자, 이를 안 조조가 서서의 노모를 잡다가 그를 위협하여 휘하로 오게 한다.

손권孫權 | **182-252** | 자는 중모仲謀. 오의 초대 황제. 시호는 대황제. 일찍이 영웅

의 기상이 있어 부형의 대업을 이어받아 강동에 웅거한다. 촉과 우호를 맺으면서 위의 침입에 전력하였다. 수하의 뛰어난 문무 신하들이 보좌하여 위·촉에 이어 황제로 즉위한다.

순욱荀彧 | 163-212 | 자는 문약文若. 조조의 모사. 순유와는 숙질간이다. 조조가 황건적을 칠 때 그의 수하에 들어간다. 조조의 중원 도모에 끼친 공로가 많았으나, 훗날 조조가 위공이 되는 것을 반대하다가 노여움을 사서 자결한다.

순유荀攸 | 157-214 | 자는 공달公達. 조조의 모사. 순욱의 조카로 숙부와 함께 조조를 도와 많은 공을 세운다. 그러나 뒤에 조조가 위왕이 되는 것을 반대하다가 조조의 노여움을 산 끝에 화병으로 죽는다.

엄준嚴畯 자는 만재曼才. 손권의 모사. 온순 성실하고 학식 또한 깊어 뭇사람의 존경을 받았다. 노숙이 죽은 후 손권이 중용하려 했으나 끝내 사양하였다. 촉에 사신으로 갔을 때 제갈양도 그의 인품을 높이 샀다.

유기劉琦 | ?-209 | 유표의 장자. 계모 채부인과 계모의 동생 채모의 미움을 받아 늘 신변에 위협을 받는다. 마침 유표에게 의지해 있던 유비의 도움으로 안전책을 마련한다.

유종劉琮 | 173-198 | 유표의 둘째 아들이자 후처 채부인 소생으로, 부친이 죽자 채모·장윤 등이 유종에게 뒤를 잇게 하고 이어 조조에게 항복을 강요한다. 그러나 조조는 항복한 유종 모자를 무참히 죽인다.

유봉劉封 | ?-220 | 본명은 구봉寇封. 촉의 장수. 유비의 양자. 유비가 양자로 맞이할 때 관우가 반대한 일이 있어, 후일 관우가 형주에서 패할 때 구하지 않았고, 결국 유비의 노여움을 사 죽는다.

육적陸績 | 187-219 | 자는 공기公紀. 손권의 모사. 손권을 도와 많은 공을 세운다. 특히 효성이 지극한 것으로 널리 알려져 있다.

이교二喬 손견의 아내 대교大喬와 주유의 아내 소교小喬의 통칭이다.

이규李珪 유표의 충신. 유표가 죽은 후 채모·장윤 등이 어린 유종을 꾀어 조조에게 항복하려 하자 분연히 나서서 이들을 꾸짖다가 의로운 죽음을 당한다.

이적伊籍 자는 기백機伯. 유비의 대신. 유비가 유표에게 의지해 있을 때 그를 도운 것이 인연이 되어 유비를 섬기게 된다.

장간蔣幹 자는 자익子翼. 조조의 막빈. 적벽 대전 때 자청하여 주유를 꾀러 갔으나 도리어 그에게 이용당한다.

장남張南 촉의 장수. 유비가 오를 칠 때 출전하였다. 오군의 반격으로 촉군이 패하자 적에게 포위되어 혼전 속에서 죽는다.

장비張飛 | ?-221 | 자는 익덕翼德. 촉의 장수. 유비 · 관우와 의형제를 맺어 평생을 함께할 것을 결의한다. 두 형과 더불어 한의 중흥을 위해 혼신을 다하였으나, 뜻을 이루지 못하고 중도에 수하 장수 범강 · 장달에게 살해된다.

장윤張允 유표의 장수. 유표가 죽은 후 채모와 함께 조조에게 항복한다. 적벽 대전 때 채모와 함께 수군을 맡았는데, 이를 안 주유가 계교로써 이들을 조조의 손에 죽게 한다.

제갈양諸葛亮 | 181-234 | 자는 공명孔明. 촉의 승상. 유비의 삼고초려 이후 세상에 나와 유비와 유선을 받들어 죽는 날까지 한의 중흥에 혼신을 다한다. 당대의 기재로서 천문, 지리, 병법 등에 능통하다.

주유周瑜 | 176-210 | 자는 공근公瑾. 오의 장수. 지략이 뛰어난 장수로 군마를 총독하였다. 적벽 대전 때 제갈양과 함께 조조군을 크게 격파했으나 큰 뜻을 펴지 못한 채 36세로 요절한다.

주태周泰 자는 유평幼平. 오의 장수. 일찍이 손책을 따라 많은 공을 세웠다. 한때는 손권이 산적의 습격으로 위태롭게 되었을 때 그를 보호하다가 치명상을 입었는데, 이때 명의 화타의 치료로 완쾌된다.

태사자太史慈 | 166-206 | 자는 자의子義. 오의 장수. 한때 유요 수하에 있으면서 손책과 크게 싸운 것이 인연이 되어 손책을 따르게 된다. 전장에 나갈 때마다 큰 공을 세운다.

하후돈夏侯惇 | ?-220 | 자는 원양元讓. 조조의 맹장. 일찍부터 조조를 도와 많은 공을 세운다. 일찍이 여포의 장수 조성이 쏜 화살이 눈에 맞았는데, 화살과 함께 뽑혀 나온 자기 눈알을 씹어 삼킨 일화로 유명하다.

황개黃蓋 자는 공복公覆. 오의 장수. 손견, 손책, 손권을 차례로 섬기면서 많은 공을 세운다. 특히 적벽 대전 때 고육계로써 주유를 도와 큰 공을 세운다.

황승언黃承彦 제갈양의 장인. 초야에 묻혀 살면서 평생을 착한 일에 힘썼다. 오의 육손이 어복포에서 곤경에 처했을 때 제갈양의 부탁에도 불구하고 그를 구해준다.

간추린 사전

◉ — **십실지읍**十室之邑 **필유충신**必有忠信

유비가 어진 인재를 만나지 못하고 있다며 탄식하자, 사마휘가 이 말을 인용하여
유비를 위로하였다.(35회)

출전은『논어論語』「공야장公冶長」편이다. 설령 10여 호밖에 안 되는 작은 지방이라
도 그 안에는 반드시 충忠과 신信을 말하는 사람이 있다는 뜻이다.

◉ — **제환공욕견동곽야인**齊桓公欲見東郭野人

유비가 제갈양을 만나기 위해 예의를 다하자 관우와 장비가 분통을 터뜨렸다. 이에
유비는 제 환공의 고사를 인용하여 두 아우를 설득했다.(38회)

춘추 시대 제齊 환공桓公이 동곽야인東郭野人을 만나러 갔으나 연이어 세 번을 가도
만나지 못했다. 어떤 사람이 다시는 가지 말라고 권하였으나, 그는 듣지 않고 다섯
번을 찾아가서야 비로소 만났다.

◉ — **신생중이지사**申生重耳之事

유기가 자신의 살길을 묻자, 제갈양은 신생과 중이를 인용하여 강하로 가서 앞날을
도모하라고 일러주었다.(39회)

신생과 중이는 춘추 시대 진晋 헌공獻公의 아들들이다. 헌공의 첩 여희驪姬는 그녀
의 소생인 해제奚齊를 태자로 세우기 위해 헌공에게 참언하여 태자 신생과 그의 동

생 중이를 죽이려 하였다. 신생은 다른 곳으로 달아나지 않고 자살하였다. 중이는 나라 밖으로 19년 동안이나 달아나 있다가 후에 진나라로 돌아와 권력을 탈취하고 군주가 되었으니, 이 사람이 바로 문공文公이다. 그는 제후들의 패자가 되는 업적을 세웠다.

◉ — **좌간회귤**座間懷橘

제갈양은 화친을 주장하는 육적을 조롱하는 장면에서 이 고사를 사용했다.(43회)

육적은 여섯 살 때 구강九江에서 원술袁術을 만났는데, 원술이 귤을 내어 대접하였다. 육적은 그 자리에서 귤 세 개를 품 안에 숨겼는데, 돌아갈 때 그만 떨어뜨리고 말았다. 원술이 왜 귤을 숨겼느냐고 묻자, 그는 무릎을 꿇고 사죄하며 어머니께 드리고 싶어서라고 대답하였다. 효도를 말할 때 대표적으로 인용되는 고사이다.

◉ — **칠금령오십사참**七禁令五十四斬

주유는 이 말을 인용하여 군법을 엄격히 함으로써 조조와의 화친론을 일축하였다.(44회)

제갈양이 제정한 군법의 명칭. 『태평어람太平御覽』『무후병법武侯兵法』을 인용하여 말하기를, "군대에는 일곱 가지 금하는 것이 있다. 그것은 경輕, 만慢, 도盜, 기欺, 배背, 난亂, 오誤로, 군사를 다스리는 금기 사항이다"라 하였다. 이 칠금령 안에서도 각 항목마다 약간의 구체적인 규정을 포함하였는데, 총 54항이며, 그 중에서 한 항목이라도 어기면 참수형에 처했다.

◉ — **이제아사수양산**夷齊餓死首陽山

주유의 계책을 받은 제갈근이 동생인 제갈양을 동오에 잡아두기 위해 백이 · 숙제를 인용하여 형제애를 자극했으나, 결국 실패하고 말았다.(44회)

이夷 · 제齊는 백이와 숙제를 말하며, 상商나라 고죽군孤竹君의 큰아들과 막내아들이다. 고죽군이 죽자 막내아들 숙제를 임금으로 세우려 하였으나, 숙제는 완강히 거절하고 받지 않았다. 숙제가 형인 백이에게 양위하려 했으나 백이도 받지 않았다. 형제가 서로 미루며 양보하다가 잇달아 달아나 주周나라로 가서 문왕文王에게 투항하였다. 문왕이 죽자, 그의 아들 무왕武王은 곧바로 상나라 주왕紂王을 토벌하고자 하였다. 이에 백이와 숙제는 부친상 중에 공격해서는 안 된다며 무왕이 탄 말을 잡고 그만둘 것을 청하였다. 무왕이 듣지 않고 상나라를 멸하자, 두 사람은 수양산首陽山(지금의 산서성山西省 영제永濟) 남쪽으로 들어가 은둔하며 주나라의 곡식을 먹지 않고 굶어 죽었다.

三國志演義 ❹

구판 1쇄 발행 2000년 7월 20일
개정신판 1쇄 발행 2003년 7월 8일
개정신판 7쇄 발행 2022년 7월 20일

지 은 이 | 나관중
옮 긴 이 | 김구용
펴 낸 이 | 임양묵
펴 낸 곳 | 솔출판사
책임편집 | 임우기
편 집 장 | 윤진희
편   집 | 최찬미 · 김현지
디 자 인 | 이지수
경영관리 | 이슬비

주   소 | 서울시 마포구 와우산로29가길 80(서교동)
전   화 | 02-332-1526
팩   스 | 02-332-1529
이 메 일 | solbook@solbook.co.kr
블 로 그 | blog.naver.com/sol_book
출판등록 | 1990년 9월 15일 제10-420호

ⓒ 김구용, 2003

ISBN 978-89-8133-651-6 04820
ISBN 979-11-6020-016-4 (세트)

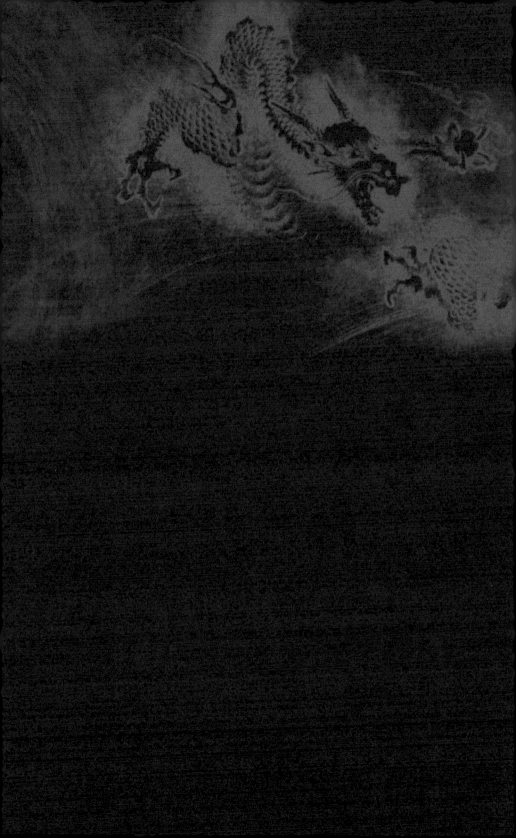